AF377737

LA CABINA DE LOS ÚLTIMOS PENSAMIENTOS

LA CABINA DE LOS ÚLTIMOS PENSAMIENTOS

Lee Su-Yeon

Traducción de Paola Díez Cidoncha

Q Plata

Argentina – Chile – Colombia – España
Estados Unidos – México – Perú – Uruguay

Título original: 마지막 마음이 들리는 공중전화 *(The Girl in a Phone Booth)*
Editor original: Clayhouse Inc.
Traducción: Paola Díez Cidoncha

1.ª edición: junio 2025

ISBN: 978-84-92919-96-3
E-ISBN: 979-13-87557-42-3
Depósito legal: M-9.319-2025

Fotocomposición: Urano World Spain, S.A.U.
Impreso por: Rodesa, S.A. – Polígono Industrial San Miguel
Parcelas E7-E8 – 31132 Villatuerta (Navarra)

Impreso en España – *Printed in Spain*

Prólogo

Las farolas no eran algo común por allí. Unos murales pintados por el barrio iluminaban el lugar durante el día, llenándolo de vida. Sin embargo, al caer la noche, se volvía muy diferente. En la oscuridad, los dibujos parecían tomar la forma de animales e incluso personas, provocando escalofríos. Por este motivo, Gi-woo, quien vivía por allí con sus dos hijos, se sentía inquieto cada vez que su hija salía a menudo de casa para recibirlo. Era una niña pálida de doce años, recién graduada de primaria. Una niña que, al verlo, esbozaba una sonrisa aún más radiante que el sol del mediodía. Ella era el motivo por el que aligeraba el paso cuando salía un poco más tarde del trabajo.

—¡Papá!

Siempre lo esperaba en el mismo sitio. En la cabina de teléfono en medio de un oscuro callejón. Junto a esas cabinas solía haber una farola, para la comodidad de quienes las utilizaran. Bajo el halo de luz, la niña sonrió de oreja a oreja. Él se apresuró hacia ella. Una vez que estuvo cerca, la abrazó con fuerza como si fuese a desaparecer ante sus ojos.

—Jian, te dije que no me esperaras. No puedes estar aquí sola de noche.

—Pero aquí estoy bien. Y si pasase algo, podría usar este teléfono.

—Aun así, la próxima vez espérame en casa.

—Pero si no pasa nada.

Viendo su expresión tan tranquila, no fue capaz de replicarle. Sin saber por cuánto tiempo habría estado esperando en aquella cabina, tomó la mano de su hija y se dirigieron a casa. Al llegar, su hijo, que no era de hacer tantas monerías, los saludó con indiferencia. Aun así, Gi-woo sonrió, sabiendo que algún día miraría atrás y todos esos momentos ordinarios constituirían sus memorias más preciadas. Incluyendo aquella cabina en el callejón trasero a la tienda, en la intersección.

Cuando llevaban poco tiempo viviendo allí, después de que él y su mujer se divorciaran, ocurrió un incidente. Ese día, el hombre salió antes del trabajo para poder desempacar algunas cosas de la mudanza. Como de costumbre, llamó al teléfono de casa. Jihoon fue quien contestó.

—¿Y Jian?

—Todavía no ha vuelto. ¿No está contigo?

No entendía si su hijo se comportaba así porque se parecía a su madre, o porque simplemente él era así, pero nunca prestaba atención. Siendo de un curso inferior al de él, Jian terminaba antes las clases, por lo que era obvio que debería estar ya en casa. Eso significaba que él había llegado primero y ni siquiera se había preguntado por el paradero de su hermana. Al otro lado de la línea, a Gi-woo le temblaron las manos. No quería ponerse en lo peor, pero no llevaban mucho tiempo en el barrio y no sabía qué camino frecuentaba su hija, o por dónde podría haberse perdido. En el peor de los casos, alguien podría haberla secuestrado. Sentía un miedo visceral que podría resultar algo exagerado para quienes no fueran padres.

—Vale, voy a buscarla. Tú quédate ahí esperando, por si vuelve.

—Vale…

Estaba decidido a registrar el barrio de arriba abajo. Trataba de parar a cualquier persona con la que se cruzaba y le preguntaba si había visto a su hija. No obstante, a nadie le importaba. Mientras la buscaba frenético, el sol se fue ocultando y las sombras se alargaron. Se preguntó si debería llamar a la policía. Por ese entonces, Jian no tenía más que ocho años. Quizás debería haber llamado a emergencias desde el principio. En ese momento, sonó su móvil. Un número desconocido. Apretó la mano contra su pecho y presionó el botón.

—¿Papá...?

—¿Jian? ¿Jian, eres tú?

—Papá...

—¿Dónde estás? ¿Estás con alguien?

—Estoy... detrás de la tienda... en la cabina...

La cabina detrás de la tienda, en la intersección. Allí estaba. Gi-woo corrió hacia el lugar a toda prisa.

—Tranquila, papá va de camino. Ya voy.

—Vale...

Al fin, llegó al cruce. Divisó al final de la cuesta la cabina, iluminada por la farola. Y, esperando dentro de ella, a Jian. Usó las fuerzas que le quedaban y aceleró aún más. No recordaba haber corrido de esa manera desde que se hizo adulto. El hombre abrazó a su hija, comprobando que no tuviera ningún rasguño. No le había pasado nada, aunque tenía los ojos anegados en lágrimas como si hubiera vuelto desde el fin del mundo.

—Terminé las clases y salí del colegio, pero no sabía el camino a casa... Así que seguí dando vueltas por los callejones, sin saber dónde estaba... Cuando me quise dar cuenta, había llegado aquí, así que te llamé.

—Muy bien, lo has hecho muy bien, Jian.

Volvió a abrazarla y dejó ir una fuerte exhalación. Era un suspiro de alivio. La cabina desde la que lo había llamado estaba a tan solo cinco minutos de casa. Al menos se había acercado lo suficiente, aunque no supiera exactamente la dirección. Cuando se calmó, Gi-woo tomó su mano y le explicó con detalle por dónde ir.

—Mira, ¿ves esta cuesta arriba? Mientras la subas, cuenta hasta tres. Entonces verás un callejón. Te metes por él y vuelves a contar hasta tres. Es fácil, ¿verdad? Nuestra casa es el edificio marrón, al lado de un mural azul. ¿Podrás acordarte?

—Sí, sí.

Tras esto, Jian volvió a perderse un par de veces, ya que la única parte que recordaba del camino era la que iba desde la cabina telefónica hasta su casa. Se equivocaba en algún punto, pero al final terminaba por encontrar la intersección y llegaba. Cuando empezó en el instituto, dejó de perderse. A pesar de su mal sentido de la orientación, tras vivir seis años en el mismo barrio ya lo conocía como la palma de su mano. Aquel lugar, donde se concentraba casi toda su infancia, se había convertido en su hogar.

Pasó un año. Y luego otro, y otro más. Jian continuó saliendo a recibir a su padre. Cuando llovía, se metía en la cabina y observaba las gotas caer. Le gustaba el sonido que hacían al chocar contra la chapa. Sonaban mucho más alto en el centro, mientras que al golpear los bordes emitían un ruido sordo. Ella solía insistirle a su hermano que, cuando sonaban a la vez, era como la melodía del verano.

En los días en los que soplaba el viento de otoño, recogía una de las hojas secas arrastradas por él y la colocaba en la parte de arriba de la cabina. Era como si dejase una carta a un desconocido que encontrase ese lugar. Aunque nunca había recibido ninguna respuesta, cada vez que iba la hoja ya no estaba. Le gustaba imaginar que alguien se las llevaba. Aunque no sabía quién era, estaba segura de que le gustaba el otoño. En los días nevados, se quedaba mirando sus propias huellas. Poco a poco, la nieve se iba acumulando sobre ellas, cubriéndolas. Luego, de regreso a casa, volvía a pisar en el mismo sitio, comparando el tamaño de su huella con la de su padre. Rememoraba con cariño esos momentos cuando recorrían juntos la calle blanca, con las marcas de sus pies sepultadas por la nieve.

Entonces llegó el año siguiente, el último que Jian recordaba. Jihoon, el mayor, había conseguido trabajo y ya se había ido de casa, mudándose a otra provincia. En cuanto a su padre, a quien ella siempre esperaba, los dejó. Pero, aun así, siguió yendo a la cabina de teléfono. Ya fuera de día o de noche, de madrugada o al ponerse el sol. Mientras estuviera allí, su padre podría volver en cualquier momento. Pues siempre lo había esperado allí, justo en ese lugar. Aunque él ya no estuviera, llovía de la misma manera, y las hojas secas y los copos de nieve caían igual. Y ella seguía llamando por teléfono. Al cumplir los dieciocho, fue aceptada en una universidad y abandonó su querido barrio, al que tardaría una década en regresar.

—Hay que ver, Jian. ¿No había otro lugar para escoger que el final de un callejón? No hay sitio para aparcar, he estado un buen rato dando vueltas. La de tiempo que hace que no alquilaba un coche… Oye, se rumorea por la zona que esto es una «agencia privada de investigación», y hablan de no sé qué de unas autopsias. Que la gente viene aquí cuando alguien muere. Bueno, en su defensa, sí que es verdad que he pedido *jajangmyeon*[1] como en las pelis de detectives.

---

1. Plato chino-coreano a base de fideos en salsa de frijol negro fermentado, con carne y verduras.

—Ya lo sabes, Sangwoo. Al menos está cerca de la estación Nareum. Además, tampoco podía hacer mucho solo con los fondos de ayuda de la sede central.

—Vamos, cuenta. Tenías un motivo para venir aquí, ¿verdad? He visto que la mujer de la tienda te conoce bien.

—Es que vivía en este barrio de pequeña.

Tres años atrás, Jian había buscado varias ubicaciones para abrir un centro de autopsias psicológicas, pero no había muchas opciones. Apoyándose en ayudas del gobierno, comenzó con el negocio al tiempo que iba a clases y hacía sus prácticas. Eso de la estabilidad económica era un lujo reservado para otros. Todo ese tiempo estuvo recibiendo ayuda de Sangwoo, quien se unió a ella desde el principio.

Él se había sacado una doble titulación en psicología y en administración de empresas en la universidad regional. No era una de las mejores, y sus notas tampoco eran nada del otro mundo. Pero lo que le hacía destacar en comparación con el resto eran sus habilidades sociales y sus contactos.

Fue pura casualidad que Jian, antes de esto, hubiese empezado otro proyecto con un amigo de Sangwoo. Se trataba de una investigación sobre el índice de depresión entre los jóvenes. Tras un año y medio, terminaron dicho proyecto y salieron a celebrarlo a un bar, donde se presentó él. Se metía en todas las conversaciones, sin tener nada que ver con la investigación, pero a nadie parecía molestarle. Incluso a Jian, quien no congeniaba bien con desconocidos, le fue difícil resistirse a su cercanía tan natural, con un «¡Hacía tiempo que no conocía a alguien de mi año!». Al principio, se pensó que ella le gustaba, pero pronto supo que simplemente era así de sociable y no le dio más vueltas. Al cabo de un tiempo, cuando ya casi ni se acordaba de aquel día, le llegó un mensaje de Sangwoo y empezaron a mantener el contacto. Como trabajaban en la misma área, de vez en cuando quedaban para tomar algo y liberar el estrés. En algún momento, él acabó por convertirse en su primer amigo, siendo ya adulta. Y fue a la hora de abrir el centro de autopsias psicológicas cuando había entrado en escena la experiencia de Sangwoo.

—Conozco a un tipo en una inmobiliaria y me dijo que había varios sitios que estaban bien. También le comenté lo que estabas planeando hacer y cree que a los dueños de los edificios les parecerá bien.

Entre todas las opciones, hubo una que captó la atención de la mujer. Estaba justo en el barrio en el que ella había crecido. Se decidió por ese y de inmediato se lo dijo a Sangwoo.

—Este, quiero ver este.

—¿Ahí? Hay sitios que están más nuevos. Venga, sigue mirando.

—No, montaré el centro aquí.

—Es mejor si antes miras otros y luego ya…

—Me gusta este.

El hombre se preguntó si realmente era así de terca, pero tampoco tenía ningún motivo para disuadirla. Aunque la ubicación estaba algo lejos, el precio era más bajo que en el distrito comercial, y la oficina tenía el espacio bien repartido. Incluso el agente inmobiliario alabó la decisión de Jian, diciendo que era una ganga.

Sin pensarlo dos veces, se dirigieron los tres a ver el lugar. Era un edificio gris algo adentrado en el barrio, pasando una tienda en el cruce. El tiempo había hecho mella en la fachada. Sangwoo lo miró con una expresión perpleja, pero no había quien pudiese parar a Jian. La oficina estaba en el cuarto piso. Al abrir la puerta, no obstante, el interior daba una sensación muy distinta. Los rayos del sol entraban de pleno por el ventanal y el ambiente era tranquilo. Recibía mucha luz natural, por lo que no hacía frío a pesar de ser principios de invierno. Estando vacía, parecía muy espaciosa, y la pintura blanca de las paredes le daba un aspecto limpio. El amplio techo era más alto de lo que esperaban. Ella tuvo una corazonada.

—Bien, firmemos el contrato.

Volvieron a cambiar de sitio para revisar el contrato. El intermediario, un hombre de mediana edad y piel morena, preguntó de forma casual:

—¿Qué tipo de negocio va a montar?

—Ah, un centro de autopsias psicológicas. Al menos, ese es el plan.

—¿Autopsias?

Casi llegando a la última línea de firma, el hombre volvió a preguntar con sorpresa:

—Bueno, si son autopsias, ¿no habría cadáveres? Le dijimos al propietario del edificio que se trataba de una consulta de psicología.

—Ah… En realidad, nosotros no vemos los cuerpos. Lo más sencillo es verlo como un centro de psicología *post mortem*, donde averiguamos los motivos de suicidio de las víctimas, ofrecemos consuelo a las familias, más prevención del suicidio…

—¿Sí? Entonces, no es un laboratorio ni nada de eso, ¿no?

La expresión del hombre, afable durante la visita al lugar, se había endurecido en solo un instante. Al mismo tiempo que trataba de explicar con todo detalle y lo más calmadamente posible en qué consistía su trabajo, Jian se apresuró a firmar en el hueco correspondiente.

—Somos una organización pública, con fondos del Estado. Trabajamos con el objetivo de ofrecer consulta psicológica, dando consuelo y apoyo a las familias de las víctimas, así como de informar acerca de la prevención del suicidio. Podemos enviar el dinero aquí, ¿cierto?

—Eh, sí… En cuanto a los cinco millones de wones…

—Acabo de hacerle la transferencia. Hágame un recibo, por favor.

—Ah… sí…

—Lo dicho, piense en nosotros como un centro de atención psicológica. Es como hacer una autopsia, pero psicológica, ¿lo comprende?

Poco después de formalizar el contrato, comenzaron a llenar la oficina de muebles. Sangwoo se la pasaba yendo y viniendo de la inmobiliaria, donde le explicaba al dueño del edificio el uso que le darían al local. A medida que iban preparando el negocio, ella recibía cada vez más preguntas acerca de lo que era una autopsia psicológica. Por otro lado, Sangwoo fue el primero en pedir si podían trabajar juntos. Al estar en un momento de su vida parecido, pues se planteaba empezar su propia empresa, entendía bien la situación de Jian.

—Si estás tú, me siento más seguro.

Ella aceptó con gusto su oferta. No solo porque llevar sola el lugar sería algo complicado, sino también porque pensó que le vendría bien alguien como él, que supiera tratar con la gente. En una semana de preparación, colocaron en la sala principal un escritorio para cada uno y, arrimada a una pared, una pequeña área de descanso, con una estantería llena de documentos e informes de datos relacionados con el trabajo. En una esquina instalaron una pantalla de cristal con unas cortinas, creando así un espacio para las sesiones de consulta. Casi al final de la remodelación, colgaron un letrero con letras claras que decía: Centro de autopsias psicológicas - Cuarta planta.

Cuando rememoraba aquella época, se alegraba de haber empezado el centro con Sangwoo. Era un tipo muy atento, se percataba de cómo se sentían los demás sin perder detalle. Cuando había una consulta programada, colocaba una tela de lino sobre la mesa, preparaba pañuelos y también varios tipos de té, dispuesto a desenredar los pensamientos de la otra persona junto a Jian. Por la delicadeza con la que actuaba, parecía que él había pasado por esos mismos momentos difíciles. Quizás esa fuera justamente la razón. A pesar de atraer las miradas de la gente del barrio, el centro de autopsias psicológicas ya tenía local.

Riiing.

Ambos dejaron lo que estaban haciendo. Sumergidos en el silencio, sin música ni programa de radio, un sonido interrumpió la calma en la consulta. Antes de responder al teléfono que tenía sobre su escritorio, la mujer contó mentalmente.

Uno, dos, tres.

Al llegar al tres, contestó. Con un tono calmado y suave, descolgó.

—Aquí el centro de autopsias psicológicas.

Aunque no podía saber lo que la otra persona decía, el hombre logró oír a través del auricular la voz de una mujer. Jian no hacía más que responder que sí. Tras repetirlo unas ocho veces, mostrando un amplio repertorio de tonos como tristeza, empatía, consuelo, pregunta u obviedad, por fin habló.

—Así pues, ¿le gustaría que fuéramos a visitarla directamente o prefiere acudir a nuestro centro?

Esperando a que la mujer, algo preocupada, se decidiera, comprobó la fecha. Después de anotar algo, contestó de la forma más cortés que pudo.

—Muchas gracias por su llamada. Nos vemos el día de su cita.

Tras más de diez minutos de conversación, colgó el teléfono y ambos se miraron. Sin preguntarle nada, Sangwoo solo aceptó la nota que Jian le tendía. Mientras él escribía en el horario el contenido del papel, ella le dijo como si nada:

—La clienta es una mujer cuyo marido se suicidó hace tres meses saltando desde cierta altura. Está en medio de una demanda legal por accidente laboral y, al parecer, se enteró de nuestro centro por su abogado. Ha dicho que vendrá el miércoles de esta semana, a las dos.

—Prepararé los documentos.

Llevaba tres años trabajando con ella, así que se puso manos a la obra enseguida. Por consideración, no le preguntó acerca de la situación de la clienta. Se había prometido a sí mismo que no sacaría a colación una muerte y el dolor que conllevaba solo por mera curiosidad. Comprobó el reloj de pared. Las agujas, aunque parecían inmóviles, seguían su recorrido poco a poco. Una vez que avanzaron, Sangwoo se dirigió a ella.

—¿No dijiste algo de un viaje de trabajo, por el caso de A-In Kang?

—Sí, tenemos que estar en Cheonan a las siete de la tarde. Nos prepararemos después de almorzar.

No alcanzó a ver la sonrisa de Jian. Atisbando un gesto superficial en su expresión, siguió con sus tareas. Cuando terminaron de recoger la oficina, Jian comenzó a prepararse para salir, con el rostro tranquilo. Metió el portátil, los documentos relacionados y dos grabadoras en el maletín, abultado de tantas cosas y de aspecto pesado. Sin embargo, lo levantó como si estuviera acostumbrada a cargas mucho más grandes. No era un día fuera de lo común para ninguno de los dos. No obstante, se preguntaban quién habría muerto. Quién se habría quitado la vida. Quién habría perdido a uno de sus seres queridos sin conocer siquiera la razón, sin haberse enterado de nada, sin haber recibido consuelo. Por eso mismo, nunca había música ni programa de radio que sonara en el centro.

Al regresar del viaje, Jian puso rumbo hacia aquel callejón trasero que le era tan familiar. Sus pasos resonaban al subir la cuesta estrecha. La farola solitaria y su antigua bombilla que solía iluminar la cabina habían sido reemplazadas por otras nuevas, emanando ahora una luz diferente. El lugar, antes tan especial y peculiar, ahora contaba con varias farolas. Aunque los alrededores habían cambiado, con las casas antiguas remodeladas y convertidas en pequeños pisos, aquel punto seguía intacto. Como siempre, ella entró en la cabina. Le pareció que el techo era más bajo que antes. ¿Habría crecido ella? ¿Sería quizá por sus tacones? Comprobó la hora. Entonces, tomó el auricular.

Tuuu. Tuuu.

No sonó más que el tono muerto de la línea, pero Jian no fue capaz de colgar hasta el último segundo.

CAPÍTULO 1

Prohibido estigmatizar

El 28 de julio de 2022, la víctima (Juyeol Kang, 36) no se levantó a la hora para ir a trabajar, por lo que su mujer (Yeona Song, 33) fue a despertarlo. En respuesta, la víctima respondió que «no se encontraba bien». Tras permanecer tumbado por un tiempo, salió de casa diciendo que volvería enseguida, a las 10:30 aproximadamente, y subió al tejado del edificio de apartamentos en el que residían (según las imágenes de la cámara de seguridad del ascensor), desde donde se precipitó al vacío. El cuerpo fue encontrado por otros residentes a las 10:43. Se señalaron fracturas torácicas y femorales por el impacto como la causa de muerte. Se desconoce si la familia, con un hijo de dos años en común, estaba pasando por algún problema. Siempre había sido diligente en su trabajo. En los tres meses previos al incidente, la víctima se quejaba del estrés laboral que sufría. Había comenzado a tomar medicamentos para su insomnio severo hacía justamente un mes. Sin embargo, no se encuentran registros de intentos de buscar ayuda telefónica o terapia presencial. Basándose en los testimonios de la víctima previos a su fallecimiento, la clienta optó por poner una demanda por accidente laboral, señalando el estrés que su marido sufría por el trabajo, pero fue desechada. En respuesta, la clienta ha solicitado una autopsia psicológica para el proceso de apelación. Se cree que la investigación debe ser llevada a cabo desde diferentes perspectivas. [17/11/2022_Registro de solicitud del caso.]

Unas delgadas líneas de nubes se extendían a lo largo del cielo. Era algo bello. Solo con mirar arriba sentí que me alejaba del mundo, como si no estuviera en esta realidad. Avancé con pies de plomo hasta el edificio de gran altura, pero mi mente parecía ir volando. ¿Qué estoy haciendo? ¿Por qué he acabado viniendo aquí? Me hundía en un mar de preguntas sin respuesta. Sin embargo, tan pronto como me detuve, todo fluyó de forma natural.

—¡Asumid vuestra responsabilidad! ¡Tenéis que hacerlo! ¡La constructora XX ha matado a mi marido! ¡Sois todos unos asesinos!

Mis chillidos resonaban en la carretera. La gente que caminaba en diferentes direcciones aminoraba el paso, vacilantes, mientras que los coches que pasaban reducían la velocidad e incluso bajaban las ventanillas. Sin darles importancia a aquellos ojos puestos en mí, mantuve la vista al frente. Hacia el edificio alto que tenía delante. Seguí subiendo poco a poco la mirada, dejando atrás esa estructura y volviendo al cielo. De nuevo, el mundo pareció alejarse. Tomé una profunda bocanada de aire y la solté de golpe. Entonces grité otra vez, más alto de lo que jamás había gritado en mi vida.

—¡¡Mi marido murió por culpa de vuestra empresa!! Nuestro hijo… nuestro hijo apenas tiene dos años… ¡¡¡Mi marido está muerto!!! ¡¡Por vuestra culpa!! ¡¡Porque no asumisteis vuestra responsabilidad!!

Con la segunda ronda de gritos, algunas personas salieron corriendo del edificio. Sin tambalearme siquiera, me quedé en el sitio y chillé por tercera vez.

—¡Un injusto cambio de departamento! ¡Cargas de trabajo excesivas! ¡Así murió! ¡Mi marido ha muer…!

Noté un intenso dolor en el hombro. Un tipo grande y con un chaleco negro tiraba de mí. Dos o tres guardias vestidos de la misma manera, un tipo de mediana edad con un desgastado uniforme azul de conserje y dos empleados de traje me rodearon. Uno de los hombres trajeados, que parecía ocupar un cargo mayor, apartó la mano del guardia de mi hombro y habló con tranquilidad.

—Señora, no puede hacer esto aquí. Además, ya salió la sentencia. Nosotros no tuvimos nada que ver.

—Mi marido está muerto… murió a los tres meses de ser trasladado de departamento… ¡¡Saltó desde la terraza de nuestro edificio!! Nuestro hijo… no tiene más que dos años… ¿Cómo puede ser esto?

—Comprendo cómo se siente. De verdad. Pero si sigue con esto, nosotros también estaremos en problemas, y no tendremos más remedio que emprender acciones legales, ¿entiende? Montar este escándalo delante de la compañía… ¿Qué cree que pensará el resto de empleados?

—Que esta es una empresa de asesinos.

Apreté la mandíbula. Me chirriaron los dientes. Quería dejarme llevar y escupirle en la cara. Con aire preocupado, el hombre trajeado se pasó la mano por el pelo canoso. En ese momento, me percaté de que estaba echando un vistazo alrededor, atento a las posibles miradas. Una rabia se encendió dentro de mí. Solo le importaban las apariencias, la situación y lo que los demás pensasen, cuando, en realidad, habían matado a mi marido. Fingiendo que todo era mentira, sin importarles nada.

Solo eran unos bastardos con una careta sonriente. Lo miré fijamente, sin despegar la vista de él ni un segundo. Tras soltar un suspiro, el hombre trató de hablar desde la calma.

—Si dice esas cosas, nos meterá en problemas, ¿lo comprende? Márchese por hoy. Hace frío. Además, ¿no ha dicho que tenía un hijo? Tiene que estar muy triste, preguntándose a dónde habrá ido su mamá.

Sus palabras, con una casi imperceptible sonrisita al final, me sacaron de quicio. Con cada frase que terminaba, su voz se me clavaba en el corazón como un anzuelo, enganchándolo y dejándome una sensación de desgarro.

—Cabrón…

De nuevo, el tipo miró alrededor. Sentí que no podía respirar. Él no sabía nada. No sabía lo que había sentido al perder a mi marido. Lo que era criar a un niño que ha perdido a su padre. El estado de una familia tras un suicidio. Demasiadas emociones, como la ira, la tristeza y más, se me atragantaron y no me dejaron hablar. Con esto, el tipo se acercó un poco y continuó en voz baja.

—Señora, vuelva a sus cosas. Fuera o no un suicidio, ¿por qué culpa a la compañía? ¿Es por dinero? Si no le parece justo, vaya y ponga una demanda. Aunque tampoco le servirá de mucho.

—Lo revelaré todo… hasta el final. ¡Sois unos asesinos! ¡Asesinos! ¡Todos iguales! ¡Asesinos!

—Pues eso, si le parece injusto, recurra a la justicia en lugar de montar un numerito. Márchese ya…

Sonaba tenso, como si también estuviese llegando a su límite. Los guardias que tenía a los lados, el conserje que observaba la situación y el trabajador que parecía de menor rango se miraban unos a otros, tanteando el ambiente. Pensando de nuevo en su maldita imagen pública. Me quedé rígida, sin poder hacer otra cosa que clavar mis ojos en ellos. ¿Sabrían lo lamentables que eran? Cada vez que tragaba saliva, era como intentar pasar una espina.

—Eh, tú, llama a un taxi. Bien, señora. Váyase.

Ante esa orden tan seca, el empleado más joven que lo acompañaba se apresuró a moverse. Se puso al borde de la acera y agitó la mano, esforzándose por encontrar un coche disponible y rápido. Una vez que lo logró, el otro tipo se dirigió a mí con brusquedad, para después regresar hacia aquel enorme edificio.

—Móntese y vaya a cuidar de su hijo, nosotros le pagamos el viaje. Y deje ya de hacer esto.

Lo vi alejarse; a zancadas, sin vacilación. En ese instante, sentí náuseas y tragué saliva de nuevo. Todo se volvió borroso y distante. Me quedé inmóvil y en blanco, por lo que el empleado joven me sujetó por los hombros y me guio hacia el coche. No tenía fuerzas para caminar. El hombre de gran tamaño y chaleco negro seguía allí, vigilante. Todavía podía ver perfectamente a aquel tipo entrando en la empresa. El mismo empleado fue quien me pasó un sobre blanco por el hueco de la ventanilla.

—Es el dinero para el viaje. Vaya con cuidado. ¡Conductor! ¡Arranque!

El taxi arrancó, sin que importase lo que yo opinara. Esa enorme calle principal entre Yeoksam y Gangnam me parecía el infierno. ¿Habría sentido él aquel dolor tan insoportable cuando pasaba también por allí? ¿Hasta el punto de querer morirse? Siempre con el corazón encogido. Y lo mismo al día siguiente. Y al siguiente.

Solo con pensar en ello, rompí a llorar. Me ahogaba en sollozos, sin saber hacia dónde iba el taxi. Tenía la ropa empapada en mis lágrimas. ¿Era la culpa lo único que me quedaba ahora? ¿Por qué no podía mi marido volver a la vida, conmigo? Me arrepentía tantísimo de no haberlo comprendido, de no haber podido retenerlo. Pero no importaba lo intensos que fueran mis sentimientos, el tiempo seguía su curso. Hasta el propio mundo era cruel y despiadado.

Me había dicho que no quedaba tan lejos de la estación, pero viendo tanta cuesta arriba, parecía todo lo contrario. Al salir, seguí la calle principal durante unos cinco minutos y torcí a la izquierda. Y, abriéndose ante mí, un callejón. Por suerte, mis zapatos blancos de charol tenían el tacón bajo, y no eran demasiado incómodos para subir. *Tap, tap.* Dando un paso tras otro, salí al cruce.

—Estaba por aquí…

De pie en el sitio, miré a mi alrededor. Según el mapa, esa era la zona. Tras pasar cinco minutos sin moverme, me fijé en la tienda. El tiempo parecía haberla desgastado, pero daba la impresión de que le iba bien en el barrio, hasta el punto de aventajar a las que abrían las veinticuatro horas. Delante de esta, pude ver a personas mayores encima de una especie de porche, bebiendo durante el día y repartidas en pequeños grupos. Mis ojos se toparon con los de una mujer, que parecía ser la dueña, saliendo con una botella de alcohol en la mano. Traté de desviar la mirada, pero entonces me llamó desde lejos.

—¿Qué hace ahí, señora?

—Emm… estoy buscando algo —dije sonriendo de manera incómoda.

La mujer me miró fijamente. Sin poder salir del cruce y comparando los edificios con el mapa, volví a escuchar su voz.

—¿Está buscando la agencia privada de investigación?

—¿Cómo?

—¡El sitio ese en el que averiguan por qué muere la gente! Es aquel edificio de allí, en la cuarta planta.

—Ah…

Miré hacia donde ella indicaba, divisando un cartel.

Centro de autopsias psicológicas - Cuarta planta.

Un centro de autopsias psicológicas. Ese era el sitio que me había dicho el abogado. Fue él quien propuso probar con una autopsia de ese tipo, después de que la demanda por accidente laboral fuera rechazada. En pocas palabras, me explicó que era una organización que investigaba los motivos de las víctimas, establecía un plan de prevención para los miembros de sus familias y ofrecía consuelo. Con aire preocupado, añadió que no solo ayudaría con la apelación, sino que quizá también me ayudaría a mí. Es más, que estaba seguro de ello. Y no es que le faltasen razones para preocuparse. Había perdido casi diez kilos en apenas unos meses, y había ya tantas cosas que me enfadaban que cada vez hablaba menos. Si, en lugar de verme con el abogado, fuese al médico, tal vez incluso me ingresarían.

— … muchas gracias.

Asentí un poco y seguí mi camino. Con cada paso, el tacón de mis zapatos resonaba con fuerza. No estaba segura de si serían los nervios, pero notaba un cosquilleo en la punta de los dedos. A diferencia de la fachada antigua del edificio, su interior estaba bastante limpio. Cuarta planta y sin ascensor. Centrándome en subir los escalones, respiré hondo. No imaginaba que podía existir un sitio así, ni tampoco que terminaría viniendo a uno. Preguntándome todavía qué hacía allí, llegué al cuarto piso. Una puerta de cristal impoluta, sin una sola huella siquiera. Al tirar del mango blanco, oí el tintineo de una campanilla. Resonó en mi cabeza, sacándome de golpe de mis pensamientos.

—¡Hola! Usted es Yeona Song, ¿verdad?

—Sí...

Me calmé un poco tras escuchar mi nombre en aquella voz grave. Una mujer, de apariencia suave pero seria, captó mi atención. Por su sonrisa brillante pero falta de energía, me hice una vaga idea de lo que debía de suponer su trabajo. Llevaba unos pantalones lisos marrones con una blusa y unos zapatos de tacón bajo, a pesar de su poca altura, y su cabello bien recogido me dio la impresión de que era una persona meticulosa. Yo seguía de pie en la entrada, pero no me atosigó. En su lugar, esperó un tiempo y dijo:

—Primero, tome asiento. ¿Le gusta el té caliente?

—Eh, sí...

Avancé poco a poco hacia donde me señalaba y me senté en el sofá. No era demasiado blando ni demasiado compacto, con el tamaño perfecto. La tela de los cojines desprendía un sutil aroma a algodón. Envuelta en ese olor, observé despacio el lugar. Un área de oficina con divisores y una sala con un sofá. Escritorios bajos. En una esquina, un espacio aislado por una pantalla de cristal. Un techo blanco con un patrón de ondas. Un ventanal antiguo y las vistas, en contraste con el interior sofisticado. Mientras miraba a mi alrededor, la mujer me ofreció una taza de té y se sentó enfrente.

—Viendo desde fuera el edificio, es bastante viejo, ¿verdad? Apenas llevamos tres años instalados aquí. Aun así, por dentro está muy bien.

—Sí...

—Mi nombre es Jian Kang, dirijo este centro de autopsias psicológicas. Y ese que está ahí sentado es Sangwoo Lim. Me ayuda con tareas generales del negocio. Muchos menos empleados de lo que esperaba, ¿no?

Soltó una risita tímida. Eché un vistazo de reojo al otro trabajador. Tenía el cuerpo grande, como un oso. Cuando nuestras miradas se encontraron, el tal Sangwoo me dedicó una cálida sonrisa. Solo por el brillo de sus ojos, supe que tenía un carácter amable.

—Me dijo que quería encargarnos el caso de Juyeol Kang.

Volví de golpe a la realidad. En el instante en que el nombre de mi marido salió de los labios de aquella mujer, caí en la cuenta de por qué estaba allí. Con solo oírlo, me temblaron los dedos. No sabía cuándo había empezado a moverlos, pero estaba dando golpecitos. Como si no encontrase nada extraño en mi comportamiento, ella me observaba. Parecía sentirse apenada, bajando un poco las cejas en una expresión triste. Entonces, habló despacio.

—Ha debido de ser muy… duro, ¿no es así?

Esas pocas palabras bastaron para que el pesar que había estado reprimiendo aflorase de golpe. Incapaz de responder nada, asentí ligeramente. Me apresuré a secarme las lágrimas que asomaban, tratando de recomponerme. La mujer, sin mediar palabra, me tendió unos pañuelos que había sobre la mesa, indicándome que no pasaba nada por llorar.

Silencio. Y después, más silencio. ¿Cuánto tiempo habría pasado? Me las arreglé para no romper en llanto, pero una ola de cansancio me invadió como si hubiese estado llorando a mares. Vaya tarde más agotadora estaba teniendo. Solo se oía a ese tal Sangwoo teclear en el ordenador de vez en cuando. No sabía qué decir. Ella pareció haberse percatado de mi bloqueo y siguió hablando, antes de que se volviera más incómodo.

—Su abogado me contó por teléfono acerca del caso. Lo primero, antes de pasar a la autopsia psicológica, hay varios documentos que debe firmar. Son formularios de consentimiento para acceder a la información necesaria para el caso. Una vez que los firme, procederemos con la entrevista. Además de usted, también entrevistaremos a personas cercanas al fallecido. ¿Le parece bien empezar hoy?

Se encogió un poco y me miró a los ojos, como buscando mi aprobación. Era difícil intuir sus intenciones tras aquellas pupilas oscuras, bajo unos delgados párpados dobles. No podía saber el motivo por el que hacía esto. ¿La movía una compasión sincera, o quizás era esa simpatía que se tenía por quienes han perdido a alguien? De todos modos, asentí. No me importaba lo que ella pensase. Con que saliera un resultado favorable para la apelación y pudiera limpiar el honor de Juyeol, haría cualquier cosa. Ir hasta las puertas de la empresa, manifestarme, poner más demandas. Cualquier cosa.

—Sangwoo, prepara los papeles, por favor.

—Sí.

El ruido de la impresora llenó el ambiente. Se me nubló la mirada. Podía sentir cómo se movían de un lado para otro, poniendo unos documentos ante mi visión borrosa. Al lado había un bolígrafo con el nombre «Centro de autopsias psicológicas» grabado en él. Mientras firmaba sobre la línea correspondiente, la mujer me explicó qué era cada papel. Había uno sobre el consentimiento para el uso de información personal, otro documento de confirmación de registro, un informe de inspección… No acababa de entender ninguna de aquellas extrañas palabras mezcladas entre frases, pero ya no podía echarme atrás, así que firmé sin pensarlo demasiado.

—Si ya ha terminado, ¿quiere que pasemos a la entrevista?

—Sí…

—Entonces, nos moveremos a la sala de consulta. Por aquí, por favor.

La mujer se levantó y abrió la puerta a un espacio reducido a una esquina de la oficina. Por el cartel de SALA DE CONSULTA, sentí que había ido allí por un problema mío, no de mi marido.

Nunca había ido a terapia ni nada parecido. ¿Se habría sentido así Juyeol cuando fue por primera vez a una clínica de salud mental? Con una profunda desesperación, con la sensación de estar al borde de un precipicio, sin poder seguir adelante. Con una historia que nadie escuchaba. Pisoteando esos terribles pensamientos, entré.

Cuando ella cerró desde dentro la puerta, sorprendentemente me noté más tranquila. Como si hubiese entrado en otro mundo. Fui la primera en sentarme, y ella se colocó enfrente. A su espalda había una pared gris, y a la derecha un enorme ventanal que mostraba el paisaje de fuera.

—¿Estaría más cómoda con las luces encendidas?

Incluso me preguntó si quería encender la lámpara fluorescente. Sacudí la cabeza. Siendo después de la hora de comer, entraba suficiente luz por la ventana y no me parecía que estuviera tan oscuro. Además, al pensar en el brillo blanco de esas lámparas, me pareció que mi corazón quedaría expuesto del todo. Mucho más cómoda con un poco de sombra y penumbra, le dije que estaba bien así. Entonces, la mujer dejó todo como estaba y se dirigió a mí.

—Todo lo que hablemos a partir de ahora quedará grabado. Se garantiza la confidencialidad, por supuesto, y nada de lo que diga se usará fuera de la investigación. Así que puede hablar tranquila.

Eso significaba que ya había pulsado el botón para grabar, desde algún sitio que yo no había visto. Tan pronto como puse un pie allí, me empeñé en cuerpo y alma en mantener a raya mis nervios. Sin embargo, todo resultaba muy incómodo. No solo el tema del suicidio, sino también este lugar al que había acudido porque alguien se había quitado la vida. A decir verdad, algo así solo podía resultar incómodo.

—Si no le importa, ¿podría empezar por presentarse?

—Mi nombre es Yeona Song, tengo treinta y tres años. Tengo un hijo de dos años y llevo casada alrededor de cuatro. Y Juyeol… hace como tres meses… nos dejó —dije con voz temblorosa.

Me esforcé en hablar con más claridad. Tenía que explicarme con exactitud para poder apelar la muerte de mi marido. Así, podría demostrar que no cayó como una víctima débil, sino que fue asesinado por la actitud irracional de una empresa. El significado de sus últimos momentos de vida ahora dependía de mí. Escogí con cuidado las palabras que se me ocurrían. No podía permitirme ningún malentendido.

—¿Cómo fue la vida de su marido?

—Bueno, su padre falleció de un ataque al corazón cuando él estaba en la universidad. Solo su madre sigue con nosotros. Se dedicaba a la logística, y Juyeol me contó que, tras su muerte, tuvo que ponerse a trabajar mientras terminaba los estudios, ya que no les iba bien económicamente. Después de eso, pasó mucho tiempo preparándose para conseguir trabajo. Dijo que fue tan duro… Creo que tardó más de dos años. Quería entrar en una empresa estable. Y luego, me conoció a mí.

—¿Cómo era la relación con sus padres?

—Era buena. No eran ricos ni pobres, y me contó que sus padres se llevaban bien. Tal vez fuera porque no tenía hermanos ni hermanas, pero cuidaron bien de él. Y su madre también se portó genial conmigo. Es una mujer muy dulce y buena. Aunque a veces tiene sus cosillas, es muy meticulosa. Juyeol también tendía a ser algo perfeccionista, quizás porque se parecen… Era ordenado, preciso…

Recordé cada uno de los aspectos de mi marido. La primera vez que nos vimos, las conversaciones con su madre, el día que tuvimos una íntima charla sobre la familia. Al hablar de esto, parecía que mi marido seguía vivo, en alguna parte, y que todas esas historias tendrían continuación. Esos días juntos, nuestras memorias. Si volvía atrás, ¿podría verlo de nuevo? Los recuerdos aparecían tan vívidos ante mis ojos. Como si hubiera sido ayer.

Era abril. La segunda primavera que Iyeon experimentaba. Parecía gustarle mucho esa estación. Cuando salíamos de paseo, por la época en la que empezaban a salir los capullos, intentaba tocarlos todos. Poco después, cuando ya eran flores, iba corriendo como podía hacia ellas con una sonrisa radiante. Mi marido se reía, feliz.

—Parece que a nuestro hijo le encantan las flores. Se parece a ti.

Tras decir esto, tomó al niño en brazos. Aunque estaba empujando el carrito, sujetó también a Iyeon y le enseñó los alrededores.

—Ahora que tendré más días libres, saldremos de paseo cada fin de semana —dijo.

Esbozó una sonrisa sincera, indudable. Sin que se notase nada. Una sonrisa idéntica a la de nuestro hijo.

Por más vueltas que le diera, Juyeol no parecía una persona que fuera a suicidarse. Era alguien que quería seguir viviendo, con Iyeon y conmigo. Jamás sospeché nada. Dijo que estaríamos juntos. Que criaríamos al niño juntos. Además, hacía un día precioso. No había edificios altos a la vista. Con solo alzar un poco la cabeza en aquel sendero tan bien cuidado, podía ver bien el cielo. A un lado tenía a Juyeol sonriendo, y detrás, el agradable sonido de los árboles agitándose. Era un momento lleno de paz.

Mientras yo seguía absorta en el recuerdo de ese día, la mujer me lanzó otra pregunta.

—¿Podría hablarme más en detalle sobre usted? ¿Qué significaba para usted su marido?

La rabia que me devoraba por dentro se calmó con esas palabras. Desde su muerte, no había podido pensar en otra cosa. No había reparado en mí misma ni una vez. ¿Por qué había muerto mi marido? ¿Cómo podía demostrar la causa de su muerte? No tenía nada más en mi mente, movida por el arrepentimiento y la culpa, junto con el odio y la rabia que sentía hacia los culpables. ¿Qué vida había llevado hasta ahora, después de que nos dejara? ¿En qué me había convertido?

—Bueno… acabábamos de formar una familia. Nuestro hijo apenas tiene dos años y… A decir verdad, mis padres fueron la razón por la que me independicé rápido y salí de casa. Mi padre tenía problemas de dinero cada dos por tres y se peleaba con mi madre, o bien se desquitaba conmigo. Así que estaba sola. Pero Juyeol era tan distinto a lo que yo conocía. Diligente, cariñoso… Jamás me levantó la voz, ni cuando estábamos saliendo ni ya casados. Era ese tipo de persona… Pero por culpa de esa gente…

Había estado sola durante tanto tiempo. Siempre sola, antes de conocerlo. Era una persona sin ningún lugar al que pertenecer, quien tampoco quería volver atrás. Y, entonces, Juyeol se convirtió en mi familia. En alguien que me empujaba a seguir viviendo en esta sociedad, que ahora me hacía añorar el pasado. Para mí, él era mucho más que simplemente mi marido. Por eso mismo no podía rendirme en esta batalla. Sin saber cómo, saqué todo lo que llevaba dentro con la esperanza de que mi profundo anhelo, esa necesidad tan urgente, llegara a cumplirse.

—¿A quién se refiere con esa gente?

—Los de la empresa de mi marido. Juyeol llevaba un tiempo diciendo que no quería ir más. No importaba lo mucho que le preguntara, solo hablaba de dejar el trabajo sin explicarme nada. Y yo, como una insensible, solo le decía que cómo podía hablar así cuando teníamos un hijo de dos años. Pero un día regresó borracho, empezó a criticar a la empresa, y bueno… Lloró, diciendo que sentía que iba a morir por culpa de esa gente. Debería haberlo dejado por aquel entonces, pero…

—¿Cómo se sintió usted al ver a su marido tan derrotado?

Un nudo en la garganta me impidió seguir. Aun así, reprimí y aplasté esas emociones, para expresar lo que quería decir. *Habla, vamos.* Sin dejar de insistirme a mí misma, de alguna forma conseguí seguir hasta el final.

—Me trasladan a otro departamento.

Cuando Juyeol dijo eso, yo estaba absorta observando la cara sonriente de Iyeon. Cuando sonreía así, ajeno a lo que ocurría en el mundo, conseguía que yo también me olvidase de todo.

—¿Por qué? —pregunté automáticamente.

—Por cierta situación en la empresa.

—Bueno, entonces esfuérzate al máximo. Quién sabe, a lo mejor es algo bueno.

Eso fue lo que le dije. Al no obtener respuesta, me quedé mirándolo. Ni siquiera prestaba atención a nuestro hijo, con la vista clavada en el balcón. Parecía tener mucho en qué pensar, aunque yo no sabía el qué. Aun así, confié en que podría con lo que fuera. Ahora que lo pensaba, fue algo ingenuo y egoísta creer algo así.

—Ya son las once...

El día llegaba a su fin. Desde que lo cambiaron de departamento, empecé a comprobar el reloj más a menudo. Mi marido pasó de llegar antes de las ocho, como muy tarde, a venir sobre las diez o las once de la noche, por lo que no podía evitar que los ojos se me desviaran hacia aquellas manecillas. Tras el sonido de unos pasos pesados y la puerta de la entrada, aparecía con el rostro agotado. Los dos bajamos la vista hacia el frío suelo de linóleo. Sin siquiera mirarme, con tan solo un «Ya he vuelto», se metió en el cuarto de baño. Después de darse un largo baño, por fin salió y se tumbó a mi lado. Entonces, le pregunté de forma casual.

—¿Qué tal en el trabajo?

—Estoy cansado. Vamos a dormir.

El mismo que antes me respondía con cariño a cualquier pregunta tonta ya no lo hacía nunca. Había cambiado desde que lo trasladaron. Estaría agotado de tanto trabajo; no se me ocurría otra cosa. Suponiendo que estaba relacionado con la empresa, decidí no preguntar. Esa era mi manera de confiar en él.

Poco a poco, nuestra vida se fue torciendo. Entre que salía tarde de trabajar y los fines de semana pasaban vacíos, me sentía decepcionada. Le dije cosas como que yo también estaba cansada después de cuidar toda la semana de Iyeon, o le sugerí que hiciéramos algo juntos. Ya había pasado mucho tiempo desde que empezamos a salir. Pero ante todas mis quejas, él solo suspiró. Yo cerré la boca. Sentí demasiada distancia entre nosotros en ese profundo resoplido. Parecía no querer hablar con nadie, ni siquiera conmigo.

Entonces, una noche oí su voz.

—¡Aah...!

Era tan tarde que ni podía adivinar la hora que era. El grito resonó dentro de nuestro cuarto. Me desperté de un salto y puse mi mano en su espalda. Él no dijo nada, con todo el cuerpo empapado en sudor. Por aquel entonces, me parecía que se comportaba de una forma un tanto extraña. Pasaron varios días así. Al poco tiempo, dudé de si estaba durmiendo en condiciones. Aunque no gritase, a veces tenía la impresión de que tampoco estaba dormido. No notaba ese sonido de una respiración profunda ni esa calma que uno tiene al dormir. También se levantaba antes de que sonase la alarma, preparándose para ir a trabajar.

—Juyeol… ¿y si pruebas a tomar somníferos?

Fui la primera en sacar el tema de su salud mental y algún tratamiento. Mi decepción había pasado a ser preocupación. Pensando en su expresión ensombrecida por el cansancio, sus respuestas cortas y la falta de energía por no poder dormir, probé a comprarle unos suplementos vitamínicos, pero no recuperó su aspecto de antes. Ni siquiera pestañeó ante mi sugerencia de tomar somníferos. Tras quedarse pensando por un momento, dijo que buscaría una clínica.

—Creo que, si lo hiciéramos juntos…

—Alguien tiene que cuidar de Iyeon. Mejor voy solo.

Siempre respondía con calma a esas cosas, como si no importase. No sabía si realmente lo hizo, pero no me contó dónde estaba la clínica. El día que la visitó por primera vez, se dirigió él solo hacia la puerta de casa. Nos abrazó a Iyeon y a mí, y lo acompañé hasta la entrada.

—Vuelve con cuidado.

— … Yeona.

—¿Sí?

—¿Y si… dejo el trabajo?

Lo dijo con una pizca de picardía, esbozando una leve sonrisa. Llevaba tanto tiempo sin verlo sonreír así, despreocupado, que pensé que se trataba de una broma o una queja sin más. Como todo el mundo tenía días en los que no quería ir a trabajar, y parecía haberlo dicho en tono burlón… Así que le respondí como si fuera algo obvio:

—Tienes que pensar también en el niño. Que ahora somos tres.

—¿Verdad que sí?

Juyeol sonrió, se giró y cruzó el umbral. Yo me quedé allí de pie, quieta por un momento.

Aquella expresión fue la última mentira de Juyeol. Tras eso, su gesto cambiaría por completo. Al sonreír, su boca se estiraba en una mueca tensa. Era una expresión muy extraña. Su mirada era nerviosa, alzaba las comisuras de la boca a la fuerza mostrando un poco los dientes y los músculos de las mejillas le temblaban levemente. Era una sonrisa que nunca antes le había visto a nadie. Y aun así lo vi como un gesto normal, y confié en que estaba bien.

Cada sábado, sin poder descansar del trabajo, Juyeol se dirigía él sólo a la clínica. Antes de acostarse, se tomaba las vitaminas y los somníferos a la vez, y se iba a dormir. De madrugada, yo me despertaba y comprobaba que su pecho se elevase. Su respiración era rápida, tal vez por alguna preocupación. Su rostro dormido no era muy diferente al que tenía cuando propuso salir a pasear con Iyeon. Decidí que saldríamos en familia el siguiente fin de semana. No nos vendría mal tomar el aire juntos.

Sin embargo, ese mismo viernes, todo se vino abajo de nuevo, como un jarrón agrietado, con los fragmentos pegados con cuidado, que vuelve a romperse. Era tarde, y mi marido no había regresado. Como las horas extras se habían hecho más frecuentes, pensé que sería por algo del trabajo y dejé de pensar en ello. Las doce de la noche, la una… Llegó la madrugada y no hubo siquiera una llamada. Cansada de esperar después de haber estado cuidando del niño, me quedé dormida sobre las dos.

—¡Mierda! ¡Malditos cabrones! ¡Los…! ¡Los mataré a todos! Sí, tengo que matarlos a todos. ¡Al presidente, al gerente, a quien sea…! ¡Una persona no hace algo así… ¡Alguien con humanidad…!

Unos gritos desde el salón me despertaron de golpe. Era la voz de Juyeol. Me apresuré a salir de la cama y fui hasta allí. Todo estaba a oscuras, y él, de espaldas a mí, se tambaleaba. Aunque normalmente bebía, siempre había sido una persona tranquila y que nunca levantaba la voz. Al sentir mi presencia, no gritó, sino que habló en voz baja, como si gimiera.

—Tengo… tengo que matarlos a todos… Joder. Jod… yo… ¿Qué he hecho yo para merecer esto…?

—¿Juyeol…?

No se giró para mirarme, así que no podía saber con qué expresión estaba diciendo esas cosas. Asustada, me acerqué con cuidado a él. Me llegó el olor amargo del alcohol. Nada más poner la mano con suavidad sobre su hombro, se dejó caer al suelo. Seguía sin girarse.

—Juyeol…

— … dormir. Vamos a dormir…

Lo dijo como si no hubiera estado chillando momentos antes. No había siquiera rastros de enfado, ni tampoco rabia mezclada en sus palabras. Solo un seco «Vamos a dormir». Su voz monótona aumentó mi ansiedad. Me senté en cuclillas para poder comprobar su cara. Quise darle la vuelta por los hombros, pero no se inmutó. Sin duda, no tenía intención de dejarme ver nada, con la cabeza gacha.

—Juyeol, ¿qué ha pasado? —pregunté con afecto.

Actué con aún más cautela, tratando de ocultar mi miedo. Pero él siguió en la misma postura, sin decir nada. Y así pasó un rato. Y otro. Estuve esperando a su lado todo el tiempo. Ya eran casi las tres de la madrugada.

— … vamos a dormir.

Su respuesta fue corta. No tenía intención de contestarme. Entonces, se levantó de golpe y entró rápidamente en la habitación, sin mirarme siquiera. Fui detrás y lo encontré metido ya en la cama y tapado hasta la cabeza con la manta. Me tumbé junto a él y lo abracé con cuidado por la espalda. Podía notar un ligero temblor en él, además del olor a alcohol. Aparte de su respiración irregular, no se oía ningún otro ruido. *Está demasiado borracho, eso es todo.* Quería pensar que ese estado, en el que nunca antes lo había visto, se debía al alcohol. Solo quería soñar con volver a ir juntos de paseo con Iyeon. Sin embargo, pasé toda la noche pensando en su misteriosa expresión. Jamás sabría cómo era, pues no pude verla.

—Me dijeron que usted… estuvo en sus últimos momentos…

La mujer habló con mucha cautela. Parecía preguntar sabiendo ya que se trataba de un recuerdo que no quería sacar a la luz. De todos modos, yo estaba allí sentada para hablar de ello y ella para escucharme, así que supuse que era una pregunta necesaria. Respondí con tranquilidad.

—Todo fue muy raro ese día.

La tragedia que ocurrió me resultaba todavía tan ajena que no sentía nada. Tenía los sentidos entumecidos, como si hubiese visto una película cruel y llena de escenas sangrientas.

Describí ese día con todo el detalle que pude, para que ella pudiera comprender lo terrible que fue.

Era el veintiocho de julio, a las siete y media de la mañana. Varias alarmas saltaron. Lo recordaba porque siempre sonaban a la misma hora. Me froté los ojos y me giré. Juyeol estaba tumbado a mi lado. Seguía tapado con la manta igual que la noche anterior, sin tratar de apagar la alarma. Lo desperté con urgencia, sacudiéndolo.

—Juyeol, vas a llegar tarde al trabajo. Levántate.

No obtuve respuesta.

—Vamos, levántate.

—No me… no me encuentro bien.

Al retirar la manta, vi que no tenía muy buena cara. Apoyé la mano en su frente y comprobé su temperatura. No tenía fiebre. Es más, estaba helado. Y no podía levantarse.

—¿Qué te pasa? ¿Quieres que vayamos al hospital?

—No. Creo que solo necesito descansar un poco.

—¿Y el trabajo?

—Después… haré una llamada…

Era un hombre que jamás se había tomado un día de baja por enfermedad en el trabajo. Hasta cuando a su madre le diagnosticaron cáncer de mama y tuvieron que operarla, solo pidió media jornada libre. A pesar de su agotamiento, fue porque ese era su deber. Incluso tras el éxito de la operación, cuando ella necesitaba cuidados, me pidió que me encargase yo y siguió yendo a trabajar. Cuando se tomaba su mes de vacaciones, lo hacía escogiendo una época que cuadrase con los planes de la empresa. Si alguien como él decía que quería descansar, no podía insistirle. Pensé que lo mejor sería dejarlo estar.

—Entonces come algo, te prepararé el desayuno. Creo que Iyeon se despertará pronto.

No dijo nada.

Estando liada en la cocina, desviaba la mirada todo el tiempo hacia nuestra habitación. Había cerrado la puerta al salir y no podía verlo. ¿Tan mal se encontraba? ¿Qué le dolía? Mi preocupación fue a más, pero no podía hacer otra cosa que el desayuno.

Toc, toc.

—¿Juyeol?

Abrí la puerta después de dar unos golpecitos y me lo encontré tumbado en la cama. Seguía envuelto en la manta, con el móvil boca abajo y los brazos cubriéndole la cara. Me acerqué a él y le rogué.

—Come un poco, ¿vale? Aunque estés descansando, también tienes que comer algo.

—Tengo el estómago revuelto.

—¿Te duele mucho? ¿Quieres que te prepare unas gachas?

—No… Solo me quedaré aquí tumbado.

Me respondía sin fuerzas, sin destaparse los ojos. No podía ver en ellos cómo se sentía. Movida por la preocupación, quise decirle algo, pero temí molestarlo. Tras mirarlo un momento, iba a hablar justo cuando se oyó el llanto de nuestro hijo.

—Vaya, ya se ha despertado. Tú descansa, voy a ver qué le pasa y vuelvo.

Salí del cuarto, algo inquieta. Iyeon estaba llorando a más no poder con el rostro profundamente arrugado. Abrazarlo y consolarlo era una tarea extenuante. Agité juguetes, lo sostuve en brazos y probé a tumbarlo. Y al no funcionar nada de eso, le di de comer despacio. Cuando ya casi se lo había terminado todo, su sonrisa fue radiante. Era un momento de gran satisfacción cuando al fin se callaba.

Por otro lado, Juyeol seguía en la habitación. Ya no podía ocultar más la preocupación que me oprimía el pecho. Eran las diez de la mañana. Al no oírle hablar por teléfono ni nada, iba a comprobar cómo estaba cuando salió despacio al salón. Tras saludarme con un gesto, se dirigió al baño como si huyese. Diez minutos después, se abrió la puerta antes de que pudiera llamarlo. Entonces se dejó caer sobre el sofá, llevando sus ojos vacíos hacia el balcón.

—¿Te encuentras bien?

—Sí…

—¿Y el trabajo?

—Ya he avisado.

No me miró para nada. Tampoco a nuestro hijo, que se reía mientras jugaba con un muñeco. Tenía la vista clavada en el balcón. Una mirada perdida, sin expresión alguna. Lo observé por un rato, y luego a Iyeon, que trataba de llamar nuestra atención. En aquella sala, con toda la familia reunida, lo único que se escuchaban eran los balbuceos del niño.

—Voy a salir un momento.

—¿A dónde?

—Solo quiero dar un paseo.

Se levantó del sitio. Estuve de acuerdo con él de inmediato, con la esperanza de que eso le ayudase a cambiar un poco su humor. «Vete tranquilo, yo cuidaré de Iyeon». No me sentía triste ni nada, era la situación de cada día cuando se iba a trabajar. Juyeol y yo pasamos junto al niño y fuimos hasta la entrada. Echó una rápida mirada hacia la puerta, se puso unas sandalias y la abrió.

¿Sandalias…?

Por algún motivo, una extraña sensación me recorrió el cuerpo, pero aun así dejé que se fuera a su paseo. El eco de sus pasos por el pasillo del apartamento se fue alejando poco a poco. En cuanto a mí, me giré otra vez hacia Iyeon. Seguía sonriendo, con su juguete en la mano. Yo también sonreí un poco. Ahora que Juyeol había salido, parecía una mañana normal y corriente. Como de costumbre, comprobé la hora. Las once menos veinte. Tal vez Juyeol estaría ya cerca de la tienda 24 horas, en la calle de enfrente. *Debería pedirle que comprase leche en el camino de vuelta.*

—¡¡Aaaaaah!!

Se escuchó un fuerte alarido desde fuera. Las manos se me aflojaron del susto, dejando caer un vaso. La alfombra evitó que se hiciera añicos, pero sí se agrietó. Limpié un poco, por si acaso hubiera algún trozo de cristal, y salí al balcón para ver qué pasaba. Al asomar medio cuerpo, vi a varias personas reunidas abajo. Era difícil enterarse desde el octavo piso en el que vivíamos, pero parecía que alguien se había desmayado. No sabía si lo que oscurecía el suelo era agua o sangre. Con el corazón encogido, llamé a Juyeol.

Bzzz. Bzzz.

La vibración venía desde dentro de casa. Seguí el sonido hasta nuestra habitación, donde estaba su móvil. Con una oleada incontrolable de ansiedad, salí corriendo como una loca y llamé al ascensor. Subió despacio desde el piso de abajo. Nada más se abrió, le di al botón de la planta baja y pulsé repetidamente para cerrar las puertas. El ascensor bajó a la misma velocidad con la que había subido, sin importarle lo más mínimo mi angustia. Al llegar, empecé de nuevo a correr hasta allí, hasta el lugar donde había visto a aquella multitud desde el balcón.

Y, entonces, lo vi. Su sangre empapando el suelo, tan roja y oscura que parecía casi negra. Su pierna doblada en un ángulo imposible. Su rostro, en la cabeza abierta. La sangre que salía de su boca. Ya no tenía dientes. Todo se volvió borroso. La sirena de la ambulancia resonaba en el aire. Mientras veía a la policía y a un miembro del equipo de emergencias decidir qué hacer, no pude siquiera decir palabra. Me flaquearon las piernas. No podía recordar si me había desplomado en el suelo o qué. Solo que un guardia que estaba allí se me acercó y preguntó qué relación me unía a él.

—Es mi… marido…

Después de eso, no guardaba ningún otro recuerdo de aquel día. Tampoco de cuándo limpiaron la sangre del suelo.

—Me arrepiento, me arrepiento cada día. Si tan solo le hubiese dicho que dejara el trabajo, que ya veríamos cómo nos las apañábamos… Si le hubiese preguntado qué le resultaba tan doloroso, si lo hubiese detenido en la puerta ese día… Si hubiese estado junto a él…

—Señora Song…

¿Cuándo me habría puesto a llorar? No sentía tristeza, pero las lágrimas me rodaban por las mejillas. Lo único que quedaba dentro de mí era la culpa y los recuerdos de aquella mañana. Con que hubiera hecho algo diferente, tan solo una cosa. O si le hubiera preguntado alguna vez. Pero no fui más que una espectadora de su final. No había perdón posible para nadie. Ni para mí, ni para esa gente.

—Señora Song, no podemos ver el futuro. Ha dicho que su marido ya había pasado por momentos duros antes y que lo vio salir adelante. Es normal que esperase lo mismo esta vez. Aunque no pueda verlo, lo que empujó a su marido a tomar esa decisión no tuvo nada que ver con usted. Por eso estamos nosotros aquí, para evitar que esto ocurra de nuevo.

Sus palabras cautelosas entraron en mi cabeza una por una. No era culpa mía. Eso que me había estado devorando por dentro, esa sensación de la que no podía librarme por mucho que culpase a esos tipos. Nadie me había dicho nunca que no había sido mi culpa, ni siquiera yo misma, pero aquella mujer me concedió ese consuelo.

—¿Puedo hacerle otra pregunta…? —dijo en voz baja pero clara.

Solo asentí. Me ardían más los ojos que el corazón, pero aun así la miré directamente. Todo fuera por escuchar bien su pregunta. Por conocer los últimos momentos dolorosos de Juyeol.

—¿Cómo cree que podría haber ayudado a su marido?

—Ayudándolo con lo de la empresa. Con su trabajo, sí. Si le hubiera dicho que lo dejase, todo habría sido diferente. No me contó nada de lo que ocurrió allí, pero su cambio vino después de decirme lo de su traslado, y también le aumentaron mucho las horas extra. Fue ahí cuando empezó a pasarlo mal. Estoy segura de que fue por esa empresa. Pero esa gente no tiene pensado asumir ninguna responsabilidad, y…

Usé todas mis fuerzas para reprimir esa pena que me debilitaba y continué. Por mí, por Juyeol, por nuestra familia.

—Todo fue por ellos, pero se negaron a reconocerlo como accidente laboral. ¿Sabe lo que dice la gente? A pesar de que mi marido ha muerto, me preguntan si hago esto por alguna compensación. Que mis ansias de dinero me han vuelto loca. Que, si la causa ha sido el suicidio, por qué iba insultando a otros. Me ven y me llaman «bruja», me dicen que solo quiero dinero. Pero no es cierto. No… ¡No es cierto! Quiero que nuestro hijo se quede con la idea de que tuvo un padre fuerte. No la de un hombre que terminó quitándose la vida por agotamiento o por debilidad, sino un hombre que murió por accidente, por culpa de su empresa. El problema no es el dinero, sino la imagen que quedará en nuestra familia de la clase de padre que fue. —Hice una pausa—. Por eso, se lo ruego…

—Haremos todo cuanto podamos.

Al ver la seriedad de su expresión, quise confiar en ella. Quería creer en esa persona que, de alguna manera, podía ayudarme en esa situación. Que había estado escuchando mi historia de corazón, que me creía. Como señal de confianza, colocó su mano sobre la mía. Era cálida. Aunque se trataba de un lugar al que jamás habría querido venir, por algún motivo sentí que estaba donde debía estar.

Pasó una semana. Dejé el móvil de mi marido en el centro. Dijeron que iban a comprobar el historial de llamadas. Mientras tanto, me vi con el abogado para preparar la apelación y me manifesté sola frente al edificio de oficinas. La negativa de aquella mediana empresa a reconocer el accidente laboral y la apelación, además de mi protesta pública, llamaron la atención de la prensa:

Suicidio de un trabajador de la constructora XX. En medio del proceso de apelación, al denegar la compensación por accidente laboral.

El artículo, que daba una visión general de mi situación, fue escrito incluyendo contenidos de la entrevista que di: el cambio de departamento, la excesiva carga de trabajo… Aunque algunos medios de comunicación señalaron los problemas que había en el sistema, la mayoría de ellos se centraron en la parte del suicidio y la compensación. Se habló de hasta qué punto se podía considerar algo así como un accidente laboral. Nadie estaba entendiendo nada. Ni cómo se sentía la familia, ni el motivo por el que la empresa debía reconocerlo. Solo sirvió para generar una polémica social.

—Maldita zorra, solo quiere dinero.

—El marido muerto, y ella haciendo estas cosas.

—Encima de que se murió causando problemas a todos, ¿cómo tiene la cara de pedir una compensación?

No importaba la opinión de cada uno, todos los comentarios eran parecidos. Yo era una loca del dinero que imputaba un suicidio a otros. Yo, una debilucha, y él, un flojo. Un tipo que, de todos modos, se iba a matar… Cada vez que leía esas cosas, me ponía enferma. Todo era tan injusto. ¿Acaso dirían lo mismo si hubiesen perdido a alguien de su familia de la misma manera? ¿Aceptarían sin más que el fallecido era una persona débil, que iba a morir de todas formas? Si alguien cercano a ellos se suicidase, ¿reaccionarían también sin un atisbo de lástima y con tantos reproches? No me entraba en la cabeza. No podía dejar que Juyeol terminara así, tenía que ganar este caso. Era la única manera de demostrárselo a esa gente. A esa sociedad.

Ese día, me vestí para ir de nuevo a manifestarme. Dejé a mi hijo en casa de mi vecina y volví a por mi pancarta, con un Constructora XX, asesina escrito en letras bien grandes y rojas. En un tamaño menor, también describía el estado de Juyeol antes de morir. Mientras decidía si sacar o no una bufanda del armario, sonó el móvil. Era el centro de autopsias psicológicas.

—Buenos días, señora Song. Soy Jian, del centro de autopsias.

Su voz sonaba igual de suave que la última vez que habíamos hablado. Nada más oírla, mi corazón se aceleró. ¿Habrían obtenido algún resultado? ¿Cuál habría sido? Logré recomponerme antes de contestar.

—¿Saben ya algo?

—Antes de nada, ¿cree que podría venir? Hay algo de lo que quiero hablarle.

—¿Cuándo podría ir?

—Cuando usted pueda… Ah, si quiere que nos veamos hoy, ¿podría llegar aquí antes de las diez y media?

Me respondió con rapidez, como si estuviese dentro de mi cabeza. Sería un día de protesta echado a perder, pero quería escuchar lo que tenía que decirme, aunque fuera breve. Como había dejado a Iyeon con la vecina, decidí salir ya. Seguí hablando mientras tomaba mis auriculares y me anudaba una bufanda de cuadros.

—Si salgo ahora, creo que tardaría como una hora…

—No pasa nada. Solo son… casi las nueve. Nos vemos en una hora en el centro, entonces.

—Sí, voy ya.

—De acuerdo, venga con cuidado.

Me quedé un momento en blanco después de colgar. Al lado del armario estaba apoyada la pancarta que tenía pensado utilizar. Eché un vistazo a la habitación, viendo la cama en la que Juyeol estuvo sufriendo. Y, al lado, la ventana con cortinas de color gris oscuro. Me fijé en la luz que se colaba entre ellas y me quedé observándola, sin moverme. Vi las motas de polvo flotar en ella. Caían, revoloteaban y volvían a caer. Tras un rato con la vista puesta en el polvo parecido al polen de las flores en primavera, me puse en marcha. *Vamos, espabila*. Me repetí eso una y otra vez, como un mantra.

De camino en el metro, no pensé en nada. Ni me preocupé por si el resultado sería que ellos tenían la culpa, ni esperé algo positivo que me ayudase a ganar el caso. Estaba apática, con el ánimo indiferente a una cosa u otra. Confiaba en mi marido y también en aquella mujer, aunque no la conociese bien. Eso sí, lo segundo era más bien infundado. Pero, con su mirada directa, su voz serena, su delicada consideración y su presencia tranquila, no podía sino confiar en ella.

Subí hasta el cuarto piso. Apenas sentí emoción alguna al subir las escaleras. No había rastro de los nervios ni de la ansiedad de mi primera vez allí. Solo me concentré en superar los escalones. Fuera como fuere, el resultado ya estaba decidido. Una vez frente a la puerta de cristal, Jian me abrió. Como si hubiera reconocido el sonido de mis pasos.

—Bienvenida. Pase.

—Sí...

Me condujo con naturalidad hasta la sala de consultas. Llevaba muchos papeles en sus manos, parecían documentos. Una vez que nos sentamos de nuevo en aquel cuarto, estuvimos en silencio, algo a lo que ya me había acostumbrado un poco. Jian, colocada enfrente, observó mi expresión.

—¿Cómo ha estado últimamente?

—He estado manifestándome, cuidando del niño, preparando la apelación y esas cosas.

—También he visto los artículos. Me imaginé que estaría devastada...

—Bueno... qué se le va a hacer.

Eso significaba que había leído todos y cada uno de los comentarios en mi contra. Era imposible que no hubiese visto ninguno de los que nos criticaban a mi marido y a mí. Oculté cómo me sentía, intentando aparentar que no me importaba. Lo primordial era el resultado de esa autopsia psicológica.

—Por nuestra parte, tuvimos una entrevista adicional. Primero, ¿podría echarle un vistazo al informe?

—Claro.

Sacó uno de los papeles que llevaba y me lo entregó. El texto ocupaba toda la hoja. Sin decir nada, esperó a que lo leyese todo. Fui guardando en mi memoria cada palabra, cada frase.

INFORME DE AUTOPSIA PSICOLÓGICA

<u>Nombre:</u> Juyeol Kang

<u>Edad internacional:</u> 36 años

<u>Fecha de fallecimiento:</u> 28/07/2022

<u>Información del caso:</u> Expresó sufrir de depresión aguda. Un mes antes de llevar a cabo el suicidio, manifestó síntomas de ansiedad e insomnio, recibiendo medicación en una clínica de salud mental. El 28 de julio de 2022, tras no presentarse al trabajo sin previo aviso, dijo que saldría un momento de casa, subió al tejado de su propio edificio de apartamentos y saltó.

<u>Desarrollo y personalidad:</u> El fallecido (Juyeol Kang, 36), hijo único de una pareja económicamente inestable, creció en un entorno suficientemente cariñoso. Su padre trabajaba en logística. De su madre, ama de casa, sacó el carácter meticuloso. Sus resultados escolares y su historial también eran excelentes, ejemplares. Tenía un fuerte sentido de la responsabilidad, una tendencia al perfeccionismo. En general, a lo largo de su vida no mostró señales de ningún trastorno mental subyacente, ni ninguna característica peculiar (trastorno de personalidad).

<u>Principal causa de estrés:</u> En su veintena, después de ser contratado en una empresa de construcción, estuvo sin cambiar de puesto de trabajo y sin presentar señales de estrés hasta tres meses antes del incidente. Sin embargo, al parecer, se lo culpó de un error interno y se lo cambió de departamento de forma injusta. El

estrés del traslado, la sensación de completa incompetencia al estar en un departamento muy diferente al que estaba acostumbrado, las frecuentes horas extra (más de sesenta a la semana), además de un presunto abuso verbal. La víctima, muy perfeccionista, siente el error cometido en el trabajo como un terrible fracaso. Esto se sumó a su fuerte sentido de la responsabilidad, ya que de él dependía la situación de su familia, lo que podría haber hecho más difícil que renunciase. Al mismo tiempo, se cree que la sensación de impotencia al no poder cumplir con su deber por el traslado lo habría empujado a quitarse la vida.

Conclusión: Revisando el contenido de la investigación, más que el estrés causado por el carácter perfeccionista o por posibles problemas temperamentales de la víctima, se señala el repentino cambio de ambiente laboral, el injusto traslado a otro departamento, el trabajo excesivo y el abuso verbal, entre otros problemas en la empresa, como las causas que provocaron en la víctima depresión y pensamientos suicidas.

Plan preventivo: Con el objetivo de prevenir un posible suicidio, se ve necesario organizar una auditoría sobre la operación del centro psicológico de la empresa y el acoso psicológico dentro de esta. Asimismo, el hecho de que no se tomaran medidas al respecto, a pesar de que la víctima ya estaba recibiendo ayuda psicológica antes del incidente, pone en evidencia la necesidad de educar acerca de la prevención del suicidio, ofrecer tratamiento a personas con pensamientos de riesgo y otras medidas de seguridad.

<Adjunto_Informe_de_investigación> <Adjunto_Entrevista1> <Adjunto_Entrevista2>, <Adjunto_Historial_telefónico> <Adjunto_Evaluación_psicológica_y_contenido_de_la consulta>.

—Esto es…

Nada más leer el informe, lo primero que se me vino a la mente fue la figura de Juyeol, de espaldas a mí. Saliendo a trabajar. Agachado en el suelo, borracho. Cuando se fue ese último día, con las sandalias puestas. Recordando todas esas veces que lo vi de espaldas, me surgieron preguntas acerca de ese cambio injusto de departamento y ese abuso verbal. ¿Por qué no me habrá dicho nada? ¿Por qué? ¿Cómo pudo soportar todo eso? ¿Qué cosas tuvo que escuchar? No me salían las palabras, pero fue Jian quien habló.

—Aunque ya lo ha leído, me gustaría también explicarle que, según el resultado de la entrevista realizada, hubo un problema de seguridad en una empresa subcontratada. Para evitar daños, la compañía de su marido decidió cargarle a él la responsabilidad e hicieron un traslado improcedente. Y en cuanto al lugar al que fue… Bueno, échele un vistazo a este documento.

De nuevo, sacó varios folios del montón de papeles y me los dio. Era la transcripción de una conversación anónima.

Entrevista completa sobre Juyeol Kang_Persona_A

Terapeuta: ¿Cómo era su relación con el señor Juyeol Kang?

Anónimo: Diría que éramos bastante cercanos. Salíamos a fumar en los descansos, y me hablaba de su hijo y de su mujer. Al salir de trabajar, también íbamos a tomar algo de vez en cuando.

Terapeuta: ¿Qué opina acerca de su fallecimiento?

Anónimo: Bueno, no sé qué decir. Lo cierto es que me fui de la empresa por Juyeol Kang *(a partir de ahora, Kang)*, pero ¿realmente era necesario suicidarse? La muerte de alguien es triste, por supuesto. Llevaba mucho tiempo trabajando con él. Si pienso en todo lo que le ocurrió, es una lástima.

Terapeuta: ¿Qué ocurrió en la empresa?

Anónimo: Kang era un tipo meticuloso, no solía fallar... solo una vez. Hubo un accidente en una empresa subcontratada. La verdad es que hubo algunos heridos y, en el momento de echar las culpas, cayeron todas sobre Kang, aunque solo hubiese cometido un pequeño error en el diseño. No sé si hizo algo que molestó a los de arriba, pero poco después lo movieron de departamento. Y a un puesto muy duro, además. En la fábrica.

Terapeuta: ¿No sabe entonces nada de lo que le pasó después de su traslado?

Anónimo: Esto solo lo sabemos los que estamos en la empresa, pero los trabajos manuales son un infierno. Si haces algo mal, todo son insultos, insultos y más insultos. Solo sé esto porque me lo contó otro empleado, pero parece ser que, al moverlo allí sin haber hecho antes nada más que diseño y haber ocupado un puesto alto, lo criticaban muchísimo. Los de la empresa lo habrían mandado allí para machacarlo, claro. Aunque nadie esperaba que se terminaría suicidando... De todas formas, pienso que es culpa de la compañía. Por eso estoy aquí.

Terapeuta: ¿Qué clase de persona era Juyeol Kang en el trabajo?

Anónimo: Bueno, como ya he dicho, era un tipo muy meticuloso. Era muy diligente y nunca se ausentaba. Cuando había que hacer horas extra, las hacía sin mostrar desagrado. Se podría decir que tenía un fuerte sentido de la responsabilidad. Se quedaba callado cuando lo empujaban a trabajar más, tanto que un día le dije que tenía que negarse. En ese sentido, también era un poco blando.

Terapeuta: Entonces, ¿sabe algo en detalle sobre lo que dijo Juyeol Kang después de ser trasladado?

Anónimo: Hay una página web, un portal de la empresa, ¿sabe? Una vez, vi varias publicaciones con insultos que parecían dirigidos a él. Diciendo que no era más que un idiota en la fábrica, que solo había estudiado pero que no sabía trabajar. Que, si le decían que hiciera algo de nuevo, volvía a hacerlo mal. Que si era un gilipollas, un parásito inútil, cosas de ese estilo. No se mencionaba su nombre, pero tampoco había mucha gente a la que hubiesen trasladado allí. Por supuesto que pensé en Kang cuando vi aquello. Seguramente eliminaron todas las publicaciones tras el incidente. Como también salieron artículos...

Terapeuta: Hay algo que quería preguntarle. ¿Cómo cree que se lo podría haber ayudado?

Anónimo: Cuando tuvo lugar el accidente de seguridad, si la compañía hubiese asumido el problema, no habría habido motivos para mover a Kang a la fábrica. Era un buen trabajador, aunque no fuese el mejor. Sin embargo, a la

hora de reconocer que hubo un problema de seguridad,
había que elegir a un cabeza de turco, y creo que lo
escogieron precisamente a él. Por una parte, lo entiendo,
la verdad. Era un padre de familia que no podía
permitirse dejar su puesto.

Todo lo que Juyeol no pudo contarme, lo que me ocultaba. Estaba todo allí, en esa transcripción. La compañía era mucho más cruel de lo que yo imaginaba. Había estado solo en todo aquello. Sin nadie que lo apoyase, solo. Me sentía cada vez más confusa. La mujer siguió con lo que tenía que decir.

—Por motivos de protección de datos personales, la persona es anónima y algunas partes fueron excluidas, pero es el registro real de la entrevista. A través de esta, dicha persona estuvo de acuerdo con lo que usted nos compartió. También dijo que la muerte de su marido no tuvo nada que ver con usted, por supuesto.

—¿Por qué…?

Por qué. Eso fue lo primero que salió de mí. Fue algo reflejo. *Puf.* La mujer esperó a que dijese algo más, tal vez sorprendida ante mi respuesta.

—Entonces, por qué… ¿por qué ha abandonado a su familia…?

Jian guardó silencio.

—Si estaba pasando por algo tan duro, debería habérmelo dicho. Se habla y se sale adelante juntos, ¿por qué dejarnos a Iyeon y a mí? No estaba solo, no, no lo estaba… Pensé que estaríamos siempre juntos, por qué…

—Señora Song.

Pronunció mi nombre con firmeza. Como alguien que tenía algo que decir. No me sentía con fuerzas para mirarla a los ojos, pero me llamó de nuevo y no tuve más remedio. Entonces, habló con calma.

—¿Podría salir conmigo un momento?

—¿Cómo…?

Se levantó con tranquilidad de su asiento y yo la imité. Salimos de la sala de consultas y del centro y bajamos en fila las escaleras. Confusa, le pregunté mientras la seguía.

—¿A dónde vamos?

—Será un momento, está muy cerca.

Dio la vuelta al edificio y caminó en dirección al callejón de detrás. En mitad de una cuesta un poco empinada había una cabina telefónica. Aunque alargase la vista más allá hasta el final de la cuesta, no veía más que unas casas y un muro de piedra. ¿Ese era el sitio al que quería ir? La mujer detuvo el paso a la altura de la cabina. Solo con verla, se sabía que llevaba allí mucho tiempo. Me pregunté si todavía funcionaría, o si habría alguien que la utilizase. Estaba cubierta por una gran cantidad de anuncios.

—¿Le gustaría llamar a su marido? Ya son las once menos veinte, así que… Creo que podrá escuchar su voz.

—¿Qué… es esto?

Al no comprender lo que quería decir, solo pude preguntar aquello. ¿Qué era todo esto? Sin embargo, ella me contestó con mucha seriedad, dejándome ver que iba en serio.

—No tiene una explicación sencilla, pero… Es una cabina telefónica especial. En ella, solo alguien realmente preciado, alguien esencial para el difunto, puede escuchar sus últimos pensamientos. Solo puede hacerse a la hora en la que la persona dejó este mundo, por eso le pedí que viniera antes del momento en que el señor Kang falleció. Por supuesto, no funciona siempre. Solo si el difunto quiere transmitir sus últimos sentimientos. No sé de los demás, pero, si es usted, podrá escucharlo. No hay nadie más cercano, nadie a quien el señor Kang haya querido más, que usted. —Pausa—. Créame, aunque en el fondo no lo haga. En el mundo, a veces también pueden ocurrir cosas increíbles.

Con una expresión seria, sus palabras me agitaron por dentro. ¿Era verdad lo que decía? ¿De verdad podía escuchar sus últimos pensamientos? ¿Podía existir algo tan imposible como esto? Pero dejar el mundo de una forma tan abrupta, suicidarse… Para mí, eso también era algo inconcebible. Una locura más tampoco me parecía tanto. Quería creer en algo, ya fuese en una verdad o en una mentira. Ahora que él no estaba, no tenía nada en lo que creer. No, ni siquiera podía creer en él, que había escogido la muerte.

Al descolgar el auricular de la cabina, que debía de tener unos veinte años, mi mente se quedó en blanco. No había llamado a mi marido desde que nos dejó, pero no había olvidado su contacto. Marqué ese número tan familiar en aquel lugar desconocido: 010-XXXX-XXXX.

Solté un fuerte suspiro antes de darle al botón de llamada. Tratar de creer en algo así de absurdo me pareció estúpido. ¿Sería verdad? Bueno, lo sabría después de intentarlo. Pulsé y esperé. Aunque su número ya había sido desconectado, dio tono de llamada. ¿A dónde? Sorprendida, seguí a la espera. Entonces, *tac*. El sonido de alguien respondiendo al teléfono. Era la voz de mi marido.

—Yeona, lo siento. Quería ver la cara sonriente de Iyeon hasta el final. Quería proteger tu felicidad y la de él. También me imaginaba cómo crecía nuestro hijo y más adelante se independizaba. Pero sigo queriendo irme. Es demasiado sufrimiento… No puedo aguantar más. Sé que es posible huir de esto, ¿sabes? Podría hacerlo. Pero no soy capaz. Y pensar que no podía escapar solo ha hecho que me sintiera más miserable. Saber que podía, pero no. Me parecía que morir era más… fácil. No podía

quitarme esto de la cabeza. Tal vez sea algo bueno para vosotros que me vaya y que encuentres a alguien bueno. Que conozcas a alguien mejor que yo, un inútil que lleva una vida difícil, e incluso podría ser mejor también para Iyeon. Como todavía es pequeño… Te pido perdón como marido que no ha sabido mantener bien a su familia. Y te pido perdón como padre. Encuentra a alguien mejor. Sé más feliz. Mi partida es lo mejor para la familia… Gracias por haber creído en mí todo este tiempo. Gracias por haberte convertido en mi familia.

Mientras hablaba, no pude pensar en nada. En el auricular, su voz, que llevaba tanto sin escuchar, conservaba incluso ese tono único que solo yo conocía. Aunque se tratase de una grabación, eran palabras que nunca había oído de él en vida. Diciendo cosas sin sentido en una situación igual de extraña. ¿Que su partida era lo mejor? ¿Que debía irse para que viviéramos bien? Después de unos minutos, su voz se cortó, y en un estado de confusión miré a Jian.

—Esos fueron sus últimos pensamientos. Los que no quería contar a nadie más que a usted, señora Song.

—¿Cómo… cómo es posible?

—Quizá porque la persona que respondió al otro lado, con tanto que decir, estaba desesperada. Ya le dije que a veces pueden ocurrir cosas increíbles. Sean las que fueren.

—¡Quiero oírlo otra vez!

—Por desgracia, ya ha pasado el momento en el que abandonó este mundo.

Tras esto, marqué el número de mi marido, y hasta llamé desde mi propio móvil. Tal vez funcionaría. No obstante, sonó lo que ya esperaba.

El número al que llama no existe…

La mujer habló con aire tranquilo:

—Yo también lo he intentado, pero solo se puede con esta cabina. Y no funciona con todo el mundo que descuelga el auricular. Lo que voy a decirle puede resultarle extraño, pero creo que se debe al intenso anhelo de las personas. —Se detuvo—. Quiero decir, la razón por la que ha escuchado los pensamientos de su marido es porque quería desesperadamente saber qué sentía, así como él quería desesperadamente transmitírselos a usted.

Esas fueron sus palabras. Las dijo despacio, en orden. Para que yo pudiera entenderlas.

—La gente que elige ir más allá, hasta el suicidio, puede sufrir un estrés abrumador y depresión. Queda atrapada en ella, donde es difícil pensar con lógica. Es casi como cuando un niño pequeño acaba solo en un lugar que nadie conoce. Y aun estando en esta situación, el señor Kang se esforzó en seguir yendo a trabajar, por su familia. —Su discurso era claro y firme—. No los dejó tirados a usted y su hijo. Se sentía inútil, pensando que tampoco servía de nada para su propia familia. Por eso, terminó creyendo que lo mejor sería que él no estuviese. Instándola a encontrar a alguien mejor que él, por su bien y el de su hijo.

Recordé el rostro de mi marido. Su sonrisa igual que la de Iyeon, sin rastro alguno de secretos. Aquella mujer lo estaba describiendo tal y como era, como alguien con un fuerte sentido de la responsabilidad y que lo daba todo por su familia. No podía creerlo. No podía creer en la sonrisa de Juyeol que tenía grabada en la memoria, ni tampoco creerme su suicidio. No obstante, por más vueltas que le diera, ambas eran reales.

—Lo sé. Entiendo que usted no piense lo mismo. En la situación en la que estaba, al final el señor Kang tomó la decisión que veía como la mejor para todos. Por eso mismo, le pido que no piense que dejó a su marido solo, o que él los ha abandonado. Ambos… ambos se querían mucho. Aguantó todo ese tiempo porque amaba a su familia, hasta el final.

Gracias por haber creído en mí todo este tiempo. Gracias por haberte convertido en mi familia.

Junté las manos y las apreté con fuerza al recordar esas últimas palabras. Como deseando atrapar algo. Cerré los ojos, y las lágrimas cayeron sobre el dorso de mis manos. Una persona idiota, que había sufrido demasiado. Lo que sentía por Juyeol no era resentimiento, sino pena. ¿Cuánto debió de soportar? ¿Cuánto sufrió? ¿Cuánto se esforzó en enfrentarse a todo él solo? Quería decirle tantas cosas. Que quería compartir con él los momentos duros. Resolver juntos todo lo que le ocurriera, paso a paso. Pero él ya se había marchado a un lugar desde el que no podía oírme. Porque yo... No, porque nadie supo comprenderlo.

Aún de pie en la cabina, después de que mi fuerte llanto cesara, la mujer se dirigió a mí.

—¿Qué piensa hacer ahora?

Al escucharla, pensé que quería vivir. Viviría por él, y por nuestro hijo. No podía hundirme para siempre en la tristeza, en la rabia. La miré sin vacilar.

—Tengo que presentar estos documentos en el juicio, claro. Y volver a apelar, si fracaso. Pienso llegar hasta el final. Por mi hijo.

—Tiene todo mi apoyo.

Me tomó de la mano, y esa vez noté una sensación de cercanía, más que de calidez. Ella no dudaba de que saldría adelante. Creía que ganaría, de una forma u otra, y que seguiría con mi vida. Aferrándome a esa idea, agarré su mano de vuelta. *Viviré. Ganaré.* Esas palabras fluían entre nuestras manos, sin poder expresarlas en voz alta. Aquella mujer abrazó no solo la vida de Juyeol, sino también la que yo estaba dejando atrás.

Pensaba que, tras darle al abogado los papeles y seguir con la apelación, todo terminaría rápido, pero se fue alargando. En los documentos era evidente que había habido un error por parte de la empresa, pero desde el otro bando no hacían más que poner objeciones. Sacaron argumentos sin pies ni cabeza para intentar rehuir su responsabilidad, y la corte los aceptó. El abogado me comentó que sería una disputa larga, que podría tardar incluso varios años. Que había posibilidades de no conseguir una compensación por accidente laboral, aunque continuáramos apelando.

—¿Qué quiere hacer? —me preguntó.

—Pues seguir intentándolo.

Mis intenciones no habían cambiado. Sin embargo, después de esta eterna apelación, me pregunté qué quedaría. Aunque dijeran que era un incidente causado por motivos personales. Aunque negasen la compensación. Considerasen o no la muerte de mi marido como un accidente laboral, sabía que él ya no volvería. Durante los años que durase el juicio, criaría a mi hijo. ¿Cómo podría explicarle todo esto? Si se aceptaba como accidente laboral, podría decirle que había sido culpa de la compañía, pero ¿y si no? ¿Qué vida acabaría teniendo Iyeon, tras perder la disputa? Entonces, recordé el rostro de Jian. Esa mujer que había pasado ya por tantos casos de suicidio.

La siguiente vez que fui allí no fue por Juyeol, sino por mí misma.

—¡Oh…! Bienvenida.

Tan pronto como abrí la puerta, el hombre llamado Sangwoo me recibió. No me preguntó quién era, quizá se acordara de mi cara. Por otro lado, la mujer, sentada en una silla de oficina, puso una expresión de sorpresa al verme.

—Siento haber venido así, sin avisar... —me disculpé, incómoda.

Intenté llamar por teléfono, pero mi boca parecía estar sellada. Al no saber qué decir, sin darle más vueltas, decidí ir directamente hasta allí. En parte, pensaba que ella me comprendería. Y, tal y como me esperaba, ella sonrió de inmediato, diciendo que no pasaba nada. Después, me llevó hasta el sofá en el que me había sentado la primera vez.

—Me ha tomado un poco por sorpresa. No esperaba que fuese a visitarnos de repente. ¿Qué ha pasado con la apelación?

Me preguntó mientras me servía un poco de té caliente. Su sonrisa radiante calmó mi corazón. Sentí que podría escucharla hablar de cualquier cosa. Tras dar un suspiro, le expliqué.

—La verdad es que la disputa se está alargando. No sé hasta cuándo tendré que esperar. Un año o dos, tal vez incluso más. El abogado dijo que los documentos podrían ser de ayuda, pero que las posibilidades de que el suicidio fuese considerado como accidente laboral eran muy bajas, que podía ser complicado. Que me esperase lo peor...

—Ah...

Hubo un tono de lástima real en su breve respuesta. Continué hablando con sinceridad, tras poner una sonrisa amarga.

—También he probado con protestas, peticiones y otras cosas. Bueno, y la apelación. Pero, al estar esperando tanto tiempo, con la idea de que no saldría bien, me surgieron algunas preguntas y... Ya que estaba aquí, decidí pasarme. Sentí que podría responderme. Es ridículo, ¿no cree?

—No, en absoluto. Puede venir siempre que lo necesite, no importa cuándo.

Unos hoyuelos aparecieron en su rostro al sonreír. Ahora que lo pensaba, aquella mujer no me había sonreído de verdad ni una sola vez desde que la conocí. Quizá por la situación. Por un momento, eché un vistazo por el enorme ventanal. Mi vista se posó en las casas bajas, en contraste con el cielo despejado. Me pareció curioso pensar que la gente que vivía allí «estaba viva». Igual que yo, aquí y ahora.

Volví a mirar a la mujer y solté aquella pregunta que guardaba dentro de mí.

—¿Cómo salen adelante esas familias marcadas por el suicidio?

—¿Me pregunta cómo son las vidas de los que han perdido un familiar de esa manera? —preguntó ella de vuelta.

Mi repentina pregunta sonó algo extraña. Le expliqué cómo me sentía, igual que ella había hecho la última vez al hablarme de los últimos pensamientos de mi marido.

—Sé que es una pregunta extraña, pero he estado pensando: si todo esto termina en que la muerte de Juyeol fue un suicidio sin más, sin que la empresa tuviese ninguna culpa, si mi hijo y yo resultamos marcados por ese estigma del suicidio, ¿cómo viviremos…? Ahora no hago más que luchar, pero en algún momento eso acabará. Así que he estado dándole vueltas a qué debería hacer si el veredicto es un suicidio. Por eso quería preguntarle.

No contestó de inmediato. Me observó un instante, con una mirada afligida. No entendía qué le resultaba tan triste, a lo mejor ya había conocido a muchos como yo. Esperé su respuesta. Escucharía lo que tenía que decir, fuera lo que fuere.

—Nadie puede marcarlos con eso, aunque lo intenten. Incluso ahora mismo, está luchando para no llevar una vida signada por esa pérdida. Está demostrando que el suicidio no debe convertirse en un estigma, que no es culpa de una persona y ya. Aunque al final no se reconozca ante la ley como un accidente laboral, nadie podrá encasillarla a usted ni a su difunto marido. Y lo mismo pasa con el resto de víctimas y sus familias. Lo importante no es el suicidio en sí, sino la pérdida de un ser querido. Creo que todos debemos hacer lo que esté en nuestra mano para concienciar sobre esto. —Hizo una pausa—. Una vez que termine el juicio, todavía hay muchas cosas que puede hacer. Como crear un mundo que acepte con los brazos abiertos ese dolor de haber perdido a alguien importante, sin los prejuicios sobre el suicidio. Así es como viven las familias de las víctimas. Cada uno aporta lo que puede desde su vida, desde su lugar.

Sus palabras me hicieron reflexionar. ¿Esas otras personas habrían sentido el mismo dolor que yo? ¿Por qué habría pensado que yo era diferente? Probablemente estarían viviendo también como podían, llenos de resentimiento y culpa. Esperando que alguien comprendiera su pesar. Yo no era muy diferente a ellos. Aunque perdiera el caso, tendría que hacer lo mismo. Dejarle a mi hijo la imagen de su padre como un hombre que lo dio todo por su familia. Decirle que no fue un padre del que sentirse avergonzado. De ahora en adelante, eso era lo que tenía que hacer.

Por último, antes de salir del centro, me quedé un rato mirando a aquella mujer. Me perdí en sus ojos, en medio de su rostro tranquilo y amable. No nos parecíamos en nada, pero sentí que compartíamos nuestras emociones. Todo gracias a sus palabras.

—Gracias.

—Si lo está pasando mal, venga cuando sea. Y, si tiene buenas noticias, también.

Me dio un apretón de manos. Si me fijaba bien, eran más pequeñas de lo que pensaba. Agarré de vuelta su delicada mano, y ambas sonreímos levemente. Cuando me soltó, aprovechó para colar una pregunta.

—Por cierto, ¿no quiere volver a escuchar los sentimientos de su marido?

—No. Ya sé todo lo que quería saber. Además, quizá ya no responda al teléfono. Lo que ahora anhelo es vivir el mañana, con mi hijo.

—Tenían una bonita relación, ustedes dos.

—Usted también tiene a alguien así, seguro. Una persona muy querida, a la que no quiere dejar ir.

Su respuesta fue tan solo una amarga mueca. Me excusé diciendo que era una tontería, pero ella contestó sin pizca alguna de tristeza, como si no pasara nada. Permaneció en silencio hasta el final, y yo tampoco pregunté de nuevo.

Me di la vuelta y salí del centro, alejándome poco a poco de ella. Dirigiéndome hacia adelante. Ahora, debía encargarme yo sola de lo que quedaba. Ella también lo sabía. Cada uno aportaba lo que podía, desde su lugar. En la calle, los árboles se extendían a ambos lados. Los hierbajos crecían entre las estrechas grietas del suelo. Los capullos empezaban a abrirse.

Varios años después, al enterarme de que se habían aprobado medidas respecto a la regulación de comentarios en noticias sobre el suicidio, volví a pensar en ella. El artículo decía así:

Según las palabras de Jian Kang, gerente del centro de autopsias psicológicas (…). En respuesta, el centro estuvo solicitando desde el año 2022 que se implementasen medidas para regular los comentarios, por el bienestar de las familias afectadas.

CAPÍTULO 2

Sin derecho a juicio

Me costaba respirar. No importaba si era de noche o de día, pues las gruesas cortinas convertían la sala en el lugar más oscuro posible. Era un espacio pequeño, un estudio desolado. Envuelta en mi edredón, estaba sentada sobre una manta eléctrica. Podía sentir el frío en la cara y el calor en el trasero. Los dedos de los pies, que asomaban al final de la manta, también los tenía helados. No sabía cuánto frío haría fuera, pero me goteaba la nariz. En mi mano, sostenía mi móvil ya algo antiguo, con un número desconocido en la pantalla: 02-XXXX-XXXX.

Había marcado con intención de llamar. La pantalla iluminaba el estudio con una luz verdosa. ¿Debería pulsar el botón de llamada? ¿O mejor no? Mientras le daba vueltas, la pantalla se oscureció. Entró en modo bloqueo. Volví a encenderlo y miré el número. Podía hacerlo, solo tenía que pulsar el botón. Pero, por más que gritase por dentro, no lo presionaba. La pantalla se apagó de nuevo, y se hizo la oscuridad.

Me tapé hasta arriba con el edredón. Aunque no lo hiciera, la penumbra era la misma. Encogí el cuerpo, con mi cara derritiéndose en contacto con la manta eléctrica. Con cada respiración, el calor subía. ¿Me faltaría el aliento porque se estaba acabando el aire allí debajo, o porque ya no tenía fuerzas?

Encendí otra vez el móvil, pero no hice nada más. No sabía qué decir ni tampoco qué escucharía, y eso me asustaba. Sentí que nadie creería que lo que me había ocurrido era real. No había nadie a mi lado.

En algún momento me quedé dormida, no sé cuándo. Envuelta en aquella negrura, el tiempo había dejado de tener sentido. ¿Cuánto habría dormido? De todas formas, no pensaba demasiado en eso. Aunque durmiera varias veces al día, tampoco me importaba. De hecho, eso era lo mejor. Así podía olvidarme de la realidad, al menos unas horas. Cuando abría los ojos, esta caía de nuevo sobre mí como una cascada, junto con mis lágrimas. Si así podía escapar de todo esto, no quería volver a abrirlos jamás. Esperaba que nadie me buscase.

Entonces, escuché una vibración. Un escalofrío recorrió todo mi cuerpo. No era ninguna alarma. Era más bien como si no viniese desde dentro de casa, sino desde el teléfono de otra persona. Un sonido ajeno. Esa vibración… ¿La estaría notando solo yo? Ni siquiera tenía a quién preguntar. Estaba sola en este lugar.

—Ugh… uuuh…

Comencé a lloriquear, sintiendo una mezcla de tranquilidad al saber que nadie iría a buscarme y de ansiedad al creer que alguien lo haría. Si pudiera, tiraría incluso mi móvil, saldría de aquí y huiría a otra parte donde nadie pudiera encontrarme. Pensé en la montaña, o en el mar. En lo más profundo de cualquiera de las dos opciones. Si dejaba este sitio, ¿cuánto podría aguantar? Apenas me quedaban cien wones. Un mes. Si me fuera, sin duda moriría en un mes; no tenía para durar más tiempo.

¿Sería esa la razón por la que no podía irme? ¿Por querer vivir más de un mes? Entonces, ¿qué era esta sensación de querer morirme? ¿Por qué no era capaz de hacer nada? Quizás iba a morir así, en este lugar. Por quedarme sin dinero, por no tener para comer. O tal vez porque no tenía otra salida más que la muerte.

Encendí otra vez el móvil y marqué ese número al que no me atrevía a llamar. Si iba a morir así, al menos podría hacer algo tan sencillo como eso. Era más fácil que morir. Volví a sacar el tema de la muerte para darme ánimo. Las fuerzas que me quedaban no me parecían suficientes para dejar este mundo, pero sí para presionar el botón de llamada.

Tuuu. Tuuu.

Cuando ese tono repetitivo sonó por tercera vez, mi corazón latía tan fuerte que parecía a punto de estallar. Estaba dividida entre mis esperanzas de que alguien contestase y de que no respondiera nadie. Al siguiente tono, me puse tan nerviosa que colgué. Había hecho una llamada. No sabía cómo, pero lo había hecho. Fue desde el otro lado de la línea que no contestaron. O eso me dije para reconfortarme. No quería llegar hasta el final para comprobar que nadie respondía. Sentía que nadie contestaría, nunca.

Suspiré. ¿Sería de alivio o de ansiedad? ¿Por qué notaba esa desesperación de que nadie vendría a ayudarme? Si yo era quien había colgado antes de tiempo. Entonces, sonó el móvil. Esta vez era real.

El número al que acababa de llamar estaba en la pantalla. Alargué la mano y silencié el teléfono. Solo con oír aquella vibración, me faltaba el aire. Si ya dudaba a la hora de hacer una llamada, más aún lo hacía cuando tenía que responder. Sin moverme, observé la pantalla iluminarse. ¿Debería contestar o no? Entre que me decidía y no, se cortó. Me pareció que habían esperado hasta que saltase el contestador para colgar.

Bzz. Bzz.

Volvió a sonar. Era el mismo número. Me vibraba con fuerza en la mano, que empezaba a sudar. ¿Debería contestar? No era más que darle a un botón. ¿Y si lo hacía? Dirigí lentamente mi dedo hacia él. Cuando estaba a punto de rozar la pantalla, un acto reflejo hizo que moviera la mano y pulsé. La llamada se conectó.

—¿Hola? Contacto con usted porque he visto su llamada perdida. Mi nombre es Jian Kang, del centro de autopsias psicológicas.

—Ah, yo…

Era la voz serena y suave de una mujer. Solo con oírla, sentí que se me iban a saltar las lágrimas. Olvidé cómo hablar, sin saber qué debía decir.

—¿Cuál es el motivo de su llamada? —preguntó ella.

Silencio.

—Ah, ¿puedo preguntarle cómo ha oído hablar de nosotros?

—Lo busqué… en internet.

La primera vez que vi el contacto de ese lugar, pensé que quizás eso era lo que más necesitaba ahora mismo. Estaba colgado en el muro de una web de ayuda para personas que habían perdido a un ser querido por suicidio. Siempre creí que nadie me comprendería, pero por algún motivo sentí que aquello podría servirme de consuelo. A diferencia de mí, que solo podía balbucear, la mujer hablaba con naturalidad.

—Dígame su nombre y edad.

—Soy Naeun Yu… Tengo veintiún años.

—¿Ha perdido a algún ser querido o alguien cercano recientemente, o en los últimos tres años?

No me metió prisa, dándome tiempo para pensar. Como si supiera que se trataba de una situación en la que no podía hablar. «Un ser querido o alguien cercano». Mientras meditaba bien esas palabras, los ojos se me llenaron de lágrimas. Sin reprimir los sollozos, el sonido salió de mi boca y le llegó también a aquella mujer. Pero no colgó, ni preguntó nada, solo esperó hasta que yo fui capaz de hablar.

—Mi novio… Fue por mi culpa… Rompí con él, y por eso… Por eso… Ah, no… no sé.

—¿Podría decirme la fecha aproximada en la que falleció su novio?

—Hace… ¿dos meses…? ¿Tres?

—¿Fue algo… que él decidió?

—Eso dijo la policía…

Apenas la noté incómoda al hablar. Para sacar uno a uno todos los pensamientos y las emociones amontonados en mi cabeza, comenzó a hacerme preguntas poco a poco que yo pudiera contestar.

—¿Cuántos años tenía su novio?

—Nos llevábamos dos años, así que… veintitrés.

—Ya que ha mencionado internet, nos ha llamado porque ha visto nuestra web, ¿no es así? ¿Cómo era su relación? Quiero que me hable de su situación actual, señorita Yu.

—Yo… Estuve viviendo con él cerca de año y medio. Rompimos varias veces a lo largo de nuestra relación, y siempre decía que se mataría, se cortaba las muñecas… Y, bueno, sentía que me quería de nuevo y volvíamos, pero después no hacía más que beber e insultarme… A veces también me pegaba… Pero, como no era tanto como para denunciarlo… Por aquel entonces, decidida a dejarlo, busqué otro lugar para quedarme y vivir separados por un tiempo. Sin embargo, dijo otra vez que se mataría, y… ¡Yo no sabía que iba a hacerlo en serio! Solo pensé que ya había vuelto a las mismas, pero… Incluso sus padres dijeron que yo lo maté, y que sería la siguiente… Me echaron del trabajo, vino la policía… De alguna forma… No sé, solo… Yo creo que fue culpa mía y…

Todo lo que llevaba dentro salió a borbotones. Sin pensar dónde empezaba o acababa una frase, ni saber si lo que decía tenía sentido. Pero ella no señaló nada al respecto ni una vez. Como si estuviese concentrada en entender lo que estaba diciendo.

—¿Ha tenido usted también el pensamiento de quitarse la vida?

A pesar de sus palabras intimidantes, el tono era cálido. Si hubiera notado un matiz afilado en su voz, yo habría colgado, pero no era el caso. De nuevo, mis ojos se llenaron de lágrimas y un nudo en la garganta me impedía hablar. Hice lo que pude por transformar en palabras el gemido que me subía por el pecho.

—Quiero… Sí, quiero morirme…

Al oír esto, la mujer al otro lado de la línea no dijo nada. No me soltó ningún reproche ni me interrumpió con un «Eso no puede ser» o «Eso está mal». Cuando al fin respondió, pude notar su esfuerzo por explicarme lo que pensaba con precisión, en un tono firme y claro.

—En primer lugar, señorita Yu, le solicitaré una autopsia psicológica. Pero debe aguantar durante ese tiempo. Nosotros haremos todo lo que podamos por encontrar el motivo y poder aliviar así su carga. Mientras tanto, no debe dejarse vencer por la culpa. Debe resistir y librarse de ella para poder seguir adelante. Le enviaré unos papeles previos a la autopsia psicológica, solo tendrá que firmarlos. Después de eso, se le hará una entrevista. ¿Le resultaría más cómodo venir aquí, o prefiere que vaya a verla?

—Creo que será mejor si viene aquí.

La confianza que inspiraba al hablar me dio la impresión de que haría cualquier cosa por solucionar mi situación. Lo que otros no habían podido hacer por mí. En un rincón de mi corazón, esperaba que alguien me ayudase, y quizás ese alguien fuera ella. Resistir y librarme de la culpa. Aquellas palabras sonaban como un sueño.

—Así lo haremos, pues. Le enviaré la información sobre su cita y el horario a este número. También me gustaría que recibiera tratamiento. Por nuestra parte, prepararemos todo y le avisaremos. ¿Tiene algo más que quiera añadir?

—No…

—Entonces, nos vemos el día de la entrevista. Respecto a lo que le he dicho, tómelo como una promesa y cúmplala.

Era como si supiera cómo tratarme. Una promesa no era algo que pudiera romperse fácilmente, y ella sabía que, sin eso, yo no podría aguantar. Por último, tampoco cortó la llamada antes que yo. Tras darle una respuesta breve, colgué. Alcé la cabeza y observé el cuarto. Sentí las marcas secas de las lágrimas en mi piel. Mi mundo seguía sumido en la oscuridad. Lo único que brillaba en él era aquella mujer y el móvil.

La víctima (Kibum Lee, 23 años), a partir de las 00:30 en la fecha del incidente, el 4 de octubre de 2022, se puso en contacto con su exnovia. Más tarde, a la 01:20, se tomó una foto en un puente sobre el río Han y se la envió a ella. Se confirma el mensaje de «Si no vuelves conmigo, me tiraré». Alrededor de la 01:32, con medio cuerpo por fuera de la barandilla del puente, envió una segunda foto, con lo que ella avisó a la policía. A la 01:38 llegó una patrulla al lugar, y al no ver a la víctima, comenzaron la búsqueda, pero fue hallado muerto. Se señaló el ahogamiento como la causa del deceso. A través de las cámaras de videovigilancia, se comprobó que tenía medio cuerpo asomado por la barandilla al contactar por última vez a su exnovia a la hora mencionada, y se capturaron las imágenes de él cayendo desde el puente. Tras la investigación, en la que se verificaron los repetidos mensajes de «me mataré» a su exnovia, la muerte se clasificó como un suicidio. Al no haber ningún historial de salud mental, por la mención repetitiva al suicidio y las imágenes enviadas a su expareja tras la ruptura, se sospecha que la víctima tenía problemas en cuanto a su estabilidad mental. La exnovia (la clienta), debido al fuerte sentimiento de que la víctima había muerto por su culpa, solicita una autopsia psicológica tras saber de este servicio por internet. [09/01/2023_Informe de petición sobre el caso.]

Planeaba romper con él. Ya lo había pensado muchas veces. La primera vez que me gritó con fuerza, como un trueno, me dio miedo. Sin querer quedarme atrás y tratando de ocultar mi temor, de alguna forma yo también le grité. Nuestras voces siguieron elevándose cada vez más. Y entonces, hubo un sonido más fuerte que los gritos. Kibum lanzó el móvil que tenía en la mano. Hacia mi cara.

Pasó rozando mi cabeza y se estrelló contra la pared. Él resoplaba, con el rostro enrojecido. En ese instante, se hizo el silencio. Me quedé mirándolo fijamente, queriendo esconder mi sorpresa. Su expresión se fue suavizando poco a poco. Después, con el cuerpo temblando, recogí el móvil del suelo. La pantalla estaba destrozada. El golpe había sido tal que ya ni se encendía. Al pasar los dedos sobre los fragmentos, me corté un poco y la sangre empezó a salir. Detrás de mí, Kibum habló:

—Lo siento. Perdóname.

Me quedé callada.

—Ya sabes lo mucho que te quiero.

La misma persona que hacía un momento había tirado un móvil contra mi cara, ahora me hablaba con la voz más lastimera del mundo. Al principio, pensé que esa sería la última vez.

Que cualquiera podría hacer algo así, estando enfadado. Que me había dicho desde el corazón que no volvería a suceder. Que me quería. Que esas cosas pasaban. Que yo sabía que me quería. Mientras trataba de calmarme a mí misma, él se acercó y me abrazó por detrás.

—Mañana iremos a comprarte otro móvil. Yo te lo compraré.

Al día siguiente, me compró uno de segunda mano, un modelo antiguo. Dijo que quería comprarme muchas cosas, pero que sentía mucho no poder darme algo mejor. Sostuve ese móvil viejo en mis manos. Kibum estaba sonriendo como si ya hubiese olvidado lo de ayer. Dándome cariño, como si nada.

¡Bam, bam, bam!

El sonido de alguien golpeando la puerta me sobresaltó. ¿Quién podía ser? No había pedido nada. Tampoco tenía fuerzas para salir del edredón. Entre que me decidía y no, golpearon de nuevo.

¡Bam, bam!

Me acerqué con sigilo a la puerta. En lugar de abrir, me asomé por la mirilla. Era una mujer. No era ningún repartidor, ni tampoco los padres de Kibum. Comprobé mi móvil. Las dos de la tarde, del trece de enero. Entonces, caí en la cuenta. Era el día en que tenía esa cita con la persona del centro de autopsias psicológicas.

¡Clanc!

Abrí la puerta. Ya había pasado la hora de comer. Al tiempo que entraba la luz del sol, vi la figura de aquella mujer. Medía más o menos lo mismo que yo, tenía doble párpado, y sus pantalones de vestir me llamaron la atención. Eran de un largo perfecto. Seguí bajando la vista hasta sus zapatos de charol negros, relucientes. Deslumbrada por la claridad de fuera, me era difícil mirarla a los ojos. De pie delante de la entrada, habló:

—Soy Jian Kang, hemos hablado por teléfono.

Me tendió una tarjeta de contacto. Era blanca y algo gruesa, y en medio del papel se leía CENTRO DE AUTOPSIAS PSICOLÓGICAS - JIAN KANG. Entonces, ella preguntó con suavidad:

—¿Puedo pasar?

—Ah… Sí, claro.

Me giré y me adentré en el estudio, mientras ella se quitaba los zapatos y me seguía. Al cerrar la puerta, la sala volvió a quedar en la penumbra, tanto que no podíamos vernos las caras. La mujer echó un vistazo furtivo al interior de mi casa y se dirigió hacia las cortinas.

—¿Puedo abrirlas un poco?

—Vale.

—Creo que está demasiado oscuro para conversar. Con permiso.

Descorrió de golpe las cortinas y entró un chorro de luz. Ni siquiera sabía que era un estudio tan luminoso. Al quedar expuesto lo que me rodeaba, mis ojos iban de un rincón a otro: los envases de la comida a domicilio que no había tirado; la basura amontonada; la mesa baja, repleta de manchas; la ropa esparcida por todas partes. Con que esta era la pinta que ofrecía el sitio donde vivía. Viendo todo eso, me invadió la vergüenza al pensar en mi invitada. Sin embargo, ella se sentó ante la mesa baja y me miró con intriga.

—Es que… no he salido mucho. Tenía miedo de que sus padres encontrasen mi dirección…

Soltando excusas, me coloqué frente a ella. Ahora que la veía bien, su nariz era pequeña y proporcionada, de aire juvenil; no parecía una adulta. Y, aun así, la seriedad que transmitía me hacía sentir que se trataba de una mujer mayor.

—¿No tiene frío? —Su voz sonaba pausada.

—Cuando me voy a dormir, enciendo la manta eléctrica, así que estoy bien… Si enciendo todo el tiempo la calefacción, la factura sube…

—Ya veo…

Noté su preocupación y las lágrimas me nublaron la vista. Ni siquiera podía recordar la última vez que alguien me trató con afecto, con lo que su pequeño gesto me conmovió. Dejé de parpadear para evitar que las lágrimas corrieran por mis mejillas. Solo se me acumularon en el lagrimal. La mujer tenía fijas las pupilas, mientras que las mías temblaban. ¿Se habría dado cuenta también de eso?

A diferencia de mí, que era un remolino de emociones, ella parecía una persona tranquila. Sin mirarme a la cara, sacó una pila de documentos de un maletín y me comenzó a explicar. Eran papeles sobre protección de datos y confidencialidad. Después de escucharla, tomé un bolígrafo para firmar. Pude sentir mi nerviosismo en la punta. En cuanto terminé, me miró a los ojos. Una atmósfera peculiar invadió el lugar, y ella habló pausadamente.

—Ahora, le haré unas preguntas. ¿Está de acuerdo?

Al oír esto, pensé en el motivo que la había llevado allí. Habían pasado cuatro días desde que la llamé para decirle que no me veía capaz de soportar la culpa por la muerte de mi novio. Aunque fuese solo una llamada, estaba muy nerviosa y las dudas me asaltaban. ¿Y si al final sí que tenía yo la culpa? Puede que sí me equivocara. ¿Y si esa mujer pensaba lo mismo que los padres de Kibum y creía que yo lo había matado? ¿Y si yo había llamado al centro porque no había nadie de mi lado? ¿Había venido ella hasta aquí porque no tenía nada que perder?

—Primero, me gustaría que se presentase.

—Soy Naeun Yu… Tengo veintiún años… Después de graduarme en el instituto, empecé a trabajar a tiempo parcial en una cafetería, y luego a tiempo completo. Pero, desde hace no mucho, ya no salgo de casa. Me da miedo y… Los padres de mi pareja fueron a buscarme a la cafetería. Por eso me despidieron y he estado todo el tiempo metida en casa. Debería trabajar, pero no… no soy capaz de hacer nada.

Se oyó un sonido. *Tic. Tic, tic.* Era yo, mordiéndome las uñas. No era algo consciente, lo hacía por acto reflejo cada vez que salía el tema de Kibum. Ni siquiera me importaba tener las puntas de los dedos enrojecidas. Seguía mordiendo una y otra vez, de manera repetitiva.

—¿Cómo conoció a su exnovio?

—Acudía mucho como cliente a la cafetería… Según él, iba porque yo le gustaba. Un día, terminamos hablando y nos dimos el número. Tras quedar un par de veces, empezamos a salir. Llevábamos tres meses de relación cuando decidimos mudarnos juntos. Por aquel entonces, él estaba en un miniapartamento que contaba con una única habitación, y yo, con una compañera de piso… Y, bueno, estuvimos viviendo así un año… Por eso tampoco podía romper con él, y…

—¿Qué clase de persona era?

—Al principio, era un amor. Trabajaba como repartidor. Siempre tenía en cuenta mi opinión y era comunicativo… Era muy de celebrar aniversarios o fechas importantes, me decía que me quería a diario, y también expresaba mucho sus sentimientos… Pero cuando ya vivíamos juntos, empezó a beber cada vez más, y a insultarme cuando nos peleábamos… Hasta me daba patadas y me empujaba… En una ocasión, me golpeó la cabeza contra el cabecero de la cama y me hizo una brecha. Pensé en denunciarlo, pero, como se disculpó enseguida… Se hizo el loco y volvió a tratarme bien, como si nada hubiera ocurrido... Sin embargo, la situación se repitió y me asusté mucho. No sabía cuándo volvería a enfadarse y a pelearse conmigo. Por eso, cuando ya llevábamos año y medio saliendo, le dije que quería romper, pero dijo que se mataría si lo hacía, y luego...

Noté húmeda la punta de uno de mis dedos. Me sangraba la uña, de tanto moderla. Al ver la cantidad que salía, me apresuré a meterme el dedo en la boca, pero al sacarlo la sangre seguía brotando. Mientras frotaba para tratar de limpiarla, un recuerdo me vino a la mente. Kibum, diciendo que se mataría. El mismo que decía que me quería.

—Volvimos a vernos, pero la siguiente vez que intenté romper con él, se cortó las muñecas delante de mi puerta... Me asusté y regresé con él, luego rompimos y de nuevo nos reconciliamos... Cada vez que se enfadaba, me insultaba y me agredía... Así que decidí alejarme de verdad. Hice las maletas y me fui de casa. No dejaba de escribirme diciendo que, si no aparecía, se suicidaría. Volvió a cortarse y me envió una foto... También amenazó con matarme... Yo no le contesté y traté de ignorarlo, pero cuando vi que me había mandado otra foto en el río, diciendo que se tiraría... Es que... De verdad, es que...

Realmente creía que aquella sería la última vez. Un mes atrás, cuando me abrió la cabeza contra el cabecero. Eso fue lo que pensé, después de que me pusieran puntos en Urgencias. Le dije que, si volvía a insultarme o a empujarme, ya no me vería más. Kibum asintió, diciendo que me quería con un tono tan suave que hasta resultaba aterrador. Que todo eso no había sido más que un error, que no volvería a suceder. Y yo le creí, como una tonta. De todas formas, no tenía ningún sitio al que regresar que no fuese él.

No obstante, nada cambió. Tras un breve momento de paz en mi vida, siguió con los insultos y los golpes. Y todo porque mi móvil vibró cuando ya era tarde. Tumbado a mi lado, me preguntó quién era, y le contesté: «Un amigo».

—¿Qué amigo?

—Ay, ¿qué pasa? Es uno con el que fui al instituto.

—¿Es un hombre?

Su mirada se volvió gélida. Me aferré a su brazo.

—No es nada de eso.

—Entonces, ¿quién coño es?

Cuando volvió a hablarme así, sentí que todo se repetía. ¿Qué importaba si me hablaba un hombre o una mujer? Al contestarle eso mismo, se puso a gritar aún más. Como si solo él tuviese razón. Vino hacia mí para quitarme el móvil, y yo hui. Pero la casa era pequeña y no había muchos lugares a donde escapar. Enseguida me agarró del brazo y me arrebató el teléfono. Después, me empujó.

—Devuélvemelo.

—Voy a llamar a ese hijo de puta.

—¡Que me lo devuelvas!

Me levanté de un salto y agarré el aparato. Sus ojos brillaron con ferocidad. En ese instante, alzó la mano y me golpeó la mejilla. Me quedé de pie en el sitio, como si me hubiese dado la vuelta a la cabeza. No quería volver a mirarlo. Tomé varias prendas de la habitación, agarré el bolso con mi cartera dentro y salí de casa. Sin dirigirle la mirada ni siquiera una vez. Cerré la puerta y me alejé corriendo de allí, mientras mi teléfono no dejaba de vibrar.

Pasé un día en casa de una amiga, y al siguiente alquilé una pequeña habitación, un semisótano. Era uno de esos miniespacios a los que era posible mudarse con rapidez. Sin maleta que deshacer, dormí sobre la poca ropa que me había llevado, hasta que me llegase el futón. En todo ese tiempo, mi móvil no paró de vibrar. Sonaba unas cien veces al día, siempre con mensajes de «me mataré» o «te mataré». Una semana después, pasó un día entero sin escribirme. Sin embargo, la ausencia de aquellas insistentes notificaciones me dejó más ansiosa.

Al día siguiente de haber cortado, contactó conmigo hacia las doce y media de la noche. Me envió una foto de sus muñecas llenas de sangre, diciendo que se suicidaría si no le respondía ya mismo. Aunque no era la primera vez que hacía eso, se me aceleró el corazón. Pero no me quedaba otra que resistir, o todo ese ciclo repetitivo comenzaría de nuevo. Así que ignoré sus mensajes. Junto con la vibración, aparecía su nombre en la pantalla una y otra vez. Si al miedo se lo podía llamar «amor», entonces en ese momento yo lo estaba amando con locura.

Tras un breve silencio, el móvil volvió a sonar. Era otra imagen. De él, con una pierna y medio cuerpo fuera de un puente sobre el río Han.

Aun teniendo delante aquella foto tan arriesgada, no pude evitar preguntarme si era real esto que estaba pasando. ¿De verdad pensaba saltar? ¿De verdad estaba subido a un puente sobre el río? Dándole vueltas a todo eso, me apresuré a llamar al 112. Lo primero que se me ocurrió fue avisar a las autoridades. La policía me preguntó cuál era la situación, y de alguna manera logré explicarles lo que estaba pasando entre balbuceos.

—Es mi novio, él… Rompí con él y… Dice que va a saltar de un puente en el río Han. Me ha… enviado una foto…

Después de colgar, mi móvil no volvió a sonar. Ningún mensaje de que estuviera bien, ni tampoco ninguna noticia de que hubiera muerto. Estuve esperando desesperada aquella vibración tan irritante. La noche se me hizo eterna. No fue hasta una mañana, dos días más tarde, que me avisaron de su muerte.

—¿Alguien de su entorno conocía su situación?

Sacudí la cabeza y el pelo tapó mi visión. Nadie podía saberlo, no podía contárselo a nadie. Y tampoco tenía a quién. Kibum había borrado todos mis contactos. Lo comprobaba todo, incluso lo que le respondía a él. Me pregunté con qué cara me estaría mirando aquella mujer en ese momento. Seguí con la vista hacia abajo, sin fuerzas siquiera para comprobarlo.

—¿Cómo describirían las personas de su entorno a su pareja?

—Como una buena persona. Sincero, talentoso, divertido… Parecía que era bastante popular. Todo le sentaba bien, y ni sus amigos ni nadie decían nada malo de él… También trataba bien a mis amigos, tanto que me decían que había encontrado a un tipo ideal…

—¿Era ese el motivo por el que no podía contarlo?

—Sí… Además, tampoco era que él me lo permitiera. Siempre estaba atento, comprobando… Y como todos decían que era buena persona, me pareció que resultaría extraño si les decía que me pegaba… Cuando volvía a ser bueno conmigo, lo hacía tan bien que incluso yo pensaba que no pasaba nada. Con que no peleásemos… Creía que, si yo lo hacía mejor…, nos llevaríamos bien. Si tan solo no le hubiera dicho que quería romper, ahora…

Era innegable. No podía odiarlo del todo. Todas aquellas sonrisas que me regaló al principio, el tiempo que pasamos juntos, el ramo de flores que trajo escondido a la espalda en nuestro aniversario, la vez en que en plena noche vino hasta mi casa para llevarme medicinas para la fiebre. Para mí, todo eso había sido amor. Pensaba que me quería. Aunque a veces tuviera brotes violentos, no quería ensuciar esos recuerdos. Creer en eso al menos tranquilizaba mi corazón. Creer que se comportaba así porque me quería, porque me amaba. Creía que vivir con amor, aunque fuera de ese tipo, era mejor que vivir sin nada.

—No es culpa suya, señorita Yu…

La mujer intervino tras echar una rápida ojeada a mi rostro, todavía apuntando al suelo. En ese instante, pude ver sus oscuros ojos. En ellos intuí que no me decía eso como un consuelo simple y vano. Pero no era capaz de creerme sus palabras. Los padres de Kibum, su familia, me habían llamado «asesina». Incluso fueron hasta el lugar donde trabajaba a gritarlo, diciendo que su hijo había muerto por mi culpa. No les importó cuánta gente había. No; es más, cuanta más hubiera, mejor. Todos debían enterarse. Dijeron lo mismo que él, que si quería convertirme en una asesina.

—Lo que le ocurrió es abuso, señorita Yu. Esos pensamientos sobre qué pasaría si lo hubiera hecho mejor, si no hubiera roto con él, no solucionarán nada. El ciclo de violencia no debía repetirse, y usted decidió escoger su propia seguridad. Podrá querer mejor a otra persona, quien también la querrá mejor. Nosotros nos encargaremos de liberarla de esa culpa. No está sola, señorita Yu.

—Lo siento…

—En momentos como este, es mejor decir «gracias».

Me dio unas suaves palmaditas en el hombro. Con cada toque, una ola de tristeza me golpeaba. Me pidió que dijese «gracias», pero era incapaz de sacarme las disculpas de los labios. Aquel sentimiento de culpa permanente que me envolvía me impedía hablar.

¿Cuántos días habrían pasado ya? Cada vez que cerraba los ojos, recordaba lo que había dicho esa mujer.

No es culpa suya, señorita Yu.

Lo que le ocurrió es abuso, señorita Yu.

Pasé el día meditando sus palabras. Todos decían que era culpa mía, pero ella decía lo contrario. Tampoco estaba segura de si eso de que todos me culparan no habría salido de mi imaginación. Si el mundo me veía a través de los ojos de esa mujer, ¿no significaba eso que nadie me cargaba con aquella responsabilidad? A pesar de esto, no era capaz de salir de casa. Temía que, con poner un pie en ese exterior tan cegador, alguien fuese a encontrarme y gritar que había matado a alguien.

Bzz.

De nuevo, creí que se trataba de una alucinación auditiva. Era medianoche, demasiado tarde para hablar por teléfono. Y, de todas formas, nadie me buscaría a esas horas. Es más, esperaba que nadie me buscase nunca, sin importar el momento del día. ¿Y si todo lo que había pasado salía a la luz? ¿Y si todos me culpaban? No obstante, volví a oírlo.

Bzz.

Un sonido limpio y claro. Era real. No era ninguna sensación cubierta por una fina capa de sueño, sino un sonido del mundo real. Le di la vuelta al móvil. Era aquella mujer.

Señorita Yu, ¿podría pasarme por su casa ahora?

Era tarde, ¿por qué me hablaba ahora? No me dio la impresión de ser alguien que se presentaba a esas horas o llamaba cuando quería. Es más, me parecía una persona que, en cuanto anochecía, no quedaba con nadie, terminaba de trabajar en silencio y era educada al llamar. Solo comprobé el mensaje y no contesté, así que me escribió de nuevo.

¿Algo que tenía que hacer...? ¿Qué podía ser? Extrañada, al final respondí.

Si no se tratase de ella, ¿qué pensaría de esta visita? Su apariencia distante, su aura sincera, su delicada consideración y su tono de voz afable. Recordando todo eso, era difícil rechazarla. Además, parecía que, aun siendo más dura y firme que yo, necesitaba mi ayuda para algo. No sabía el qué, pero sonaba importante.

Treinta minutos. Tal vez cuarenta. Cuando pasó ese tiempo, la sala vibró ligeramente. Lo hacía cada vez que alguien ubicaba el coche en la plaza de aparcamiento que había encima. Sentí cómo el motor se apagaba y, poco después, alguien tocó la puerta. Era ella.

—Siento venir a estas horas.

—Ah… Está bien. No pasa nada.

—Tiene que venir conmigo a un sitio. Suba a mi coche, le explicaré por el camino.

Me tendió unas zapatillas. Eran unas deportivas, muy desgastadas por el uso. Ella llevaba unos zapatos bajos de color marfil, lo cual me pareció extraño, pues justo delante tenía las chanclas.

Una vez en su coche, arrancó y puso rumbo a algún lugar. Habría sido una situación mucho más aterradora si se tratase de un desconocido. Pero, al ser ella, que no aparentaba en absoluto tener malas intenciones, no me sentí nada incómoda.

—Tengo algo que decirle… Ah, ¿podría traer el portátil que hay en los asientos de atrás?

—Sí, un momento.

Me giré, tomé el ordenador colocado de cualquier manera en el asiento y lo puse sobre mis rodillas. La mujer no perdió el hilo, ni siquiera mientras conducía.

—Primero, tiene que ver una cosa. Abra el portátil. Hay un vídeo, ¿cierto? ¿Podría echarle un vistazo?

Comencé a ver el vídeo que había en la pantalla. La imagen era oscura, así que supuse que se había grabado de noche, y había un haz de luz verde. Bajo ella había un hombre de pie, solo. Era un puente. Uno de los del río Han. El tipo sacó la pierna por la barandilla y extendió una mano, sosteniendo el móvil. Unos minutos después, saltó. Reconocí de quién se trataba.

—Esto es…

—He estado pensando mucho en si enseñárselo sería bueno para usted. Pero, si mira con más atención…

Todavía al volante, pulsó algo en su teclado y fue avanzando fotograma a fotograma. Kibum se movía cada vez que ella pulsaba. Entonces, en el momento en que él alargaba el brazo para sacar la foto que después me enviaría, su cuerpo dio una sacudida. Como alguien que no podía soportar bien su propio peso.

Siguiente fotograma. Otro más. Por sus movimientos en el vídeo, era difícil saber si estaba saltando o tratando de mantener el equilibrio. No obstante, su cuerpo se inclinó lentamente hacia fuera y terminó precipitándose al vacío. Y en el instante en que caía, su brazo se extendió hacia la barandilla, tratando de agarrarse a ella.

—Descubrimos esta parte del vídeo al revisar el caso por nuestra cuenta. Los padres del señor Lee también han pasado por una entrevista, y se llegó a la conclusión de que su hijo había mostrado un «trastorno de personalidad narcisista» durante su desarrollo. Hubo señales muy graves: la conducta centrada en los logros y la competitividad, la necesidad de ganar, la posesividad. Teniendo esto en cuenta... Claramente, la veía a usted como una posesión más. En teoría, debido a la completa falta de atención y la carencia de afecto por parte de sus padres, es posible que terminara desarrollando un tipo de apego ansioso.

—¿A dónde quiere llegar con eso?

—La tasa de suicidios en personas narcisistas es muy baja. Piensan que son superiores a los demás, que son mejores. Por eso, desde nuestro centro consideramos que el fallecido no tenía razones para suicidarse, y volvimos a revisar los detalles del caso. Fue entonces cuando vimos este vídeo.

—¿Dice que fue un... accidente?

—No es seguro del todo solo con esas imágenes. Por eso, la necesito a usted para comprobarlo. ¡Agárrese!

La mujer derrapó bruscamente. A lo mejor le gustaba conducir de manera arriesgada. ¿Qué motivo tendría si no para ir con tanta prisa? La miré confundida. ¿Quería decir que no fue un suicidio, sino un accidente? ¿Por qué me necesitaría para comprobarlo? No podía comprender lo que estaba sucediendo. Ella, con el rostro muy serio, se concentró en aparcar, haciéndolo en una sola maniobra y deteniendo por fin el coche.

—Bajemos.

Salimos a un callejón estrecho y algo empinado, topándonos con una vieja cabina de teléfono. Con nada más que una farola al lado, era lo único que saltaba a la vista en la calle. La mujer se acercó despacio hasta allí. Y entonces empezó a decir cosas sin sentido. Como si ni ella misma se lo creyera mientras hablaba.

—Tal vez le resulte difícil de creer, pero, si descuelga este auricular a la hora de la muerte de alguien, podrá escuchar sus últimos pensamientos. Es posible conectar a quien quiera escuchar esos sentimientos con el difunto que esté desesperado por expresarlos. Yo también he probado a hacerlo, pero no da señal. Tampoco funcionó con sus padres. Solo una persona puede hacerlo, y la única que queda por intentarlo es usted. Es posible que pueda escuchar los últimos pensamientos del señor Lee, por eso hemos venido a esta hora. Si lo hace, podremos saberlo todo con seguridad.

No entendía qué estaba tratando de decir. Por más que la mirase, no había ningún rastro de falsedad en sus ojos, lo cual solo me confundió aún más. La mujer comprobó la hora en su móvil. La una y treinta y uno. Un minuto después, ese puente se derrumbaría.

—No nos queda mucho tiempo. Se lo pido, señorita Yu.

Tiró de mí hacia la cabina, de un color apagado por el paso del tiempo. El auricular estaba lleno de rasguños y marcas del uso. Los botones tenían los números a medio borrar. Afuera, la farola iluminaba la cabina. En ese ambiente tan extraño, como si aquella mujer lo manejara con unos hilos, marqué el contacto de

Kibum. No en un móvil, sino en un teléfono público. A pesar de que era el mismo número, la sensación fue muy extraña.

—Adelante, pruebe a llamar.

Alcé la mano. Me notaba en un estado tan irracional que ya nada me parecía una locura. Al instante de pulsar el botón, recordé cuando la había llamado a ella por primera vez. Aquellos momentos de sufrimiento y vacilación.

Tuuu. Tuuu.

Daba señal. Ante mi cara de sorpresa, la mujer se pegó a mí para poder escuchar, como si ya se lo esperase. A una distancia algo incómoda, su rostro permanecía serio. No era que creyera lo que me había contado, pero también era muy raro que sonase el tono de llamada. Entonces, este se cortó y oí la voz de Kibum.

—*¿Te crees que estaba contigo porque te quería? Solo pretendía hacerlo para poder actuar como me viniese en gana y gritarte. Te escogí porque me pareciste obediente, fácil de pisotear. Por eso ligué contigo. Pero ¿qué es esto, eh? ¿Dices que cortemos y después me ignoras? Lo que tienes que hacer estando con un hombre como yo es quedarte calladita. ¿Crees que voy a arrastrarme de vuelta hasta ti? Cada vez que me cortaba y que montaba un espectáculo, terminabas a mis pies. ¿Realmente crees que puedes hacer algo? Morir, dice. ¿Por qué iba a hacer yo nada de eso? Y, aunque lo hiciera, tú caerías conmigo. No por amor, sino porque odio verte con vida. Te perseguiré hasta el fin y te obligaré a arrodillarte ante mí. Joder, si es que no aprendes. En fin... Ah, ¡¡aah!! ¡¡¡Socorro!!! ¡Ah...!*

Se cortó de golpe, como si hubiese colgado. Todas esas terribles palabras sonaban igual que él, con su mismo tono. Como si él mismo las hubiera dicho. La mujer, que había estado escuchando conmigo, dejó escapar un corto suspiro. Yo solo la observé, con la mirada perdida.

—Tal y como esperaba...

—¿Qué acaba de pasar?

—Lo que ha escuchado fueron los últimos pensamientos de su expareja. Parece ser que se cortó mientras se caía por accidente.

—No… Eso es imposible… ¿Me está diciendo que esto fue lo último que pensó?

—Sí. Él no la quería, señorita Yu. Solo quería poseerla. Tal vez ha sido esa fijación lo que ha permitido que usted conectase con él.

¿Cómo podía decirme algo tan cruel como si nada? Aunque quisiera rechazar sus palabras, no podía negar que la voz que había salido del auricular era la de Kibum, fuesen o no sus últimos pensamientos. Era él, sin duda. Si todo eso era cierto, entonces, ¿no me quiso nunca? ¿Solo quería tenerme como un objeto? Yo… Yo sí lo había querido. O, al menos, pensaba que aquello era amor. A pesar del arrepentimiento y la rabia, sentía una pena profunda. Me hubiese amado o no, yo sí había perdido a un ser querido.

—Volveremos a abrir la investigación. Se lo comunicaremos también a los padres del señor Lee.

—Pero… pero aun así… Si yo no hubiese roto con él… nada de esto habría sucedido.

Parecía una estúpida, llorando de repente al ser arrastrada por un remolino de emociones confusas. Tanto si decían que era un accidente como si no, si yo no hubiese dicho que quería romper, ¿habría sucedido esto? Aunque no me quisiera y no tuviera más intención que la de poseerme, yo fui la razón por la que sacó su cuerpo por la barandilla del puente. Porque yo sí lo quería, y él lo sabía. Porque me tenía engañada. Si no fuese por todo esto, tal vez podría culpar al propio Kibum. Esa persona con la que ya no podía hablar, que no había querido morir en realidad.

Entonces, una idea cruzó mi mente. El resentimiento que sentía hacia él era más abrumador que la sensación de culpa por quererlo. Quizá lo quise justo por eso; porque era más fácil quererlo y ser torturada por la culpa. En ese momento, la mujer se abrió paso a la fuerza entre mis pensamientos.

—Lo sé. Seguramente lo quiso. Por eso creía que podría cambiar. Sin embargo, lo importante ahora no es quién tiene la culpa de su fallecimiento, sino cómo va a vivir usted a partir de hoy. Ha sido maltratada por su pareja y ha perdido a alguien querido, pero no puede enterrar esto bajo la culpabilidad. Debe enfrentarse a ello, y cuando mejore...

—¡¿Qué sabrá usted sobre cómo me siento?!

Se hizo el silencio en el callejón. Mi voz resonó con fuerza. En esa situación tan extraña, me invadió la rabia hacia esa mujer y su tono tan tranquilo. Aunque tuviese razón en eso, no la tenía sobre mí. Yo no podía estar tan tranquila como ella, no podía dejarlo pasar como ella. Nadie me había dicho nunca cómo hacerlo. Solo me sentía sola y triste.

—¿Cómo... cómo voy a salir adelante así? Está muerto... ¡Kibum está muerto! Por mi culpa. Usted... ¿cómo va a saber usted lo que siento? No tiene que responsabilizarse de nada, ni tampoco puede sufrir en mi lugar...

La mujer guardó silencio.

—Lo... lo siento mucho.

Me arrepentí de haber estallado así, entre lágrimas. ¿Por qué siempre que gritaba solo pasaban cosas de las que después me arrepentiría? Ella había estado investigando aquello por mí. Yo fui quien la buscó. Sentí una punzada en el corazón, llena de culpa por haberme enfadado con ella. Sin embargo, no dijo nada. Bueno, tampoco es que yo fuera capaz de comprobar su expresión. Después de un rato, levanté la cabeza para echar un vistazo. No me estaba mirando. Tenía la vista fija en la cabina de teléfono a mis espaldas y el rostro en calma, pero sus ojos estaban vacíos, como si no existiera un mundo delante. Con una inmensa tristeza reflejada en ellos, volvió a hablar con tranquilidad.

—Está bien. Pero me gustaría que supiera lo que pienso. Creo que no fue culpa suya, señorita Yu. Y también creo en el amor que siente.

Su mano, algo extendida, temblaba un poco. Por algún motivo, tenía el dorso algo enrojecido. Esa rojez se fue propagando poco a poco por su piel. Solo pude mirar su mano suspendida en el aire, inmóvil. Ella misma lo había dicho: no había sido culpa mía. Creía en mí, en lo que sentía por Kibum, en que todo esto no era una mentira. En que yo sí lo había amado, sin importar lo que él hubiera sentido, y que ese amor se había acabado. Y, con él, la culpa, la tristeza o lo que fuera. Alargué la mano y tomé la suya suavemente.

Me llevó de vuelta a casa. Me fijé de reojo en su muñeca mientras conducía; comenzaba a recuperar su color natural. Al llegar, no se marchó de inmediato. Esperó a que yo recogiese la basura y la dejase fuera de casa, y a que la manta eléctrica empezase a dar calor. Hasta que no se levantó de su sitio, estuvo observándome fijamente. Analizaba mi expresión, mi interior. Sentí que se llevaría cada uno de mis pesares con ella. Incluso mientras sacaba los zapatos de color marfil del zapatero de la entrada y se los ponía, conservaba aquel afecto en sus ojos. Antes de girarse y salir, nos miramos y me dio una tarjeta de contacto.

—Si llama aquí, puede recibir apoyo y asesoramiento psicológico. Es posible que le sirva de ayuda. Si le resulta incómodo ponerse en contacto por aquí, puede llamarme. Le ayudaré en todo lo que pueda. Aunque espero que reúna fuerzas para poder lograrlo por usted misma.

Ni cuando colocó el trozo de papel en mi mano. Ni cuando fue sincera conmigo. Ni cuando la realidad me golpeó. Ni cuando supe que debía vivir en la realidad, ni tampoco cuando asimilé mi propio valor. No fui capaz de darle las gracias ni una vez.

INFORME DE AUTOPSIA PSICOLÓGICA

Nombre: Kibum Lee

Edad internacional: 23 años

Fecha de fallecimiento: 04/10/2022

Información del caso: A partir de junio de 2021, la clienta (Naeun Yu, 21 años) conoció a alguien en la cafetería en la que trabajaba, comenzando una relación y mudándose juntos a los tres meses. Tras esto, el fallecido empezó a mostrar conductas alcohólicas, junto con violencia verbal y episodios esporádicos de maltrato físico. Sin poder soportarlo, la clienta trató de separarse de él varias veces, pero este la convencía de volver utilizando el suicidio como chantaje. Una semana antes del incidente, la clienta cortó la convivencia y rompió con él. Más tarde, una noche recibió un mensaje que decía: «Si no vuelves conmigo ahora mismo, saltaré de aquí y me mataré», junto con una foto en un puente sobre el río Han. Alrededor de la 01:32, llegó otra imagen de él con el cuerpo inclinado fuera de la barandilla, de nuevo amenazando con saltar. La clienta avisó a la policía, pero ya se había producido la muerte.

Desarrollo y personalidad: Durante la infancia del fallecido (Kibum Lee, 23), el negocio de su padre fracasó, de manera que dejó de participar en las habituales actividades sociales. Tenía episodios de violencia, bebía y actuaba de manera indiferente. La madre, que se ocupaba de la casa, obedecía sin rechistar las demandas de su único hijo (el fallecido), dándole un amor incondicional. Así, la indiferencia del padre y la adoración por parte de su madre supusieron una mezcla confusa que derivó en un apego ansioso. El abuso verbal y la indiferencia de su padre causaron un fuerte impacto en el desarrollo de su autoestima. Por otro lado, debido a la actitud complaciente de la madre, quien lo convenció de que él era «especial», creció mostrando características de una personalidad narcisista. El deseo por ganar y triunfar se disparó y empezó a pelearse también con otros estudiantes. Más tarde, usaría a esos mismos compañeros para recibir de ellos reconocimiento por sus habilidades, llevando una vida corriente y consiguiendo una sensación de éxito.

Principal causa de estrés: Una característica del trastorno de personalidad narcisista es el elevado grado de estrés que provoca la frustración de no lograr que alguien actúe como se desea. Al romper con su novia, sintió de repente que le habían arrebatado algo que le pertenecía y utilizó continuamente las autolesiones y el suicidio como chantaje. Ante el proceso de perder un objeto más que una pareja, se cree que sintió un exceso de estrés.

Conclusión: Teniendo en cuenta la rareza de los casos de suicidio en individuos con trastorno de personalidad narcisista, y tras el análisis extensivo del contenido de los mensajes, se considera que los actos llevados a cabo por el fallecido, más que deberse al estrés y a una sensación de derrota, tenían por objetivo chantajear a la clienta y no llegar al suicidio. A esto se añade, en base a las imágenes de las cámaras de videovigilancia, que no muestran de forma clara si saltó o no, la petición a la agencia de investigación de que revise el caso.

<u>Plan de prevención:</u> En primer lugar, se ve necesario establecer medidas de seguridad para la clienta, tras haber sufrido chantaje continuo mediante imágenes de autolesiones y suicidio. Ante su posible comportamiento autolesivo, será necesaria una intervención psicológica apropiada y tratamiento.

<Adjunto_Registro cámaras de seguridad> <Adjunto_Entrevista1> <Adjunto_Entrevista2> <Adjunto_Entrevista3> <Adjunto_Historial telefónico> <Adjunto_Resultados de psicoanálisis>

Entrevista sobre Kibum Lee_Relación: Madre

Terapeuta: ¿Cómo era el entorno familiar durante la infancia de su hijo?

X: Después de que el negocio fracasara, su padre estuvo deambulando mucho. Aunque ahora hace trabajillos de vez en cuando, por ese entonces se emborrachaba cada día. Y, cuando bebía, montaba un escándalo. No quedaba en casa ni un mueble sin romper, fíjese. El niño acababa de entrar en primaria y... Bueno, quise divorciarme, pero me aguanté. No quería que se dijera en el colegio que mi hijo no tenía padre. Realmente vivía por y para Kibum (el fallecido). No me importaba a dónde fuera su padre, si lo tenía a él. Quizás él también lo sabía, y por eso traía notas tan buenas a casa y era tan obediente. Era un poco tozudo, pero, al ser mi único hijo, ¿cómo no iba a hacerle caso? Por supuesto que hacía lo que él me pedía. Lo crie sin que le faltase nada, aun cuando no podía permitírmelo.

Terapeuta: ¿Cómo era la actitud del padre respecto a su hijo?

X: Ese hombre, que no tiene ni dos dedos de frente, lo único que hacía era insultar. Al niño y a mí. Tampoco sacaba tiempo los fines de semana para ir juntos a donde fuera. Solo salía a beber. Ahora que está un poco más cuerdo, le sabe mal.

Terapeuta: ¿Existe algún registro de suicidio en su familia? (Expresión de incomodidad ante la pregunta. Repetición de pregunta sobre el historial familiar).

X: Hubo alguien, sí. En la familia del padre. Fue la tía de Kibum. Se suicidó con treinta años, más o menos. Mi hijo todavía no había nacido.

Terapeuta: ¿Por qué piensa que su hijo tomó esa decisión?

X: Fue por culpa de la zorra esa. Lo tenía tan asfixiado que terminó llevándolo a la muerte. Es cierto que mi Kibum tuvo algunas peleas con amigos en el colegio, pero no era mal chico. Le digo que esa maldita lo empujó al suicidio de alguna manera. Montó un escándalo y al final se

fueron a vivir juntos en secreto. Si hubiera sabido que
pasaría esto, jamás lo habría permitido.

Terapeuta: ¿Su hijo estuvo metido en peleas durante su época
de estudiante?

X: No eran más que cosas de críos, él solo se defendió porque
otro le había pegado. No es nada, es normal que se
peguen cuando aún están creciendo. Después de unas
cuantas veces, ya no hubo ningún otro problema.

Terapeuta: Por último, ¿cómo cree que podría haber ayudado
a su hijo?

X: Si no hubiera conocido a esa zorra... No, si se hubiera ido a
vivir solo y ya... O mejor, si yo me hubiera divorciado
antes de su padre, quizá mi hijo habría tenido una vida
más sencilla y no habría llegado a hacer ese tipo de
cosas. A lo mejor la cosa habría cambiado si lo hubiera
llamado por teléfono. Pero ¿qué puedo hacer? Después
de aguantar la vida que llevaba para que mi hijo se
convirtiese en un hombre de provecho y viviera bien,
viene la zorra esa, rompe con él y ocurre esto.
Claramente es culpa suya. Cuando pienso en ella, quiero
matarla de la misma forma. A saber dónde se habrá
escondido. Hasta dejó su trabajo.

* Por petición de la reinvestigación del caso, se prohíbe la
filtración de esta entrevista.

* Se requiere la protección de la clienta (Naeun Yu) envuelta
en este caso.

La siguiente vez que aquella mujer me llamó, me dijo que
el caso había finalizado como un accidente. A lo mejor tenía

muchas ganas de contarme que no había sido culpa mía. Su voz sonó a través del auricular.

—También he comunicado el resultado a los padres. Añadí que dejasen de dirigir su rabia contra usted, que tratasen de sanar sus corazones ante la pérdida de su hijo y que esperaba que pudieran salir adelante. Si vuelven a buscarla, denúncielos de inmediato. Es la manera que tiene de protegerse a sí misma.

Al escucharle decir esas últimas palabras, me sentí igual que una niña pequeña que se suelta de la mano de sus padres y echa a correr. El semisótano en el que no entra la luz. Montones de basura y envases de comida a domicilio. Ropa esparcida por todas partes. Lo que tenía que hacer era escapar de este lugar. Lo primero que hice después de colgar fue descorrer las cortinas, igual que había hecho ella nada más venir aquí.

Llené cinco bolsas de basura hasta arriba con toda la suciedad que había. Doblé con cuidado toda la ropa y la amontoné a un lado. La sala, donde no cabía más que una cama, ya parecía más cómoda. Restregué despacio y a conciencia el suelo con toallitas húmedas. Centrada en mi tarea, dejé la mente en blanco. En ese momento, sentía que no había nada más importante que dejar el suelo limpio.

Cuando terminé, me duché con agua caliente. No recordaba siquiera la última vez que lo había hecho. Podía notar con precisión la sensación de las gotas chocando contra mi piel, bajando hasta los pies. Tampoco me di prisa en hacer espuma y frotar. Quería disfrutar con calma de ese momento en el que toda la suciedad se iba de mí.

Después de envolverme el pelo en una toalla, me sentí más fresca. Era como si el mundo hubiese cambiado solo con recoger mi alrededor y ducharme. Aunque no tenía encendida la lámpara del techo, una luz tenue entraba por la ventana.

Encima de la mesita plegable, estaba la tarjeta de contacto que me había dado la mujer. XX, Centro de atención a la mujer.

Me senté sobre la manta eléctrica y marqué el número. Otra vez cara a cara con el botón de llamada. Como de costumbre, me temblaba el dedo. No podía evitar tener dudas. Me quedé mirando el número, uno desconocido. ¿Qué me dirían? ¿Y qué podría decir yo? Entonces, recordé lo que aquella mujer, Jian, me había dicho. Sus palabras de ánimo, de confianza.

Antes de que la pantalla se apagase, pulsé el botón. El tono de llamada resonó en la silenciosa habitación.

—Centro de atención a la mujer XX, ¿en qué puedo ayudarle?

—Quiero recibir ayuda.

Comencé con esa frase. Con la intención de que alguien me ayudase. Con esas palabras, di mi primer paso adelante por mí misma y admití que necesitaba ayuda.

❧

Bzz. Bzz.

Noté la vibración en el bolsillo. Justo había terminado de preparar una bebida que acababan de pedir cuando saqué el móvil y vi «Jian Kang - Autopsias psicológicas» en la pantalla. Al haber guardado su número, ahora podía saber que era ella.

—Su bebida está lista.

Entregué al cliente un café americano, amargo, con una carga extra, y contesté a la llamada. En una esquina de la pequeña y tranquila cafetería, escuché el tono firme de su voz a través del teléfono.

—¿Señorita Yu? Soy Jian, del centro de autopsias psicológicas. ¿Qué tal ha estado este tiempo?

—Bueno… Tirando.

—Solo quería saber de usted, ya que no pude llamarla cuando se cerró el caso. ¿Puede hablar ahora?

—Estoy trabajando, así que…

Al hablarle con un tono apurado, ella solo respondió con un «así que ha empezado a trabajar», interesada por cómo me iba. Dos semanas atrás, había seguido su recomendación y había buscado empleo. Gracias a mi experiencia, conseguí que me contratasen en una cafetería pequeña, situada en un callejón del barrio. Aliviada, ella parecía dispuesta a finalizar la llamada, cuando de repente le pregunté:

—Eh… ¿Podría volver a verla una vez más?

—¿A mí?

—Sí… Creo que no nos hemos despedido nunca como es debido…

—Por mí, está bien. ¿Voy yo a visitarla esta vez?

—Mejor voy yo.

Ante la determinación de mi respuesta, ella me dijo la ubicación y la hora a la que podía pasarme. Después de hablar prácticamente entre susurros, colgué y le envié por mensaje la hora a la que iría. Agarré con fuerza el móvil. Las manos me sudaban un poco por los nervios de volvernos a ver. Antes, esos mismos nervios salían de mi voluntad de olvidar todo lo que había ocurrido. No obstante, ahora sabía que no podría huir del pasado por siempre.

El día del reencuentro, fui a su oficina. Me dijo que vería un cartel un poco más allá de un cruce, y lo encontré enseguida. Ya que no había ningún otro, no podía estar equivocada. El edificio era antiguo, pero su interior estaba bastante bien. El espacio, decorado con tonos reconfortantes, me recordaba al centro de terapia al que iba a menudo.

—Ah, bienvenida.

La mujer me recibió con una leve sonrisa. Un hombre alto, que parecía trabajar allí, se levantó y me saludó con una inclinación. Asentí ligeramente con la cabeza en su dirección. Me abrumó un poco ver una cara desconocida.

—¡Iré a quitar la nieve! ¡¡Está nevando mucho!!

Quizás al darse cuenta de mi incomodidad, el hombre dijo eso en voz bastante alta y salió corriendo por la puerta. Recordé cómo estaba todo cubierto de blanco y mis pasos pisando la nieve de camino hasta allí. Había nevado la noche anterior. En cuanto aquel tipo estuvo fuera, ella me indicó que me sentara en el sofá.

—Ese era Sangwoo Im, es empleado del centro. Es la primera vez que lo ve, ¿no?

—Sí.

—Cuando le avisé de que usted vendría, dijo que se encargaría de quitar la nieve antes. Pero lo detuve, quería que nos quedáramos las dos solas para hablar. Se ha notado un poco que quería que se fuera, ¿verdad?

Cuando se echó a reír, sentí cierto alivio. ¿Habría desaparecido la tristeza de la última vez, o solo la habría ocultado en su interior? Era como si la hubiese olvidado por completo. En aquella oficina de poco más de sesenta y seis metros cuadrados, no había nadie más. No sabía qué decir, pero ella se me adelantó con una pregunta.

—¿Qué tal ha estado?

—Llamé al centro del que me dio la tarjeta de contacto, y he estado recibiendo ayuda… También he encontrado trabajo.

—¿Qué tipo de trabajo?

—En lo mismo que antes, en una cafetería. Es un negocio individual, algo pequeño. No tiene muchos clientes, pero eso también es algo bueno. Debería pasarse la próxima vez.

—Lo haré —respondió con tranquilidad.

Entonces, se hizo el silencio. Tomé la taza de té caliente que ella había traído antes y la usé para calentarme las manos, debatiéndome en la duda. Antes de ir, había estado pensando en qué podría decirle, pero estando allí sentada no era tan fácil.

—Se la ve mucho mejor que la última vez.

Habló con cautela. Era alguien que iba siempre con cuidado, incluso para decir algo así. Ante su consideración, decidí hablar y ya. De todos modos, había ido hasta allí para hablar con ella. Para enfrentarme justo a eso.

—También logré salir de casa un poco. Todavía lo paso mal, pero… He decidido conocer a más personas, y me he unido a un club de escritura. Me hablaron de él en el centro de bienestar. La gente se reúne, habla y escribe. Y me gusta, así que… quiero seguir con ello.

—¿Y cómo se siente?

Si me hubiese hecho esa pregunta la primera vez que nos vimos, seguramente me habría deshecho en lágrimas. Sin embargo, yendo al centro de ayuda, ya me había topado con ella de vez en cuando. Me preguntaban cómo me sentía, qué tenía planeado hacer en adelante. Uno a uno, fui desenredando todos los pensamientos que había tenido en ese tiempo.

—Ahora que voy a terapia y que estoy escribiendo, siento muchas cosas. Usted dijo que no había sido culpa mía… Pero a mí siempre me pareció lo contrario. Que por mi culpa, Kibum había… ya sabe. Sin embargo, después de hablarlo, el terapeuta dijo lo mismo. Que no era culpa mía. También estuve pensando en las cosas que él me hizo, lo que yo creía que era amor… Le he estado dando muchas vueltas, y ahora… Por fin entendí que fue maltrato. Que lo de repetir que iba a matarse solo era chantaje. Que el beber e insultarme, empujarme y golpearme era parte de ese abuso. Que nunca fue porque me quisiera… Usted tenía razón. Creo que Kibum habría hecho lo mismo, ya fuese a mí o a cualquier otra persona. Cuando pensé eso, comprendí que nada de aquello había sido culpa mía. Aunque, claro, también es difícil librarse por completo de esa sensación…

La mujer me observaba con una profundidad en los ojos. Alcé la cabeza y le devolví la mirada. Quería decirle estas cosas así, cara a cara. Reuní las fuerzas que me quedaban.

—Lo que quería decirle sin falta es… Muchas gracias.

—Así que ha venido para eso. Bueno, yo también le estoy muy agradecida.

Puso una mano sobre la mía, que aún sostenía la taza, transmitiéndome su calidez. Era la misma sensación que cuando la había apoyado sobre mi hombro. Con una sonrisa segura, me preguntó en un tono más alegre:

—¿Hay algo que quiera intentar hacer en adelante?

Parecía muy contenta de poder decir eso de «en adelante». Me contagió su buen humor y me dio más confianza. Todo su cuerpo gritaba que el haberme acompañado todo ese tiempo, dándome palabras de apoyo, no había sido en vano. Igual que ella, puse algo más de energía en mi voz.

—Al acudir al grupo de escritura, me he dado cuenta de que todos tenemos nuestras heridas. Nos consolamos unos a otros leyendo y escribiendo juntos, y a veces incluso lloramos. Yo, bueno, me gustaría no tener que recibir una herida así de nuevo. Ni de mí misma, ni de nadie más. En ocasiones, me pregunto… ¿Y si la muerte de Kibum hubiese sido un suicidio? ¿Podría haberme quitado de encima la culpa de esta manera? ¿Cómo lo haría la gente que también sufrió maltrato, pero que su pareja realmente se había quitado la vida? Me duele solo de pensarlo… Creo que esa culpa sería algo inevitable. Por eso decidí empezar a escribir. No solo para personas como yo, sino también para comprender cómo se sienten aquellas que sí perdieron a su pareja de esa forma y ofrecerles consuelo. Quiero escribir por mí… y por todas ellas.

—Solo con escucharle decir esto, ya es un alivio. Le doy mi apoyo.

La taza ya estaba fría después de haber templado mi mano, pero podía notar el calor que emanaba de mi corazón. Sentí que me había abierto por completo a ella. Por otro lado, me pareció que incluso la mujer esperaba que no fuese a buscarla de nuevo. Que, después de sacar todos esos malos pensamientos de mí, saliera adelante con ligereza. Quizás eso fuera lo último que le quedaba por hacer.

—Si termino sacando algún libro, le enviaré uno.

—Sin duda. Es una promesa.

Me acompañó hasta la salida del centro. Con una mezcla de emociones, bajé uno a uno los escalones y llegué al exterior del edificio, donde me topé con un paisaje blanco. Una capa de nieve cubría el asfalto. Los rastros de unas huellas, tal vez las mías al venir aquí antes, habían acabado cubiertas de nuevo. Los densos copos caían con lentitud, amontonándose y tapando con su tono pálido las zonas ennegrecidas por las pisadas. Me quedé admirando la nieve que se acumulaba delante del edificio. Antes de que pudiera darme cuenta, mis huellas también habían desaparecido por completo.

Mientras los copos caían sobre mí, pisé de nuevo la calle blanca. Dejé un nuevo rastro. Recordé las palabras de alguien que decía que los días nevados eran especialmente silenciosos. Era un día tranquilo, uno en el que no vibraba nada.

CAPÍTULO 3

Doble cara

El sonido de unos pasos se aproximaba. Pisadas ligeras, con un ruido corto y seco al chocar contra el suelo. Eran las seis menos veinte de la tarde. Dayeong ya debía de haber terminado la escuela y estaría de camino sin problema. Cuando no la tenía a la vista, sentía que había desaparecido de este mundo. Y, al oír de nuevo sus pasos, me entraba el alivio de saber que seguía en él. Sin embargo, el verdadero desafío empezaba ahora. Pronto marcaría el código de seguridad de la puerta y entraría en casa. Solté un largo suspiro. Traté con todas mis fuerzas de adoptar un tono tranquilo y suave, y recompuse mi expresión.

Bip, bip, bi-bip, bip, bip.

—Dayeong, ¿ya estás aquí? ¿Qué tal la escuela? ¿Ha pasado algo?

Me acerqué a ella como una madre afectuosa. Aunque no era una niña de carácter difícil, se tumbó directamente en el sofá sin prestarme demasiada atención, respondiendo con un simple «no, nada». Tenía el móvil en la mano. Ni siquiera miró en mi dirección. Supuse que estaría hablando con sus amigos. Sentí una presión en el pecho. *Vamos, di algo más. Algo más cariñoso, lo que sea. Pon una cara más amable.*

—¿Quieres un aperitivo?

Eso fue lo único que salió de mí.

—He quedado con mis amigos en un rato.

—¿A qué hora?

—A las siete.

—¿Tan tarde? ¿Con quién?

—¡Mamá!

Mi cuerpo tembló cuando levantó la voz. Yo no podía gritar más fuerte. No podía decirle que no a mi hija a voces. *Tengo que ser una buena madre. Mejor no molestarla. Tengo que ser lo más suave que pueda. Lo más calmada posible.* Tras calmarme un poco, seguí hablando.

—Lo digo porque me preocupo por ti. No quiero decir que no puedas ir.

—Solo voy con unos amigos.

—¿Y cuándo vas a volver?

—Antes de las diez.

—¿Tan tard…?

Dayeong me miró fijamente. Sentí que podría helarme ahí mismo ante esa mirada tan gélida. Una fría sensación dentro de casa hizo que mis piernas flaquearan. Era la misma sensación que la del día en que ella nos dejó. Si nuestra casa siempre hubiera sido un lugar cálido y acogedor, tal vez ella estaría aquí ahora, conmigo. Decidida por proteger a la hija que me quedaba, había empezado a actuar así. Como una madre amable y amistosa.

—Entonces, llámame en hora y media para decirme dónde estás.

—Vale.

—¿Me lo prometes?

—Sí.

Se levantó del sofá arrastrando con ella la mochila y entró a su habitación. Mi pecho se encogió al oír la puerta cerrarse, como si se tratase de la puerta a su corazón. Quería librarme de ese obstáculo. Saber qué estaba haciendo y verla en todo momento. Quería controlar cada pequeño aspecto de ella. Deseaba que pudiera vivir segura, dentro de mí. Sin embargo, nadie sabía mejor que yo que no podía aferrarme a ella de esa manera. No después de que mi primera hija terminara alejándose más cuando lo intenté.

Habían pasado dos años desde que nos dejó A-yeong, mi primera hija. Ahora, Dayeong tenía la misma edad que ella cuando se fue. Desde entonces, había estado viviendo con un constante dolor. Temía que la segunda tampoco superara los dieciséis, que tomase las mismas decisiones que su hermana. Temía perderlo todo. Por eso quería volverme una buena madre, fuera como fuere. Al menos para Dayeong, aunque ya fuera un poco tarde. Sin embargo, ¿por qué era tan difícil? No era capaz de entender a mi hija. Tampoco es que hubiese comprendido a A-yeong, la verdad. Sentía una terrible ansiedad ante la posibilidad de que ella también muriese. Los días en los que me esforzaba por mostrar una buena cara, ¿cómo le sentarían a ella?

Quizás aquella llamada fue solo casualidad.

Era principios de primavera, un tiempo después del primer día de bachillerato de Dayeong, quien había ido ocupando poco a poco el centro de mi rutina diaria. La mandaba al instituto, cuando volvía le preparaba la comida y después la enviaba a la academia. Esta casa parecía mi vida entera. Al igual que mi hija. Una tarde, sonó el teléfono. A esa hora Dayeong seguiría en la academia. Era un número desconocido, pero, al pensar que podía tener algo que ver con ella, no tuve más remedio que responder de inmediato. Sin embargo, no me esperaba para nada el nombre que escuché al otro lado.

—¿Es usted la madre de A-yeong Yang?

La madre de A-yeong. Hacía dos años que nadie me llamaba así. Nadie decía su nombre así como así a mi alrededor, ni siquiera con cautela. En su lugar, ahora me llamaban solo «la madre de Dayeong». Aunque fuese la madre de las dos.

—Sí, pero… ¿Quién es…?

—Ah, somos de la sede central de autopsias psicológicas. Ahora mismo, estamos realizando una encuesta para poder establecer un plan de prevención para el suicidio en adolescentes, cuya tasa aumenta con el comienzo del nuevo curso. Espero que no le moleste, pero estamos contactando a las familias afectadas, reuniendo casos y ofreciendo ayuda psicológica y tratamiento. Según nuestros datos, bueno, hace dos años A-yeong Yang… falleció.

—¿Me está diciendo que ha llamado porque mi hija murió?

—Ah… Perdone, no era con esa intención. Somos una organización pública que busca establecer un plan de prevención del suicidio. Estamos trabajando para que más niños como su hija no caigan en ello. Si pudiésemos contar con su ayuda, se lo agradecería mucho.

Al principio no comprendía lo que me estaba diciendo. Me había contactado porque mi hija se suicidó, diciendo que prevenían justo eso y que necesitaban hablar de ella. Quería gritarles por hablar tan a la ligera de la muerte de A-yeong. Decirles que no la buscasen por algo así, que no la redujesen solo a un caso de suicidio. Pero el motivo por el que logré contener esas palabras fue aquello de «más niños como su hija». Porque temía que Dayeong pudiera hacer lo mismo. Si al menos hubiese una solución u otra vía de escape, entonces no tenía por qué ser así. Mientras ese trabajador me seguía explicando el proceso y lo que quería decir, yo pensaba en mi Daycong. En su mundo, uno que yo no podía ver. En ella, aún con vida. En mi niña, que debía vivir.

—Está bien. ¿Qué tengo que hacer?

—¿Le gustaría visitar nuestro centro? La dirección es…

No sabía qué esperarme, ni siquiera si tenía alguna expectativa. Aunque había accedido a participar en eso de la autopsia psicológica por Dayeong, en el fondo quería saber por qué A-yeong nos había dejado. Tenía que comprenderlo para así poder evitar que mi otra hija hiciera lo mismo. Pensaba que, al ser una autopsia, buscarían y averiguarían algo para decirme el motivo de su suicidio, pero, en su lugar, tuve que firmar un documento de consentimiento sobre mi información personal y después responder un cuestionario de más de quinientas preguntas. Había algunas sencillas como «¿A qué niveles de estrés estuvo expuesta la víctima en los últimos tres meses?» o «¿Era alegre durante su infancia?», junto con opciones para marcar: «Totalmente en desacuerdo», «En desacuerdo», «Normal», «De acuerdo» y «Completamente de acuerdo». Tras hablar sobre A-yeong durante solo veinte minutos, las cuestiones pasaron después a centrarse en la situación tras su muerte. Me pregunté si eso sería todo. Dos horas más tarde, la entrevista terminó y me disponía a regresar a casa cuando, aferrada a una última esperanza, le pregunté al tipo que trabajaba en la sede:

—Eh… ¿Puedo saber por qué motivo mi hija decidió irse de esa manera?

—Ah, como hacemos esto con el objetivo de prevenir el suicidio, no podemos darle el resultado. Pero, en su lugar…

El hombre se acercó y comenzó a hablar con cautela. Parecía que nadie más podía enterarse de ello, así que no tuve más remedio que poner la oreja.

—Le diré una cosa. Hay un centro clínico de autopsias psicológicas. La persona que lo lleva solía trabajar aquí, en la sede central. He oído que allí, después de la entrevista y de una investigación, también se dan los resultados. Por eso los rumores que circulan por ahí no son muy buenos, y no suelo recomendarlo a las familias afectadas en caso de que se muestren reacias…

—¿Podría darme más información?

—Si quiere, les hablaré sobre usted. Que sepa que son gente de fiar.

Entonces, el tipo buscó en su teléfono, anotó en un pequeño bloc de notas un número y un nombre y me lo tendió: Centro de autopsias psicológicas - Jian Kang: 02-XXX-XXXX

La víctima (A-yeong Yang, 16) fue encontrada en su habitación por la clienta, su madre (Yu-hwa Jeong, 44), el 8 de abril de 2021, a las 09:20. Al momento de llamar a Emergencias ya había fallecido. El examen médico se realizó ese mismo día, determinando que cerca de la 01:10, tras infligirse unos profundos cortes en las muñecas, la víctima sufrió una gran pérdida de sangre y entró en *shock*. Se considera que, más que por la hemorragia, entró en paro cardíaco debido al *shock*. Se encontraron ligeras marcas de vacilación en su piel previas a las de carácter mortal. Según el testimonio del tutor, al parecer la víctima había comenzado a autolesionarse a los doce años, y aunque era algo frecuente, en ningún momento había llegado a ser mortal. Sin embargo, esas acciones llevaron a más discusiones con la clienta, quien afirma que, la noche antes de su fallecimiento, tuvieron una pelea peor de lo habitual. Se dijeron frases como «¿De veras te crees que puedes morir cortándote las muñecas?» y «Espabila de una vez». A la mañana siguiente, se encontró su cuerpo. La madre de la víctima (la clienta) se siente terriblemente culpable de la muerte de su hija al tiempo que alega dificultad en la crianza de su otra hija (Dayeong Yang, 14 en el momento del incidente). Debido a su participación en el proyecto «Establecer un plan de prevención contra el suicidio entre adolescentes» en la sede, la clienta es conocedora de las autopsias psicológicas y se le pondrá en contacto con el centro a cargo de estas. [01/04/2023_Informe de petición sobre el caso.]

—¿A dónde has ido?

Nada más entrar en casa, me topé con Dayeong. Tenía los mismos ojos y la misma nariz pequeña que su hermana. Tenía los labios fruncidos y no mostró ni una pizca de calidez. A pesar de su expresión indiferente, verla en casa hizo que me entrasen ganas de abrazarla. Pero me dio la impresión de que, al hacerlo, se me haría añicos el corazón. Se parecían tanto que era como si A-yeong siguiera viva y delante de mí. A lo mejor era por haberme pasado el día hablando de ella. Sabía que eran diferentes. Sin embargo, no podía evitar sentirme así. Dirigí la mirada hacia el cuarto de la mayor. Estaba vacío, absolutamente recogido. A quien tenía frente a mí era Dayeong.

No podía mostrarme débil ante ella, que había perdido a su hermana. *Dayeong es diferente. No es A-yeong.* Me repetí esto varias veces para poder recomponerme. Luego, conseguí aparentar más tranquilidad y hablé en tono de broma:

—Yo también había quedado.

Entorné los ojos y alcé las mejillas. Durante la grabación de los vídeos de mi boda, aprendí que, pegando la lengua a los dientes de arriba, la sonrisa parecía real. Dayeong parecía confusa ante esa situación fuera de lo normal, pero me mantuve firme. Tenía dieciséis años. Era mejor que no supiera cómo me sentía, de lo que tenía que responsabilizarme. Pensaba que, así, mi hija podría vivir «tranquila».

—Voy a asearme un poco. Luego prepararé algo de comer.

Entré en el dormitorio y traté de cerrar el pestillo. Lo giré despacio y con cuidado, para que no se escuchara. Al mismo tiempo, hice ruido con el pie a propósito. Era la forma que tenía de que no se enterase.

Después, sentí que los muros del cuarto se estrechaban a mi alrededor. En un espacio pequeño. Dayeong y yo, separadas dentro de la misma casa. Ahora que estaba fuera de su vista, apoyé las manos en el suelo y me dejé caer poco a poco. Se me saltaron las lágrimas, como si mi corazón también se viniese abajo. Solté unos breves suspiros para ahogar mis sollozos. Las gotas caían al suelo. No las enjugaba, sino que las dejaba fluir, para que luego no se me notaran. Cada vez salían más e hice fuerza para ahogar los gemidos en mi garganta. No podía respirar, pues una bocanada de aire demasiado fuerte revelaría mi pena.

Si no la tuviese a ella, no podría seguir con vida, eso seguro. Habría abandonado este mundo igual que A-yeong. Pero la realidad era que no estaba sola. Tenía una hija a quien proteger a mi lado. Debía superar aquella muerte, tomar mi tristeza y meterla en una caja, para después preparar una comida caliente con una apacible sonrisa en el rostro. Porque era una madre.

Antes de levantarme, tomé impulso con las piernas para poder hacerlo de una y sin caerme. Me tambaleé ligeramente y me apoyé en el pomo. Ya de pie, el cansancio me invadió todo el cuerpo. Qué duro era sentir tanto pesar. Era como si el día, como si el mundo entero se oscureciera.

Me miré en el espejo y me limpié el rastro de las lágrimas. Al rato, abrí la puerta y fui a la cocina. Me preocupaba que Dayeong pudiese notar que había llorado, así que me quedé de pie ante la nevera. Hice ruidos sin sentido como de costumbre, saqué cebolla y puerros y los fui cortando uno a uno. Serví el arroz, calenté de nuevo el estofado de la mañana y saqué varios platos de acompañamiento. Entonces, llamé a mi hija en un tono agudo.

—¡A cenar!

—Voooy.

Dayeong, que estaba en el sofá con el móvil, se levantó al momento y se sentó a la mesa. Al ver que solo había un cuenco, me preguntó.

—¿Tú no comes?

Me miró desde su silla. Nuestras miradas casi se encontraron, pero me giré, mostrando solo mi perfil mientras fingía ordenar el interior del frigorífico. Como si no pasara nada.

—No me encuentro muy bien del estómago. Tú ve comiendo —dije, dejando ver que todo iba bien.

—¿Ha pasado algo?

El alma se me cayó de golpe a los pies. Una vez recogida, hablé con tono indiferente.

—¿Qué iba a pasar? Come y ve con cuidado a la academia.

Ella asintió y empezó a comer, entendiendo que no era nada. Me quedé mirándola. El pelo le caía suavemente por los hombros, no demasiado pequeños. Había pegado un estirón repentino y su mirada era más intensa. Había crecido mucho en esos últimos dos años. Tal vez se parecía a A-yeong en sus momentos finales.

Clac.

Se abrió la puerta de la entrada. Dayeong se iba a la academia. Abrí bien los ojos, ya sin rastro de la hinchazón de antes, y vi con claridad el rostro de mi hija. Una mirada con energía, una leve sonrisa, un tono de voz suave. Me dirigí a ella, mostrándole el aspecto que debía.

—Hasta luego.

¿Intuiría ella la desesperación tras esas palabras? ¿Lo angustiada que estaba? Nunca sabría que no había mayor anhelo para mí que verla luego, cuando regresara. Mi hija esbozó una sonrisa juvenil, como ella. No era una muy radiante, pero sí estaba teñida de inocencia. Una vez que la puerta se cerró, mi mano cayó de golpe. Como si algo me aplastase, pegué mi cuerpo al frío suelo y de nuevo me puse a llorar. Pero esa vez no eran lágrimas de pena, sino de remordimiento. El remordimiento de no haber podido ser así con A-yeong.

Me pesaban los pies como el plomo. Subir aquella cuesta parecía como caminar hacia el pasado. Los recuerdos me asaltaban con cada paso, remontándose hasta el día que A-yeong se fue. De camino al centro que me habían indicado, iba pensando para mis adentros. *¿Y si hubiese comprendido mejor a mi hija mientras estaba viva? ¿Y si no hubiese sido una mala madre que había querido entenderla tras perderlo todo?* También pedí perdón tantas veces como respiraba pidiéndole a A-yeong que me disculpase por querer saber más de ella ahora. Por no haberme dado cuenta hasta que la culpa y el pesar inundaron mi corazón. Pisando todos esos recuerdos, subí las escaleras. Era el cuarto piso. No había ascensor, quizá por tratarse de un edificio antiguo. Me paré frente a una puerta de cristal, sorprendida de lo limpia que estaba. No se veía ni una sola huella. Solté un largo suspiro. Estaba preparada para enfrentarme a la muerte de mi hija.

Clinc.

Un sonido claro, como los pasos de Dayeong al volver a casa. Se trataba de la campanilla que sonaba discretamente al abrirse la puerta. La primera persona en recibirme fue un hombre de complexión robusta. *Pero si me habían dicho que era una mujer...* Nada más verme, él esbozó una amable sonrisa.

—Bienvenida. Usted debe de ser la señora Yu-hwa. Tenía cita para hoy, ¿verdad?

Habló en un tono ni demasiado alegre ni demasiado serio. Le contesté con torpeza. Al echar un vistazo por la oficina, me percaté de que había también otro hombre. Comparado con el primero, era más delgado y parecía más arisco. Cuando nuestras miradas se encontraron, se levantó sin decir nada y se inclinó educadamente para saludarme. Tensa, solo pude asentir con la cabeza.

—Ahora mismo, la gerente está fuera. Volverá en unos cinco minutos. Yo soy Sangwoo Im, uno de los trabajadores de este centro, y aquel de allí es Jihoon Kang, es nuevo. Vaya, ¡ha llegado usted temprano! La gerente también es muy puntual, así que siéntese y espere un poco.

—De acuerdo...

Me guio hasta un sofá junto a una mesa, mientras que el tal Jihoon siguió con su trabajo como si nada. El sofá, que no era muy duro, encajaba más en un salón que en una oficina. La tela desprendía un aroma sutil y agradable. Era como si me hubieran invitado a una casa bien ordenada, y pude notar el cuidado puesto hasta en los detalles más pequeños. Era un ambiente menos tenso de lo que me esperaba. Suspiré aliviada. Entonces, Sangwoo me miró y volvió a hablar:

—¿Quiere algo de té? Tenemos muchos tipos, ¿hay alguno que le guste en especial? También hay café.

—Ah, cualquier cosa me vale...

—Entonces le recomendaré uno. Solo escoja entre caliente y frío.

—Caliente, por favor.

Él sonrió con naturalidad, una sonrisa muy distinta a la que yo tenía en el rostro. Me resultó tan peculiar que no podía dejar de mirarla. Con aquella expresión de tranquilidad, preparaba la bebida en una mesa que había contra la pared. Puso agua a hervir y escogió un té. Tal y como había dicho, tenían muchos tipos, más de lo que yo pensaba. No solo los sencillos de bolsita, sino también los de buena calidad, con las hojas secas metidas en botes de cristal. En el centro reinaba la calma. Solo se oía el agua hervir cuando la sirvió con el té. Parecía una cafetería, incluso había tazas preparadas.

—Es té de flor de crisantemo. Cuanto más se infusiona, más recuerda a las flores abriéndose, y me ha parecido que iba perfecto con la primavera. También le ayudará a calmarse.

—Muchas gracias…

Observé con atención el té. Unas pequeñas flores se abrían poco a poco sobre el agua, entre el vapor blanquecino que subía. Cuanto más grandes se hacían, más sentía que el vacío de mi corazón se iba llenando. Tomé la taza y, nada más dar un sorbo, se oyó el claro sonido de una campanilla.

—Ya ha vuelto Jian. Ella es la gerente de nuestro centro y quien le hará tanto la entrevista como la consulta. Volveré a mi puesto.

El hombre se levantó, se inclinó y regresó a su cubículo. Entonces, la mujer se acercó a mí.

—Soy Jian Kang, la gerente de este centro de autopsias psicológicas. Nos había llamado, ¿no es así? Muchas gracias por su visita, debe de haber sido algo cansado llegar hasta aquí.

—No se preocupe, soy yo quien debería estarle agradecida.

Era una persona de mirada amable, con un aire sereno. Parecía más seria que Sangwoo, pero más amigable que Jihoon. Se sentó frente a mí y me habló de los documentos de consentimiento necesarios para la autopsia psicológica. Aunque sus palabras eran desoladoras, puede que su calidez le diera un aire de conversación a la explicación.

—Cuando firme aquí, habremos terminado con el papeleo.

—Y entonces, ¿qué?

—Pasaríamos a una entrevista sobre la persona fallecida. Si le viene bien, se puede hacer hoy mismo. Después, podemos preguntarle acerca de más información que necesitemos y organizar una segunda entrevista.

—Eso de la entrevista...

—Puede contestar con tranquilidad, sin presión. ¿Le gustaría hacerla hoy?

Ahora que llegaba el momento de hablar de A-yeong, me entró el miedo, pues, a diferencia de esa mujer, yo sí sabía lo que había pasado aquel día. A lo mejor necesitaba más tiempo para sentirme preparada. Quizá sería mejor regresar a casa por hoy. La duda no me dejaba hablar. Mis músculos estaban tensos, como si me hubiesen atado al sofá. Me comprimían el cerebro, haciendo que los pensamientos se me escaparan. Entonces, pensé en el motivo por el que había ido allí. ¿Y si hoy era el último día de Dayeong? ¿Y si no regresaba a casa? ¿Volvería a arrepentirme de no haber tenido las suficientes agallas? ¿Volvería a pasar por el sentimiento de culpa que tenía al llegar a este sitio? Esa ansiedad que me mantenía cautiva. La angustia de no poder volver atrás. *Puedo hacerlo. Tengo que enfrentarme a ello.*

—Hoy está bien —respondí.

—Bien, pues vayamos a la sala de consulta.

Mi vida era sencilla. Antes de casarme, me gradué de la universidad como todo el mundo y comencé a trabajar en una oficina. No sentía un apego especial por lo que hacía, pero tampoco era

115

infeliz. En cuanto a mi marido, era empleado de una compañía, y durante los dos años de relación, no mostró ningún defecto. Era cuatro años mayor que yo, y pensé que lo más natural era acabar casándonos.

Después de la boda, disfrutamos de una vida de recién casados como la de cualquiera y tuvimos a nuestra primera hija. Nuestro día a día no era apasionado, y teníamos nuestras pequeñas peleas y reconciliaciones. Cuando me quedé embarazada, la actitud de mi marido siguió igual. Me compraba lo que quería comer, me acompañaba al hospital y se disculpaba si me hacía sentir mal. Por aquel entonces, no sabía que todo iba de maravilla. Pensaba que era lo natural.

Al nacer A-yeong, tanto él como yo estábamos eufóricos. Cuando tomé a mi pequeña bebé en brazos, fue como si algo en lo profundo de mi corazón ardiera. Era la primera vez que sentía algo así. Aunque la tuve de forma natural, sin que ocurriera nada fuera de lo común, el amor que sentí hacia ella me pareció demasiado asombroso como para ser normal. Criarla fue muy complicado y duro físicamente, pero supuse que todas las madres primerizas pasaban por lo mismo. Fue cuando A-yeong cumplió dos años que saqué por primera vez el tema de tener otro bebé, comentando que tal vez nuestra niña se sentiría sola. Mi marido estuvo de acuerdo, ya que él también era hijo único. Pensaba que dos eran mejor que uno. Hasta bromeó diciendo que deberíamos empezar enseguida.

La segunda también fue una niña. Por eso pensé en un nombre parecido al de A-yeong. Dayeong. Dayeong Yang. A-yeong y Dayeong, solo con los nombres tenía pinta de que estarían peleándose constantemente. Me entró la risa solo de pensarlo. Deseaba que vivieran así por mucho tiempo, juntas, como amigas.

Tal y como esperábamos, así fue su relación. A-yeong molestaba a la pequeña, que hacía pucheros y empezaba a llorar. Al verlas así, más que enfadarme, sonreía por lo adorables que eran. No sentí ningún rechazo a dejar el trabajo para criarlas. Eran tan bonitas, y tampoco es que me encantase mi empleo. Además, mi marido colaboraba bastante bien trayendo dinero a casa.

Así era mi matrimonio, así era mi vida. ¿En qué momento empezaría a resquebrajarse...?

Los viajes de trabajo de mi marido se hicieron cada vez más frecuentes, y siempre volvía más tarde. Al principio no sospeché nada. Solo pensaba que yo no podía saber lo que era trabajar así, ya que no lo había experimentado. Sin embargo, cuando empezó a recibir llamadas a las tantas de la noche y a responderlas a escondidas, me entró la duda. Una duda muy pequeña.

Una vez, poco después de que volviera de uno de sus viajes, comprobé a escondidas su móvil. Solo quería librarme de esa ligera sospecha. Sin embargo, la realidad no era ligera. Me molestó que ni siquiera hubiese cambiado la contraseña. Aparecieron mensajes con alguien, con una mujer. Se decían que se echaban de menos, que se querían. Que odiaban estar separados, que cuándo pensaba él divorciarse de mí. Me temblaron las manos. No, no solo las manos, el cuerpo entero. Lo que yo pensaba que solo les ocurría a los demás, al final me había pasado a mí también. Estrellé el teléfono contra el suelo.

Tras esto, todo volvió a fluir con naturalidad. Me divorcié con naturalidad. Antes que perdonar al infiel de mi marido, separarnos me pareció la solución más natural. A-yeong tenía cinco años, y Dayeong, tres. Yo no dejé de pensar en mis hijas, por supuesto, pero mi marido no tenía interés en que siguiéramos casados. En su lugar, dijo que mandaría una paga de manutención y ya. Lo suficiente como para que no les faltase nada. Me pregunté si sería capaz de pagar eso, pero más tarde me enteré de que su nueva novia era una mujer rica.

Pensé que simplemente era un divorcio. Que A-yeong y Dayeong crecerían bien. Separarse ya no era tan tabú como antes, y no eran pocas las familias que pasaban por lo mismo. Además, teniendo la suficiente compensación monetaria y con la manutención, pensaba que podía criarlas sin problemas hasta que llegasen a los veinte. No es que estuviera segura de ello, solo quería creerlo. Si no, sentía que terminaría arrancando mi vida de raíz.

—Eh… madre de A-yeong…

Después de haber pensado que el divorcio era algo normal, aquella llamada me arrastró hacia un mundo desconocido. En aquella época, A-yeong tenía doce años y había entrado en secundaria. Siempre se había llevado bien con sus amigos en la escuela, así que nunca pensé que fuese a tener problemas en el instituto. Sin embargo, poco después de empezar el curso, me llamaron del centro. Dijeron que A-yeong se autolesionaba.

—¿Cómo?

—Al parecer, otras compañeras han visto las marcas mientras se cambiaban para la hora de educación física. Además, se relaciona bien con los demás. Su hija me ha pedido que no le dijera nada, pero me parecía importante que lo supiera.

—Pero… ¿por qué…?

—Ahora está en una consulta con la consejera del instituto, de momento tampoco sabemos el motivo de su situación. ¿Ha pasado algo en casa que haya podido causarle tanto estrés?

El divorcio. Eso fue lo único que me vino a la mente. No es que no le prestase atención a mi hija, ni tampoco pensaba que la hubiera criado mal. Solo había una cosa que no tenía, y eso era un padre. ¿Podía eso ser tan duro para ella como para autolesionarse? ¿Para pasarse una cuchilla por la piel? Me inundó una culpa inmensa. Yo era la responsable de todo.

—Me divorcié de mi marido cuando ella era pequeña… ¿Podría ser por eso?

—Es difícil saberlo con seguridad. ¿Podría estar más atenta en casa? Cada vez hay más adolescentes que pasan por lo mismo, así que no se martirice demasiado ni se venga abajo, y trate de hablar con ella con calma.

—De acuerdo… Muchas gracias por decírmelo.

Cuando A-yeong regresó a casa, no sabía con qué cara recibirla. El aire dentro se volvió pesado. Quizá Dayeong también lo notó y se fue corriendo a su cuarto. Tan pronto como mi mirada se encontró con la de mi hija, me quedé en blanco. Nadie me había explicado qué se debía decir en estos casos. Ni que mi niña pudiera autolesionarse. A-yeong se sentó con una expresión incómoda.

—¿Qué tal en el instituto?

A duras penas saqué el tema de su vida escolar. ¿Estaría estresada por no encajar con los demás? ¿Le estaba costando acostumbrarse al instituto? ¿O tal vez vivía escuchando que no tenía padre? Mi preocupación no tenía límites. Pero ella respondió con indiferencia.

—Bien.

—¿Ha pasado algo?

—No, como siempre.

—Hoy me ha llamado tu tutor…

Cuando dije esto, el rostro de A-yeong se torció. Frunció el ceño, llena de irritación. Sacudía una pierna, como si no pudiera centrarse en la conversación. *Tengo que mantener la calma. Vamos a hablar de ello.* Traté de tranquilizarme con todas mis fuerzas y seguí preguntando.

—A-yeong, creo que últimamente estás pasando por un mal momento. ¿Crees que podrías contármelo?

—No estoy pasando por nada.

—Tengo que saberlo para poder ayudarte.

—¡Te digo que no necesito ayuda para nada!

Cuando se levantó de golpe, en un arrebato de ira agarré el brazo de mi hija. Estaba plagado de líneas rojas. No había rastros de sangre, y tampoco parecían recientes. Aunque ya me habían avisado, no pareció real hasta que lo vi con mis propios ojos. Mi hija. Mi niña, se cortaba. Se hacía heridas en el brazo con una cuchilla. No podía creer que eso estuviera sucediendo. No pude seguir manteniendo la compostura.

—¿Qué es esto? ¡¿Qué tienes en el brazo?! ¿De quién has aprendido esto? ¡¿En qué he fallado?!

—¡Suéltame…!

A-yeong tiró de su brazo con más fuerza de la que esperaba. ¿Tanto quería escapar de mí? Fui tras ella cuando salió corriendo a su cuarto y traté de girar el pomo, pero ya había echado el cerrojo. No podía comprender el llanto que sonaba al otro lado de la puerta. Me enfadé por lo que me estaba pasando. Porque mi hija se autolesionara.

A partir de ese día, dejó de hablar aún más. Cada vez que se iba a su habitación, cerraba el pestillo. Estando sola en casa, entré y tiré la cuchilla. Pero, aun así, las heridas de sus muñecas que asomaban por la manga no mejoraban. Que no se convirtieran en cicatrices significaba que seguían apareciendo otras nuevas encima.

—Perdone, es que no sé qué hacer… ¿Cómo va A-yeong en el centro…?

—Hemos tratado de hacer otra sesión, pero no dice nada…

Al año siguiente, A-yeong cambió de tutor, pero llegó la misma llamada a casa diciendo que se autolesionaba. Por mucho que recibiera sesiones regulares con el psicólogo del instituto, nada cambió. Ya ni siquiera hablaba conmigo. Incluso cuando le decía que se sentara, lo hacía encogida y con los labios sellados.

Sin llegar a saber en qué momento se torció todo, A-yeong cumplió los dieciséis. Al entrar en bachillerato, también llegó otra llamada de su tutor. Incluso con él, el sentimiento de culpabilidad, de ser la madre de una niña problemática, no me abandonaba. Al igual que la última vez, me comunicó lo que hacía mi hija y me recomendó ayuda psicológica. Ya se lo había sugerido a ella, pero, aun llevándola a la fuerza, me dijeron que se pasaba toda la sesión en silencio.

—Creo que, a raíz de que su profesor le avisó de que se lesionaba, su rechazo a las consultas se vio agravado. Pasa en muchos adolescentes. Evitan hablar de ello con sinceridad porque saben que sus padres se enterarán… Sin embargo, no podemos hacer otra cosa que comunicárselo, claro. Lo siento, sé que es difícil.

—No, no se preocupe… Por supuesto que es algo que una madre debe saber. No cuidé de ella como debía… Lo siento, de verdad.

—Espero que no se culpe por esto.

—Gracias…

Por aquel entonces, el entorno adulto de A-yeong cargaba con una sensación de culpa. Yo incluida. Cuanto más lo pensaba, más confundida me sentía. No podía soportarlo más, pues lo que era mi problema ahora perjudicaba también a otras personas. Por eso, arrinconé a mi hija aquel día.

—¿Cómo cree que podría haber evitado el suicidio de su hija?

La pregunta de aquella mujer cayó a plomo sobre mí. No buscaba sacar a la luz la historia sobre A-yeong, sino lo que yo sentía por dentro. Y, además, era la cuestión que más había tratado de evitar desde que mi hija nos dejó. Nos dejó porque la acorralé justo al día siguiente.

—Yo… la empujé a ello. Empujé a mi hija al borde de ese precipicio. Por la noche, después de que me llamase el tutor, agarré a A-yeong antes de que entrase en su cuarto y le grité hasta cuándo pensaba vivir así. Que espabilase de una vez, que si de verdad creía que podía morir cortándose… Que por qué hacía eso, si solo le causaba dolor y sufrimiento… Y a pesar de gritarle, mi hija, siempre desafiante, se quedó quieta… Solo me miraba fijamente, con un brillo inquietante en sus ojos. No podía saber si era resentimiento o decepción. Las lágrimas le rodaban por las mejillas, pero no entendía lo que significaban. Entró despacio en su cuarto y cerró con pestillo la puerta, como de costumbre. Me enfadé demasiado. Seguramente volvería a cortarse. No importaba si me reconciliaba con ella o me enfurecía, no había ninguna diferencia. Y, entonces, a la mañana siguiente…

Tragué la poca saliva que tenía. Recordé la escena. La puerta que seguía cerrada por la mañana. El momento en que llamé a Emergencias. La llamada de la policía. A mí misma, sin poder darme la vuelta mientras los servicios de emergencias abrían la puerta. Su cuerpo cubierto por una sábana blanca mientras lo sacaban de la habitación. El charco de sangre en el suelo que había dentro, ya oscurecida. Aunque no pude mirar a A-yeong, aquella mancha roja era como su cadáver. Anunciándome que mi hija había muerto.

—No fui capaz de mirar. Ni siquiera pude levantar un poco la tela que la cubría… Los agentes me preguntaron algo, pero no recuerdo de qué se trataba. Cuando presté atención, dijeron que se había autolesionado, pero que esa vez las heridas habían sido demasiado profundas. Que, sorprendida por la gran cantidad de sangre, habría entrado en *shock*... Me pareció que A-yeong se estaba dirigiendo a mí. Diciendo que podía morir. Que había seguido viviendo, pero que de veras podía hacerlo... Y al final fui yo quien la empujó a eso. A ese lugar tan horrible...

Me estremecí entera. Se me saltaron las lágrimas, más de culpa que de tristeza. No podía creer lo que dije aquel día, ni siquiera ahora. El bebé que había sostenido en mi regazo. La niña que sonreía de oreja a oreja cuando me veía, la que gastaba bromas a su hermana y reía a carcajadas. La que me llamaba mamá, con una voz alegre. Al pensar que esa niña llegaría a hacer algo tan extremo, y que fui yo quien lo provocó... Me vino a la cabeza ese día. Aquel charco viscoso y oscuro, con la cuchilla sobre él. Me entraron náuseas. La mujer, sorprendida al verme a punto de vomitar, me trajo un vaso de agua.

—Señora Jeong...

—La maté yo... ¿verdad? Hice que mi hija se suicidase, ¿no es así? ¿Y si le hago lo mismo a Dayeong? Si le pasase lo mismo... ¿cómo podría seguir viviendo?

—Antes que nada, intente respirar despacio, a la vez que yo. Trate de seguir el mismo ritmo.

Ella respiró hondo. Me miró a los ojos y me indicó que la imitase, subiendo la barbilla con cada inhalación y bajando la cabeza al dejar salir el aire. Uno, dos. Uno, dos. Acompasé mi respiración a la suya. Una vez que se estabilizó, las náuseas disminuyeron un poco y dejé de temblar. Entonces, la mujer continuó hablando.

—Aunque no hemos terminado la autopsia psicológica, le diré una cosa de la que estoy segura. Usted no la mató. Se siente así porque no supo comprender el corazón de su hija. Cuando llegue a entenderlo, podrá encontrar en su interior algo más.

—¿Y qué sería eso?

—El dolor de perder a un ser querido. Puede que piense que se trata de lo mismo, pero el que está sintiendo ahora no es por su hija, sino por usted misma. «Porque no pude hacer esto», «porque dije aquello»… Sin embargo, en cuanto entienda lo que ella sentía, dirigirá ese pesar hacia A-yeong. «Ah, mi querida hija se ha ido», «Sufrió tanto en su vida». Eso es el luto. Nosotros la ayudaremos a llegar a ello.

Hablaba con convicción. Aun sin poder liberar las emociones que se encogían en mi interior, fui capaz de entender que mi dolor se centraba solo en eso, en mí. A la vez, unas preguntas cruzaron mi mente. ¿Alguna vez me había sentido mal por A-yeong? ¿Acaso solo había pensado en mí misma, incluso después de su muerte? Como si pudiera leerme el pensamiento, la mujer intervino con firmeza.

—Usted no es ninguna criminal. Es la familiar de una difunta, de su preciada hija.

Nunca me habría imaginado que alguien se referiría a mí de esa manera. Ella estaba de acuerdo en que A-yeong era alguien preciado para mí. Sin embargo, sus palabras no eran de consuelo ni de represión, sino un hecho.

❧

Iba de camino a casa. La última petición de la mujer seguía en mi cabeza: quería hacerle una entrevista a Dayeong. En un principio, las autopsias psicológicas solo se hacían a personas mayores de edad, pero ella añadió con cautela que podían proceder con una adolescente tras recibir un voto de confianza por parte de la sede central. Al final de esto, añadió: «Si es demasiado incómodo, no tiene por qué acceder a ello».

Como tutora legal de Dayeong, el tema me preocupaba. Y como su madre también. Mi hija apenas sacaba a la luz cómo se sentía, sobre todo desde la muerte de A-yeong. Aunque no le costaba expresar su alegría, la tristeza era algo que no mostraba. Echar un vistazo al interior de su corazón sin duda no sería fácil. El día que empujé a la mayor hacia la muerte, Dayeong estaba en su cuarto. Probablemente lo habría escuchado todo. Y, después, su hermana falleció. Pero, aun así, nunca intuí odio en su cara. Tampoco sacó el tema de su hermana. Yo tampoco pregunté. Tenía miedo de que dijera que era culpa mía, con un brillo gélido en la mirada.

—Ah, ya estás aquí.

Poco después de llegar a casa, Dayeong entró por la puerta. Nada más ver su rostro, sentí el alivio de que hubiese vuelto. Con aire distraído, se quitó los zapatos con brusquedad y dejó la mochila en el suelo. Analicé uno a uno sus pequeños movimientos. Quizás así podría saber qué le pasaba. Quizás así no intentaría quitarse la vida, como A-yeong. Comprobar sus muñecas se convirtió en mi nueva rutina.

Pero sus brazos estaban limpios. Su piel, aunque algo bronceada por el sol, mostraba un sano tono rosado, sin marcas rojas. Esperaba que su corazón estuviera igual. Sin cicatrices, sin heridas, sin dolor. Como si no pasara nada, como si no supiera nada. Al pensar en esto, rememoré los brazos de ambas cuando llegaron al mundo, inmaculados y de un color claro como la leche. Por aquel entonces, sus ojos eran el reflejo de sus emociones. El tiempo había cambiado tantas cosas. Yo misma había cambiado en tantas cosas.

Entonces, ¿podría también cambiar a partir de ahora?

Miré de nuevo a Dayeong. Seguía allí de pie como en trance, con una expresión confusa. El nombre de A-yeong se me quedó atascado en la garganta. ¿Pasaría algo por mencionarla delante de ella? ¿Iría todo bien en nuestra familia, que solo ella y yo formábamos? ¿Y si eso solo la alejaba aún más?

Noté un sabor a sangre en la boca. Me estaba mordiendo los labios.

—¿Mamá?

En el momento en que mi hija me llamó, volví a la realidad. No podía mostrarme débil delante de ella. No podía dejar que me viera así. *Tengo que ser una buena madre. Cálida, amorosa.* Me tragué la sangre y me apresuré a cambiar de tema.

—¿Qué tal el instituto?

—¿Cómo?

—Eh… Bueno, como hace poco que ha empezado el curso. ¿Has hecho amigos?

—¿También estás preocupada por mí?

Esas palabras se me clavaron en el pecho, pues me pareció notar algo de A-yeong en ellas. Desde que supe que se autolesionaba, me centré por completo en ella. No sabía si la menor estaba al tanto de las heridas de su hermana, solo se quedaba en su cuarto sin decir nada, y tampoco se esforzaba por atraer mi atención. Pero, después de que A-yeong nos dejase, tenía la sensación de que ahora mis ojos estaban clavados en ella. Una oleada de pensamiento me inundó la cabeza. Tenía que decir algo.

—Confío en que puedes apañártelas bien sola.

—Entonces, ¿no confiabas en A-yeong?

Mi corazón latió con violencia. Entre la oscuridad que se apoderó de mi visión, pude ver que la mirada de mi hija no era hiriente, sino llena de sorpresa. ¿Por qué habría hablado ella primero de su hermana? ¿Habría sido solo un momento de rebeldía? ¿Sabría que había solicitado una autopsia psicológica? ¿O sería que yo tenía mala cara? No hacía más que divagar y no podía decir nada. Fue Dayeong quien continuó.

—Pronto es el aniversario de su muerte.

Me quedé callada.

—Sé que te importa.

Dayeong, que todavía me parecía una niña, tenía ya dieciséis años. Pensándolo bien, a su edad yo también podía comprender lo que pensaban mis padres. ¿Por qué esperaba que ella no lo hiciera? ¿Por qué los hijos tenían que crecer tan rápido? ¿Habría estado mi hija preocupada por mí y por el aniversario de la muerte de A-yeong todo este tiempo? Cubrí mi rostro con ambas manos. Entonces, abrí mis labios secos lentamente. Si no decía nada ahora, no creía poder hacerlo después.

—Dayeong... Eh... Hoy he ido a un sitio...

Desvié la vista hacia la nada, para no encontrarme con la mirada de mi hija. Me dolía la garganta como si tuviese una espina de pescado atravesada. Después de tragar, logré decir su nombre.

—Era algo sobre A-yeong. Quería saber por qué estaba pasando por un momento tan duro... Por eso, para saber qué piensas tú de ella... dijeron que querían hacerte una entrevista. Así que...

—¿Quieres que hable sobre ella?

—Pues... he pensado que quizá te resultaría difícil contármelo a mí y...

—¿Es que para ti no existe nadie más que A-yeong?

Me miró fijamente, con resentimiento. No me salieron las palabras. Eso no era lo que quería decir. Entonces, pensé en lo que le había soltado a su hermana aquel día. El dolor me inundó. ¿Y si también perdía así a Dayeong? La misma niña que ni siquiera se molestaba con facilidad siguió hablando con una rabia contenida en el rostro, mientras yo me encogía.

—Incluso cuando seguía con vida, solo te importaba ella. Solo le preguntabas a ella, solo te enfadabas con ella. Yo también sabía lo que estaba haciendo, por eso intenté entender la situación. Pero ¿ahora quieres que hable de ella? Yo... yo también...

Se le acumularon tantas lágrimas en los ojos que un simple parpadeo las hubiera hecho caer. Deseé que no lo hicieran. Pues las últimas lágrimas de A-yeong también habían estado cargadas de resentimiento.

—Yo también soy tu hija. No solo la hermana de alguien.

No supe qué decir.

—Voy a salir un rato. Voy a volver, así que no te preocupes por eso.

Al final, no vi su llanto. Se dio media vuelta y salió de casa. No pude ver su expresión, solo sus arrugadas zapatillas de deporte. Al cerrarse la puerta, toda la tensión abandonó mi cuerpo. Tan pronto como dejé de escuchar sus pasos alejándose, la pena se apoderó de mí y solté un gemido. Sentí el arrepentimiento, mientras me golpeaba el pecho. Me parecía que mi corazón hundido jamás volvería a su sitio.

Llegó el aniversario de la muerte de A-yeong. Íbamos de camino al panteón, tras recoger a Dayeong. Ella permanecía en silencio. Dudé de si debería decir algo. Días atrás, mi hija regresó a casa tal y como dijo, sin llegar tarde. Al contrario que su hermana. En ese momento, sentí que volvía a compararlas, como si buscase algo de la mayor en ella. Nos quedamos una junto a la otra, delante del nicho con las cenizas. Estaban en el sitio más fácil de encontrar. Era el último hueco al fondo, donde podíamos decirle lo que quisiéramos. A-yeong sonreía de forma incómoda a su hermana, ahora con la misma edad que tenía ella. Fue una lástima no haber encontrado una foto mejor, pero esa era la más reciente. Con un gesto algo contrariado, igual que el mío en ese momento. Quizá también estuviera ocultando algo. Saqué las flores que había preparado de antemano y se las di a Dayeong.

—Si tienes algo que quieras decirle, puedes hacerlo —solté con mucho esfuerzo.

Ella miró fijamente la foto. Como si le hablase desde el corazón. ¿Qué le estaría diciendo? Igual que ella, yo también abrí mi interior.

No sufras más. Lo siento. Sigo tan apenada. Eres mi tesoro, no hay ni un instante en el que no piense en ti.

Estuve un rato con la vista clavada en el mismo sitio que la de Dayeong. Ella seguía sin abrir la boca. Parecía más vacía que triste. En sus ojos, A-yeong no era mi hija, sino su hermana mayor.

—Vámonos.

Al fin habló. Ya habría terminado de vaciar su corazón. También fue la primera en emprender la marcha, y yo fui tras ella. Desde detrás, dirigí la mirada hacia A-yeong. Atrapada en esa edad, siempre con dieciséis años. Era difícil imaginarse a aquella chica de la foto con el brazo destrozado.

Nos subimos al coche. Yo, en el asiento del conductor; mi hija, en el del copiloto. Lo arranqué y ella dejó el móvil para mirar por la ventanilla. Era normal para su edad estar siempre pegada a ese cacharro, pero, si no era cuando hablaba con alguien, apenas lo usaba. *Tuc, tuc.* Unas leves gotas cayeron contra el cristal. El sonido de la lluvia agravó aún más el ambiente desolador.

—Mamá.

La miré de reojo cuando me llamó. Se me hizo difícil entender por su expresión qué era lo que sentía.

—Dime.

—¿Sabes… por qué A-yeong murió?

—¿Qué?

Mi voz se alzó. Apreté el volante sin darme cuenta. ¿Había escuchado bien? ¿Me había preguntado por qué había muerto su hermana? Con los nervios a flor de piel, sentí que el ruido de las gotas al caer me perforaba los oídos. Sin embargo, ella siguió hablando sin importarle nada.

—Yo sí lo sé.

—¿Qué has dicho?

—Así que no hace falta que haga una entrevista ni nada de eso.

—¿El porqué de su muerte? Dayeong, tú… ¿Qué es lo que sabes?

Le pregunté con urgencia. Ansiosa, fui hablando cada vez más alto. ¿Cómo podría ella saber eso que yo desconocía? ¿Se lo habría contado A-yeong en algún momento? ¿Qué le habría dicho? ¿O quizás había visto cómo la molestaban o le gastaban alguna broma? Quería saber todo eso, pero me contuve, pues sentí que terminaría bombardeando a mi hija con preguntas. Tras dejar escapar un suspiro, Dayeong habló con cuidado. Como si ya se hubiera preparado para esto.

—El año pasado, una amiga mía se descargó Twitter, así que yo lo hice también. Y como su hermana mayor seguía a A-yeong, me salió recomendada su cuenta. La verdad es… que no sabía que era ella. Solo me enteré porque mi amiga me lo contó, diciendo que su hermana la seguía. Así, sabiendo seguro que era ella, miré uno a uno sus *posts*, y… en el último, decía que se iba a morir. Y en las menciones… —Se detuvo un momento—. Había decenas de comentarios diciéndole que se matase. Me pareció extraño, así que revisé las cosas que había subido antes, y cuando se trataba de una foto de ella autolesionándose, la gente que la conocía solo la atacaba. Al parecer, había conocido a alguien en la aplicación, y al empezar a salir con esa persona todos sus amigos le dieron la espalda.

—¿Cómo te enteraste de que había conocido a alguien?

Mis nervios se agudizaron y mi cuerpo se tensó. Una sensación de peligro flotaba en el ambiente, me parecía que acabaríamos teniendo un accidente si no me calmaba. No pude comprender todo lo que me estaba diciendo. Ni tampoco creer que todo eso le había pasado a A-yeong. Que había subido fotos así, que se había visto con alguien.

—También tenía fotos con esa persona en su perfil… Subía todo a tiempo real. Cuando hablaban, cuando se veían, cuando rompieron y se insultaban el uno al otro… Poco a poco, subía menos cosas, y al final, lo último…

—¿Cuándo fue eso?

—Su último *post* fue hoy. Hace un año…

—¿Por qué…? ¿Por qué no me lo dijiste?

—Porque desde que nos dejó, ni siquiera mencionas su nombre…

Era la madre de A-yeong y de Dayeong. De las dos. Pero, con la muerte de una, dejé de pronunciar su nombre como si nada. Lo hice pensando en la pequeña, pero tal vez por eso parecía que estaba huyendo. Quizá le había hecho sentir que su hermana mayor era la única en mi corazón. Cuando por fin mencioné el nombre de la mayor, fue el día en que le dije a Dayeong lo de la entrevista. ¿Y si eso había hecho que se sintiera aún más sola? Arrepentimiento. Me embistió un intenso arrepentimiento. Si le hubiese quitado el móvil. Si hubiese impedido que usase las redes sociales. Si hubiese hecho que no conociera a nadie por internet. Si hubiese podido detener todas esas cosas y evitar que se autolesionase desde un principio. Si la hubiese llevado a un hospital… Noté cómo se me encogía el pecho. Quería golpearme la cabeza. Toda mi culpa se dirigía de nuevo hacia A-yeong.

Pero era Dayeong quien estaba sentada a mi lado. Ella, quien lo sabía todo, pero no había podido decir nada. Reprimí el impulso de acabar conmigo misma. Tenía miedo de terminar hiriéndola solo con cometer un pequeño error. Como si ella también lo supiera, se quedó en silencio un rato. Cuando al fin habló, la lluvia caía con más fuerza. Tanto que el sonido se mezclaba con su voz, como si temblara.

—Así que no es culpa tuya, mamá.

Si no estuviera lloviendo, si esas palabras no hubiesen sonado difusas, me habría derrumbado allí mismo.

A la vuelta del panteón, mientras cenábamos, no pude decirle nada. Sin saber cómo debía mostrarme ante ella, comí y lavé los platos con una dura expresión en el rostro. Tal vez notando el ambiente pesado, Dayeong se levantó y se fue a su cuarto. Como de costumbre, yo me tumbé sobre mi cama y miré el fondo de pantalla de mi móvil. Era una foto de las tres juntas, de mis hijas y yo.

¡Ding!

Se escuchó el claro tintineo de una campanilla, similar a cuando fui al centro de autopsias psicológicas. Al preguntarme de qué conocía ese sonido, vi que eran las notificaciones del móvil. ¿Quién podría hablarme a esas horas? Se trataba de la mujer del centro. Había algo extraño en aquel mensaje parecido a unas instrucciones:

Le informamos que los resultados de la autopsia psicológica están listos. Puede visitarnos con calma el miércoles de la semana que viene. Y, si fuera posible, le pedimos que acuda al centro hoy a la una de la madrugada.

¿A la una de la madrugada...?

El centro era básicamente una oficina, ¿tenía que ir a esa hora? ¿Por qué justo a la una? Presioné el botón de llamada para preguntar. Al otro lado de la línea, la mujer contestó como si aquel mensaje no fuese nada.

—Buenas, señora Jeong. Veo que ya ha visto el mensaje, aunque sea tarde.

—Sí, pero creo que se ha equivocado con la hora.

—Ah, ¿quiere decir lo de visitar el centro hoy antes de la una? Tiene usted razón, siendo de madrugada no sería hoy, sino mañana.

—No, no me refiero a... ¿Por qué a la una...?

—Cuando esté aquí, se lo diré. ¿Le es posible venir? Hay algo que solo podemos comprobar a esa hora.

¿Estaría relacionado con procesar los datos que le di o algo así...?

Después de decir que iría, colgué. Tenía varias preguntas que hacer, pero me dio vergüenza ante la actitud seria de la mujer.

Bueno, ha dicho que me lo dirá cuando vaya... Aunque no sé si debería hablarle sobre lo que ha dicho Dayeong hoy...

Comprobé la hora. Eran las diez de la noche. Se tardaba una hora en coche hasta allí, así que tendría que salir en dos horas. No, mejor debería salir con tiempo de sobra, a las once y media. Antes de salir tan tarde, me duché y me cambié de ropa. Poco a poco, la noche avanzó. Pensé en lo mucho que me gustaría que aquel día tan ajetreado llegara a su fin.

Afuera, aún continuaba la lluvia que nos había acompañado de vuelta a casa. De nuevo al volante, sentí el mismo cansancio que cuando regresábamos del panteón. Y, además, tenía que conducir con la que estaba cayendo. Estaba siendo un día agotador, ya que no solía usar el coche. Pero tenía que hablar con aquella mujer y decirle que sería difícil tener una entrevista con Dayeong. Seguro que comprendería que era un favor demasiado doloroso que pedirle a mi hija. En mi cabeza, se mezclaban las palabras de ambas; era algo muy complicado de ordenar.

Aparqué en los alrededores del centro, sintiéndome aliviada de haber salido pronto. Por la lluvia, o a lo mejor por ser tan tarde, había tenido que dar varias vueltas por el barrio hasta encontrar un sitio. Al final, sin poder hallar aparcamiento al lado del lugar, había metido el coche en un parking público. Quedaba a diez minutos a pie del centro. Sin duda era un día agotador. Avancé con pies de plomo. Pude ver la luz encendida en el cuarto piso. Me pregunté si tendrían asuntos para los que hacía falta quedarse hasta tan tarde. Arrastré mi cansado cuerpo y subí las escaleras. Al abrir la puerta de la entrada, vi que la mujer era la única que estaba en el centro.

—¡Hola!

Me recibió amigablemente. Eché un vistazo a la oficina vacía antes de hablar.

—Veo que no hay nadie.

—Es porque ellos no tienen nada que ver con lo que vamos a hacer. Es algo para lo que solo hace falta usted —dijo expresivamente.

La miré, con la vista un poco desenfocada. Por su parte, ella miró el reloj de pared que había a mi espalda, comprobando la hora.

—Por suerte, no ha llegado tarde. Venga conmigo. ¿Ha traído paraguas?

—Pero ¿a dónde…?

—No está muy lejos. Es justo aquí, en el callejón de detrás.

Tomó mi paraguas y me llevó fuera del edificio. Sospeché un poco de ella, que me llevaba sin motivo a un callejón en vez de pedir mi permiso para procesar mis datos o algo por el estilo. La seguí de mala gana. De no haber sido por la sensatez que transmitía, no habría vuelto allí.

Iba detrás de ella con pasos cortos, y solo podía pensar en A-yeong. Quería preguntarle a la mujer qué era lo que ocurría, pero caminaba al frente sin darme siquiera la oportunidad. Y al final, tal y como había dicho, se detuvo en un lugar cerca del centro.

—Es aquí.

No era más que un estrecho callejón, no entendía qué podría haber allí. Entonces, ella señaló en una dirección sin decir nada. Se trataba de una vieja cabina telefónica. ¿Todavía había cabinas por ahí? Recordé cómo, de pequeña, metía una moneda para llamar a casa, o cuando memorizaba algún número de cobro revertido y llamaba desde una de esas. Pero los recuerdos eran solo eso, recuerdos. ¿Para qué me había traído hasta aquí?

—¿Por esto me ha llamado a estas horas? ¿Por una cabina de teléfono? —le pregunté.

—Esto es algo que solo usted puede hacer. Pronto será la hora en la que A-yeong abandonó este mundo, ¿no es así? Lo comprobé en el informe de la autopsia. Justo en ese momento, podrá escuchar los últimos pensamientos de su hija, al ser usted la persona con quien ella querría estar más. Por otro lado, no hay nadie que quiera saber más cómo se sentía A-yeong que usted.

—¿Qué quiere decir?

—Pruebe a llamarla. A su hija. Ya que ha venido hasta aquí a estas horas, solo déjese llevar. Quién sabe, podría ocurrir un milagro.

Mi expresión se endureció al escuchar algo tan absurdo. Me dirigí a ella con voz grave y firme.

—Déjese de bromas.

¿Se estaba burlando de mí? Y en el aniversario de la muerte de mi hija, nada menos. Citándome a las tantas de la noche para decirme que podía escuchar la voz de un muerto. Yo conocía mejor que nadie la voz de A-yeong. Y también sabía que no saldría de aquella cabina de teléfono. Sin embargo, aquella mujer me observaba con el rostro serio y sin desviar la mirada, como si me estuviera diciendo la verdad. Tras comprobar la hora, ella dejó caer los hombros y habló.

—Vaya, ya se ha pasado la hora. Si cambia de idea, puede ponerse en contacto conmigo cuando sea.

Me saludó inclinándose con educación. Mientras se disculpaba por haberme llamado tan tarde, no perdió su cortesía ni su tono amable. Salí de la cabina, abrí con prisa el paraguas y pasé de largo junto a la mujer. Si ni siquiera podía entender los pensamientos de una madre que ha perdido a su hija, ¿qué iba a saber de los de un muerto? Me enfadé al pensar en algo tan ridículo. Regresé al coche y golpeé el volante. Me dolió el puño, cerrado con fuerza. Con una respiración entrecortada que apenas me llegaba a los pulmones, empecé a hiperventilar. Las luces empezaron a difuminarse y mi vista se oscureció.

La rabia y la tristeza me inundaron. Me sentí como una tonta por haber creído en ella. Y ahora, de camino a casa, quería escucharla. Quería escuchar la voz de A-yeong.

La tormenta caía con fuerza. Era a principios de la época de lluvias. Después de aquella vez, volví a buscar a esa mujer. Tras pensarlo por varios días, la llamé.

—Lo que me dijo aquella noche... ¿Era cierto?

—Sí. Siento haber hecho que viniera de madrugada, pero sepa que no me tomo a la ligera su sufrimiento.

Su voz sonaba segura. Aunque yo no creía en esas cosas, era algo difícil de ignorar. Mientras me debatía por dentro sobre qué hacer, lo que salió de mi boca fue una frase cortante.

—¿Y si nadie responde?

—A decir verdad, existe la posibilidad de que la llamada no llegue a ningún lado. Sin embargo, sé bien que su corazón es sincero. Por eso, creo que si alguien puede escuchar los pensamientos finales de A-yeong, esa es usted.

¿Qué importaba más? ¿Hacer algo en lo que no creía o poder escuchar las últimas palabras de mi hija? Aunque me preguntasen eso cien veces, mi respuesta sería siempre la segunda. Daría todas mis posesiones, todo lo que tenía, si a cambio A-yeong volvía a la vida. Decidí confiar en esa mujer, pues no era más que hacer una llamada desde una cabina telefónica que podría ser demolida en cualquier momento. Ella habló con incertidumbre, como si tratase de convencerme, o bien como si supiera cómo me sentía.

—Si alguien me dijese algo así, yo tampoco me lo creería. Pero no fue hasta que perdí a alguien muy querido para mí que supe de esto.

—Iré hoy, a la una de la madrugada. Si no funciona, tendrá que asumir su responsabilidad respecto al caso de mi hija.

—De acuerdo.

Tras colgar, recordé la respuesta de Dayeong a la pregunta que le hice.

—Dayeong, ¿crees que existen los milagros?

Al escuchar esa pregunta tan repentina, ella me había mirado con extrañeza antes de quedar sumida en sus pensamientos. Después, me dio una respuesta que ni siquiera yo como adulta habría pensado:

—Bueno, me gustaría que existieran. Es mejor que nada.

Desde la última vez que vi a la mujer, nada había cambiado. Con una expresión serena, como si todo aquello fuese lo más normal, caminamos juntas hacia la cabina. Empezó a llover cada vez más, con los bajos de mis pantalones empapados por el agua. Poco a poco, noté que mi ropa se hacía más pesada.

La una de la madrugada. Era algo extraño que siguiera habiendo una cabina en una calle tan desolada como esa. No había transeúntes, ni siquiera alguien que hubiese salido en pijama a fumar. Las gotas chocaban ruidosamente contra la cabina. Al tomar el auricular y presionar los números, me puse nerviosa. Nunca podría olvidar el número de A-yeong. Solo con pensar en eso, el hecho de que ella ya no estuviera en el mundo se volvía más real.

Las viejas teclas crujían ligeramente. Ese contacto que había desaparecido junto con mi hija. Uno que quizás alguien ya estaba usando. Al terminar, apreté el botón de llamada. Sin necesidad de moneda, sin cobro revertido. Casi no fui capaz de tomar el auricular debido a una extraña sensación, así como unos temblores que no llegaba a entender. El tono de llamada siguió sonando, hasta que fue interrumpido por un ¡clac! Era como si alguien hubiese contestado al otro lado.

—Mamá, mamá. Realmente quise pedirte ayuda. Ese día quería contártelo todo nada más llegar a casa. Decirte que la gente se metía conmigo y me insultaba. Que me acosaban. De camino, estuve todo el rato dándole vueltas a lo que te diría, reuniendo el valor, pero sentí que tú también me habías dado la espalda. Pensé que ya no me

querías, que ya no me cuidabas y que al final te librarías de mí. Sentí que ya no tenía a nadie en este mundo. Que todos deseaban mi muerte. Así que pensé que lo hacía por todos… Me dolía tanto. Si lo hubiese hablado contigo antes, ¿habrías aceptado mi confesión? ¿Me habría quedado sola de esta manera? Si tan solo una persona hubiera entendido cómo me sentía, no importa quién… Mamá, lo siento. Siento haberlo hecho mal, siento no haberte necesitado, siento haberte causado nada más que dolor. Siempre quise hablarlo contigo, pero me escondí en mi sufrimiento… Aunque ya nadie sufrirá por mi culpa, ¿verdad? La verdad es que tengo miedo. Tengo miedo de que esta sea la última vez de verdad… Quiero vivir…

La llamada se cortó. Sin duda era la voz de A-yeong. Era la voz de mi niña, una que nunca podría olvidar. Acababa de ocurrir algo imposible. Volví a marcar pero no sonó nada, como si la cabina ya no funcionase. Me desplomé en el suelo, salpicando por el agua que había sobre el asfalto. La lluvia me caía como lágrimas por el rostro, mojando lo que llevaba puesto.

El mundo se volvió borroso. Se me empañaron los ojos, no podía ver nada. El agua se acumuló en los extremos de mi ropa, mientras el suelo me arrastraba hacia abajo, calada hasta los huesos. Alcé la vista al notar que las gotas habían cesado y vi a la mujer agachada sobre mí, sosteniendo el paraguas.

—¿Ha podido escuchar los últimos pensamientos de A-yeong…?

—Sí… Ha dicho que quería contármelo… que tenía miedo, y que… que quería vivir… Y yo no tenía ni idea. Aun siendo mi hija… Yo, que la traje al mundo, no sabía nada…

—En otras ocasiones, he hablado con adolescentes que pasaron por lo mismo.

La miré de reojo. Ella siguió hablando en un tono débil, como si pretendiera ocultar lo que decía tras el sonido de la lluvia.

—Cuando les preguntaba el porqué de sus autolesiones, la mayoría me respondían con un «no sabía qué hacer». Algunos lo justificaban diciendo que querían vivir, y que, si no lo hacían, realmente sentían que iban a morir. Todos y cada uno de ellos se sentían perdidos respecto a qué hacer para sentirse mejor, y al intentar solucionarlo de cualquier manera por su cuenta, terminaban así. También hubo uno que afirmaba querer morirse. Por eso le volví a preguntar, por supuesto. Le pregunté si tenía miedo de no poder llevar una buena vida. Y él…

Poco a poco, la ropa de la mujer se fue mojando cada vez más, como la mía. Pero no le dio importancia y siguió hablando:

—Solo asintió con la cabeza. La realidad era que incluso él quería vivir. Si no le hubiese preguntado de nuevo, quizás habría seguido pensando que quería acabar con su vida. Pues se autolesionaba y ya había afirmado que quería morir. A veces creemos que nos conocemos a nosotros mismos, pero… tal vez no llegamos a comprender cómo nos sentimos. Por eso, pregúntele a su hija. Pregúntele cómo se siente. Solo con eso, es posible que no ocurra lo mismo que con A-yeong. Quizás eso sea lo único que podemos hacer.

El rostro de Dayeong apareció en mi mente. ¿Cuándo fue la última vez que le pregunté algo así? ¿Qué debía hacer ahora? Salir adelante. Tenía que salir adelante junto con ella. Ayudarla a conocerse a sí misma. Debíamos aprender juntas qué hacer cuando se sintiese perdida, cuando no supiese qué hacer.

—Creo que debería irme a casa.

—Está bien. Sigamos hablando de esto mañana.

La mujer habló como si ya se esperase mi respuesta. Tomé el paraguas que me tendía y salí corriendo al coche. Al entrar, tenía la ropa empapada, como si ni siquiera lo hubiese utilizado. Pero daba igual que el asiento se mojase. Volé sobre la carretera, cortando la lluvia. Tenía que ir hasta Dayeong. Llegué a las dos de la mañana. Al atravesar la puerta y pasar al salón, mi mirada se encontró con la suya. Me sorprendió que siguiera despierta tan tarde, pero ella parecía aún más sorprendida al verme entrar chorreando de los pies a la cabeza.

—¿Mamá?

—Dayeong…

—¿Dónde has estado? ¿Y por qué vienes así?

La abracé con fuerza. Ella no me apartó, solo refunfuñó quejándose de que estaba fría. Entre mis brazos, mi hija medía ya casi lo mismo que yo. No pude contener las lágrimas al sentir su calidez. Tampoco reprimí el llanto. Enterré mi expresión desencajada en su hombro, que terminó tan mojado como mis ropas. Despacio, alzó los brazos y me dio unas palmaditas en la espalda. Era la primera vez que lloraba frente a ella desde el funeral de A-yeong.

—Mamá, ¿estás bien?

—Lo siento. Lo siento tanto, Dayeong.

Esa noche, ella fue quien me preguntó cómo me sentía, a lo que yo casi solo podía responder con disculpas. Al igual que A-yeong había dicho en sus últimas palabras, hacía falta coraje para abrirse a otros. Pero en ese momento mi coraje estaba tan esparcido aquí y allá que no sabía qué debía decir. Tan solo podía pedir perdón, aunque esta vez no hacia mi primera hija, sino hacia la segunda, que había tenido que lidiar conmigo y con mi sufrimiento reprimido. Solo hacia ella. Ese mismo día, Dayeong accedió con calma a hacer la entrevista. Y yo derramé todas las lágrimas de esos últimos dos años.

INFORME DE AUTOPSIA PSICOLÓGICA

<u>Nombre:</u> A-yeong Yang

<u>Edad internacional:</u> 16 años

<u>Fecha de fallecimiento:</u> 08/04/2021

<u>Información del caso:</u> La víctima (A-yeong Yang, 16) comenzó a autolesionarse a partir de los doce años, lo que llevó a frecuentes sesiones con el psicólogo del instituto. Debido a esas acciones, se distanció de su madre, con quien tuvo una discusión más fuerte de lo normal la noche antes de su fallecimiento. En la madrugada, entró en *shock* debido a sus heridas mortales. La clienta, la madre de la víctima, se culpa a sí misma de haber empujado a su hija al suicidio mediante sus palabras y solicita la autopsia psicológica.

<u>Desarrollo y personalidad:</u> A pesar del divorcio de sus padres, la víctima no mostró síntomas respecto a su salud mental ni comportamientos problemáticos hasta pasada la escuela primaria. Una vez en el instituto, comenzó a ser más introvertida y a autolesionarse. Aunque parece ser que su angustia es fruto de la separación de sus padres durante su etapa de desarrollo, resulta difícil señalar con exactitud el motivo detrás de sus lesiones. Considerando que empezó tras entrar en secundaria, pudo haber tenido una reacción bastante temperamental al dejar atrás su niñez y entrar en ese nuevo ambiente, además de los cambios que se daban en ella misma. Por otro lado, participaba activamente en las redes sociales para lidiar con su timidez, de manera que existe la posibilidad de que hubiera escogido

las autolesiones como una forma de acercarse a la gente de su edad, debido al peso de ese tema en las redes.

Principal causa de estrés: Se deduce que fue un aumento en la dificultad para hacer amigos, lo cual es una parte importante de la adolescencia. Se observa que su estrés puede haberse producido por el cambio de la escuela al instituto, así como por los conflictos con su madre. A esto se añade el ciberacoso que sufrió en las redes, el único lugar donde se sentía aceptada, lo que debió de ocasionar una gran cantidad de estrés a la víctima, quien recibía comentarios que le decían que se suicidase antes incluso de haberlo intentado.

Conclusión: En un estado mental en el que los adolescentes buscan independizarse de sus padres y relacionarse con iguales, se señala el acoso por medio de las redes sociales como un factor de riesgo real, así como la dificultad que muestran en general a la hora de pedir ayuda a un tutor legal, lo cual parece aumentar ese estrés. Se intuye que el hecho de informar a los padres de las autolesiones y la falta de confianza hacia los psicólogos puede tener una gran influencia a la hora de intervenir clínicamente.

Plan de prevención: Se cree necesario tomar medidas de control respecto a las autolesiones y al suicidio dentro de las redes sociales, así como educar a padres y tutores legales para asegurarse de intervenir adecuadamente, en términos de tratamiento. Se solicita un sistema de protección para prevenir el suicidio en varias áreas, así como sesiones psicológicas encaminadas a ganarse la confianza de los adolescentes y terapias de grupo.

<Adjunto_Entrevista1> <Adjunto_Entrevista2> <Adjunto_Historial telefónico> <Adjunto_Historial de Internet>.

Esa mañana, parecía que había mucho trabajo en el centro. No veía por ningún lado a Sangwoo, aquel chico tan majo, pero Jihoon me recibió con un suave saludo. Su indiferencia me resultó más cómoda que antes, tal vez porque estaba allí para escuchar el resultado de la autopsia psicológica de A-yeong. Entré con la mujer en la sala de consultas. El ambiente era muy distinto a cuando estábamos en la cabina telefónica.

—Puedo decirle que, gracias a la entrevista con Dayeong, hemos recabado información suficiente.

Habló como si quisiera que saludara a mi hija de su parte. El día de la entrevista, solo la llevé hasta allí y esperé en una cafetería de la zona mientras terminaba. Aunque no podía saber todo lo que había dicho, al volver tenía una expresión mucho más ligera.

—¿Qué tal le va con Dayeong últimamente?

—Bueno… aún es complicado.

Nuestra relación todavía era algo incómoda. A veces trataba de preguntarle cómo se sentía, pero no era capaz. Quería preguntarle de qué había hablado durante la entrevista, o lo que pensaba de su hermana. Sin embargo, el nombre de A-yeong se me quedaba pegado al paladar. Estaba claro que me hacía falta más coraje.

—Este es el informe con el resultado de la autopsia psicológica, y… lo que realmente quiero mostrarle es esto de aquí.

Me tendió una hoja llena de recortes. Eran las imágenes y las cosas que A-yeong había escrito en sus redes. Analicé todo con atención. Una foto de ella en verano. De ella delante del espejo, sonriendo. De ella, bromeando con su hermana. De ella con sus amigos en una cafetería, después de las clases. En ninguna de esas fotos podía verse la angustia de mi hija. No parecía una niña que fuese a hacer algo así.

—Esto, ¿estaba en su cuenta, dice…? Pero yo escuché…

—Se refiere a lo que le contó Dayeong, ¿no es así? Lo cierto es que esas cosas también estaban ahí, pero pensé que sería duro para usted verlas, a pesar de estar ya al tanto. Así que he hecho una pequeña selección.

La mujer sacó otro documento. No contenía imágenes de sus lesiones, pero sí reflejaba lo que mi hija sentía.

Siento que me he quedado sola en el mundo.

Me siento sola. Ojalá alguien pudiera entenderme.

¿Por qué me odian las personas a las que quiero? Por eso, yo también me odio…

—¿Qué piensa de esto?

—Pues, no lo sé… ¿Estos dos documentos son lo que ella subía?

—En diferentes plataformas, pero sí. Todo es suyo, escrito por ella.

La A-yeong que aparecía feliz en las fotos, sin levantar sospecha alguna. La A-yeong que decía estar sola en el mundo, un lado de ella desconocido para mí como una vida aparte. ¿Cuál de esas dos caras era la real? Desde que nos dejó, pensaba que solo su sufrimiento era la verdad, pero aquella sonrisa en las fotos era la misma que ponía cuando se sentía feliz de pequeña.

—La razón por la que le muestro esto es… porque quería enseñarle que todo esto es A-yeong. Aunque parezca que quienes sufren depresión siempre andan decaídos, la realidad es muy diferente. A veces están contentos y a veces sienten felicidad, por supuesto. El sufrimiento de su hija era real, sí. Pero no por eso debe pensar que la A-yeong de aquellos días felices era una farsa. Quizás ella también había querido decirle todo esto. Decirle que quería vivir y que quería morir. No obstante…

—¿Sí?

—No obstante, como le pasa a mucha gente, pensaría que no se comprendía a sí misma. Ella sabía bien qué es lo que todo padre y madre desea: que sus hijos vivan bien y siempre estén felices. Quizá por eso buscaba a gente parecida a ella en las redes sociales, para no mostrárselo a usted. Y, al tratar de lidiar con todo esto ella sola, es posible que eso la llevara a autolesionarse.

Mientras la escuchaba hablar, recordé a mi hija de pequeña. Esa niña a la que no le gustaba que yo me preocupara. La que siempre decía: «¡Yo lo hago!». Mi niña tan especial, la que lograba todo sola como fuera. Pensaba que la A-yeong que se cortaba era una desconocida para mí, por eso deseaba que cambiase y que volviese a ser la de antes. Pero era la misma hija a la que yo quería. Nada había cambiado en ella. Y yo no pude aceptarla.

—Quise creer… quise creer que mejoraría. Que mi preocupación duraría poco… Nunca pensé que eso la haría sentir peor…

—Como adultos, son muchas las cosas a las que tenemos que estar atentos. Una, dos, tal vez muchas más. Seguramente habría algo que su hija no reflejase en sus redes. Un lado que le mostrase a usted, o en el instituto... Todas esas caras son A-yeong, y esa es la vida a la que tendremos que enfrentarnos.

Sentí sus palabras como un leve empujoncito en mi espalda. Una vida a la que tenemos que enfrentarnos. El coraje necesario para hablar las cosas, para abrirse con sinceridad. Hasta que salí del centro, me prometí una y otra vez a mí misma que no huiría. Que le echaría valor. Que confiaría en Dayeong, la primera en demostrar ese coraje.

—Dayeong, ¿quieres que salgamos a dar una vuelta?

Cuando le pregunté nada más regresar del instituto, me miró con los ojos muy abiertos.

—¿Ahora? Pero ¿y la academia?

—No pasa nada por faltar un día.

Ella entornó ligeramente los ojos y me estudió con la mirada. Parecía querer comprobar si iba en serio y qué tramaba con esto. Aunque sentí que mis intenciones eran demasiado obvias, mi hija puso una expresión avergonzada y me siguió el juego. Salimos y nos montamos en el coche.

Una vez fuera de Seúl, las carreteras estaban más despejadas. Nuestro destino era Yangpyeong, donde solía ir de cita con mi exmarido. Me parecía un buen sitio para visitar; no estaba muy lejos y se podía pasear por él. Y, aunque dijera que, tras mi divorcio, se había convertido en un lugar al que no quería ver ni en pintura, lo cierto es que no había un sitio mejor que ese. Pues allí había comenzado nuestra familia.

Era un día de entre semana y no había mucha gente en Dumulmeori, el parque donde se juntaban dos ríos. Después de caminar un rato junto a la orilla, entramos en una cafetería de dos plantas. El ambiente, como el de una casa de madera, junto con unas finas mantas que tenían preparadas, me daba la sensación de estar en una cabaña en el bosque. Sentadas junto a la ventana, observábamos el río mientras dábamos sorbos a nuestras bebidas. Ella se había pedido un chocolate, y yo un té de crisantemo. Dentro de la bonita taza había una flor abierta, desprendiendo su aroma. Mientras apreciaba ese instante, mi corazón se calmó. Pero Dayeong, con algo de incomodidad, tenía la mirada clavada más allá de la ventana.

—Aquí fue donde tu padre me propuso matrimonio. Qué cutre, ¿no?

Los ojos de mi hija se posaron ahora en otro lugar, sin tratar siquiera de mirarme. Todo ese tiempo, había actuado como una madre afectuosa. Una madre que preguntaba y se encargaba hasta de las cosas más pequeñas. Sin embargo, siempre había evitado salir juntas o ir a alguna parte; cuando estábamos las dos solas, me parecía que había desaparecido el lugar de A-yeong. Por eso mismo, este día era tan diferente de lo habitual. Decidí hablar con ella de cosas que nunca antes le había dicho.

—Tú no te acuerdas, pero… cuando naciste, tu padre estaba muy feliz. Separarnos fue muy duro para ambos. Eso de divorciarse nos parecía cosa de otros. Pero, cada vez que vosotras dos me llamabais «mamá», me parecía lo más normal del mundo. Porque nada podría impedir que yo fuese vuestra madre.

Ella guardó silencio.

—Dayeong, si tienes algo que quieras preguntarme, puedes hacerlo. Te lo contaré todo.

Sin decirnos nada la una a la otra, solo el ruido del molinillo de café llenaba el vacío. Un sonido que me habría resultado molesto en un día cualquiera, pero que entonces era como ruido blanco que me tranquilizaba. Los labios de Dayeong temblaron, como si estuviera escogiendo las palabras adecuadas.

Sentí que podía esperar sin importarme cuánto tiempo se alargase. Aunque no fuese hoy, sino años más tarde.

—¿Qué clase de persona era papá?

—Era cariñoso. Bueno, tampoco muchísimo. Lo normal. Y también con vosotras. Y era muy responsable. Nos conocimos en el trabajo y me gustó que fuese así, diligente y honesto. Y tú y A-yeong erais tan bonitas. Por eso, no fui capaz de perdonarlo… Pero ahora siento que sí puedo, ya que se portó bien conmigo durante ese tiempo.

—Y, cuando os separasteis…

—Tu padre… me dijo que le gustaba otra persona. Eso me dolió tanto. No me esperaba algo así. Siempre pensé que nuestra familia permanecería junta… Pero, aun así, me ayudó para que crecierais sin que os faltase de nada. Es la primera vez que escuchas esto, ¿no?

Ella asintió. Me pregunté qué tipo de cuestiones me habría planteado A-yeong, de estar aquí también. Quizá no serían muy diferentes a las de Dayeong. Mientras le explicaba, deseé que esas palabras, que nacían no solo para desvanecerse sino para dar la vuelta al mundo, le llegasen también a la mayor.

—Hablé… hablé sobre A-yeong. —Se detuvo—. Durante la entrevista de la que me comentaste. Sobre qué tipo de persona era, lo que significaba para mí, cómo eran los recuerdos que tenía con ella. Era la primera vez que alguien me preguntaba eso desde que ella murió…

Me la imaginé sentada en la sala de consultas frente a aquella mujer. A esta acercándose a ella, quien se cubría la cara como si sus emociones y su corazón se desmoronasen. Me imaginé a Jian escuchando las palabras que salían poco a poco de mi niña.

—¿Cómo te sentiste?

Ya era capaz de preguntarlo. Una cuestión con unas palabras tan sencillas, pero con un significado tan complicado que había que romperlo en trocitos para poder lanzarla. Eso era para mí el coraje. Romper un muro que no puede ser escalado. Pero no hacía falta hacerlo sola, era algo que podíamos hacer juntas.

—Al principio fue incómodo, pero después sentí que me había quitado un peso de encima. Hablé de todas las veces en las que me gastaba bromas, o de las veces en las que me llamaba a toda prisa para pedirme que hiciera algo. Y conforme las contaba, sentía que ella estaba en mí. Que esa hermana mayor con la que peleaba y que me molestaba seguía conmigo. Y pensé en lo mucho que la echaba de menos. En que no quería olvidarla.

—Yo… tenía miedo de lo que hablar de ella podría suponer para ti. Me preocupaba que fuese demasiado duro, y también creía que nos había dejado por mi culpa… Me dolía tanto que no podía decir nada. Aunque tú ya lo sabías todo… Lo siento tanto, Dayeong… Siento no haberte preguntado cómo estabas, cómo te sentías.

La garganta se me cerraba y la nariz me ardía al hablar. Pero esta vez, desbordada de emociones, no quería quedarme sin decir nada. No quería dejar pasar este momento. Abrí mi encogido corazón, hice fuerza y enterré la tristeza. Todo por decir estas palabras:

—Y aunque no haya sido capaz de preguntarte, quiero darte las gracias… Por haberme preguntado primero cómo estaba. Quiero que sepas que siempre te he querido lo mismo que a tu hermana. Tanto antes como ahora… eres mi tesoro. Tan preciada que no quiero perderte de nuevo.

Poco a poco, mi hija despegó la vista de la ventana y me miró. Pude ver su expresión, empañada de lágrimas. Pestañeó para ver con más claridad. Cuando le cayeron las lágrimas, era como verse en un espejo. Tan parecidas, y ambas llorando.

Estuvo sollozando con fuerza durante un rato, dejando salir todo el pesar que llevaba dentro. Era la primera vez que la veía llorar así. Desde que su hermana murió, yo había permanecido tanto tiempo encerrada en mi propio dolor que no había podido ver a mi propia hija. Y ese día lloró, liberando sus emociones.

—Sentía celos de que solo le prestaras atención a ella, pero… aunque alguna vez pensé que sería mejor si se fuera, nunca deseé que muriera… Solo deseaba que te fijaras más en mí. Por eso… Yo también me sentía mal. Pero la señora de la consulta me dijo… que cambiase esos sentimientos de culpa por gratitud…

¿Por qué habría pensado que no sabía nada? No tenía ni idea de la culpa con la que cargaba mi hija. Simplemente supuse que estaba triste por haber perdido a su hermana. Tal y como había dicho aquella mujer, la gente podía mostrar diferentes caras, y Dayeong no era una excepción. Su cara mientras esperaba, aun sabiéndolo todo. Su cara mientras expresaba cómo se sentía, con total sinceridad. Con todas esas emociones que yo no había podido ver.

Ese día, en el que nos dijimos cosas que jamás podría olvidar, pasamos también un buen rato sin decir nada. Como si cada una estuviera poniendo orden en el corazón de la otra.

Pronto volvimos a la rutina. A la mañana siguiente, Dayeong fue a clase como de costumbre. Lejos de mostrarse más afectuosa, me dedicó un incómodo gesto antes de salir con prisa de casa. Pero a la misma hora de siempre, escuché el mismo ruido de pasos al regresar, anunciando su llegada. No hubo gran diferencia. Preparé la cena, y mientras comíamos tampoco hablamos de nada especial. Ni un «gracias» ni un «te quiero». No era que pudiéramos intercambiar palabras cariñosas de la noche a la mañana. Y, aun así, me sentía no solo aliviada cuando llegaba sana y salva a casa, sino también agradecida. Día que ella volvía sin falta, día que yo daba las gracias al mundo sin falta. Y sin falta, le preguntaba también:

—¿Cómo te ha ido el día?

Dayeong no me respondía nada, pero ya no me sentía mal cuando evitaba decirme algo por incomodidad. Es más, en ese momento me llamaba desde el sofá mirando el móvil, y me mostraba sus redes sociales en la pantalla mientras me contaba:

—Esta es Hyejeong, se echó novio hace poco. Bueno, pues hemos ido a estudiar juntas a una cafetería, pero no hacía más que escribirse con el novio.

—Vaya, te habrá molestado.

—Más que molestar, me parece una mierda.

Se me escapó una risa. Le pregunté si ella no tenía algún novio, todavía sonriendo, pero dijo que no y cambió de tema. No sabía si era por su carácter tranquilo, o porque le daba vergüenza. Viendo sus *posts*, me acordé de A-yeong buscando a alguien que la comprendiese. Soportando su dolor en soledad. Entonces, le dije:

—Pase lo que pase, siempre estaré de tu lado.

Arrugó la cara como si le diera asco, pero enseguida apareció en ella una sonrisa. Realmente me sentí agradecida por este momento.

CAPÍTULO 4

Quizás es más importante que la verdad

El 28 de junio de 2020, cerca de las 06:46, el marido (Hanmu Kim, 69) de la víctima (Hwayeon Lee, 64) realizó una llamada a los servicios de emergencia, que llegaron al lugar aproximadamente a las 07:00. No obstante, encontraron a la víctima ya fallecida en una pequeña habitación, con el cuello atado al picaporte mediante una cuerda. La hora estimada de la muerte fue alrededor de las 02:30. El resultado de la autopsia señaló la asfixia como causa. El día del incidente, la víctima anunció que se iría a dormir temprano, por lo que la noche del veintisiete se metió en el cuarto cerca de las 22:00 y se acostó. Su marido no entró hasta las 23:30, y cuando se levantó por la mañana (06:40), no vio a su mujer y salió al salón. Fue entonces cuando vio desde allí a la víctima con el cuello atado, hacia las 06:46. Según su hijo, en este caso el cliente (Namjin Kim, 34), desde hacía unos meses su madre no tenía apetito y cada vez era menos activa, y la noche antes del suicidio, al parecer su padre dijo varias veces de manera dramática que su madre estaba "fuera de sí". Declaró que, de normal, sus padres tenían una muy buena relación, y finalmente el caso se cerró como un suicidio. Tras esto, el cliente

(Namjin Kim, 34), muy afectado por la muerte de su madre, se ha puesto en contacto con nosotros al conocer de nuestro centro en una reunión de un grupo de ayuda. Se presupone una aguda depresión, revelada por los patrones de comportamiento depresivos previos al suicidio, por lo que es necesario investigar a fondo la principal causa de estrés del cliente. [08/05/2023_Registro de solicitud del caso.]

Le mandé a Jian un mensaje diciendo que no había sitio para aparcar y que llegaría a la hora justa. No quise parecer un vago, por lo que añadí que saldría temprano. Justo en ese momento había un coche saliendo, así que solo podía esperar. Una vez que se fue, el tiempo pasó volando hasta que pude aparcar. Ya eran las nueve y veintitrés de la mañana. Me bajé rápido del coche y corrí hacia el edificio.

Centro de autopsias psicológicas - Cuarta planta.

Tenía que ser la cuarta planta… Me quejé por dentro mientras subía las escaleras. En el cuarto piso, y encima sin ascensor. Hasta mi casa tenía uno, y el edificio era de cinco plantas. Solo tenía que bajarme en la tercera, donde había una oficina de contabilidad, y seguir subiendo a pie. Pero ¿subir hasta el cuarto de una vez? Gracias a Jian, sentía que hacía ejercicio cada vez que venía a trabajar.

Cuando llegué, ella y Sangwoo ya estaban allí. Yo había llegado tres minutos tarde. Jian me miró y dijo:

—El tiempo es importante en nuestro trabajo. Tenemos un horario estricto. No puedes retrasarte con las citas de los familiares, aunque llegues tarde.

—¡Anda ya, Jian! Déjalo. Vas a hacer que dimita.

Sangwoo intervino en tono de broma. Era una persona con el humor siempre pintado en la cara, y se le arqueaban un poco los ojos al sonreír. Quizá no tenía que ir hoy al hospital, ya que estaba allí para ayudar a Jian con su trabajo. Me senté en el que antes había sido su sitio, y ahora, el mío.

—Lo siento, no había hueco para aparcar.

—¡Es lo más normal! Jian también se pone de los nervios con el tema del aparcamiento. Por eso yo vendí mi coche poco después de empezar a trabajar aquí. Pero ahora, gracias a ti, soy libre y puedo conducir por ahí.

No podía creer que aquel tipo, que te contestaba a cualquier frase corta con un discurso animado, trabajase con mi hermana. Tal vez le gustara ese tipo de personas, sorprendentemente. Yo sonreí con incomodidad y la miré. Sin prestarme atención, ella tomó los papeles necesarios y avanzó hacia mí.

—Ya te aprendiste los temas de orientación del mes pasado, ¿no? Con los próximos, te guiará Sangwoo. Hoy se quedará contigo para ayudarte, pero aun así recuerda siempre revisar todo con atención y…

—Jian, sabes que le estoy enseñando bien para que me sustituya. Además, ya es un empleado regular aquí. No te preocupes. ¡Te vas a quedar calva de tanto preocuparte! ¡Calva!

Jian soltó una risita. Se la veía mucho más relajada que cuando estábamos los dos solos. Mientras la expresión de ella se calmaba, Sangwoo se acercó a mi lado y me susurró, como si nadie pudiera enterarse.

—Siempre se pone nerviosa sin razón. Y cuando está con los familiares afectados, parece otra persona completamente distinta. También te has dado cuenta, ¿verdad?

Este hombre se daba cuenta de todo. Sin decir nada en especial, solo sonreí y pasé del tema. En cuanto llegaba aquí, la mayoría de las cosas que tenía que hacer eran fáciles. Un registro sencillo y repetitivo. Había muchas cosas parecidas a mi anterior trabajo de empresa. A excepción de lo de verse con familiares de víctimas de suicidio, claro.

❧

Fue hace alrededor de medio año cuando mi hermana me contactó. Era un día como otro cualquiera, y yo estaba jugando a videojuegos como de costumbre.

¡Ratatatatá! ¡Ratatatatá!

Apunté con mi arma a los personajes dentro de la pantalla. Con la mente en blanco, los iba abatiendo uno a uno conforme apretaba un botón. A lo mejor ya me había acostumbrado. Al pensar en otra cosa, se me fue la concentración. Y en ese momento, alguien encontró algún hueco a mi espalda y me disparó. Se acabó la partida. Me molestó un poco, pero tampoco era como para enfadarse. Era lo más normal en un juego.

Riiing. Riiing.

Ah, ¿qué pasa ahora?

Justo cuando le di a empezar una nueva partida, sonó el móvil. Era Jian. La última vez que hablé con ella fue cuando me compré la PS5 y le dije que podía darle la que había estado usando hasta ahora, la PS3. Pero no quiso. Dijo que no le gustaban los juegos, así que la vendí de segunda mano. ¿Me estaría llamando porque ahora sí le interesaba? Respondí al teléfono, preparado para decirle: «Ya vendí la PS3».

—¿Diga?

—¿Qué tal estás?

—Bueno, como siempre.

—¿Tienes un momento para hablar?

Al no decir nada sobre la consola, no tenía ni idea de por qué me habría llamado. ¿Sería hoy su cumpleaños? Tenía unos tres años menos que yo. No estaba seguro de si sería su cumpleaños, pero al menos el mío no era. Noté que no iba directa al grano. Ella siempre había sido así.

—¿Qué pasa?

Quería que me lo dijera de una vez. Tenía que unirme pronto a la partida. El personaje en la pantalla me estaba esperando. Con un tinte de duda en la voz, Jian habló:

—¿No conocerás por casualidad a alguien que pueda trabajar en una oficina…? Tengo un hueco libre y estoy buscando candidatos, pero… Bueno, ya sabes de qué va mi trabajo. Tendría que hablar con las familias de los fallecidos que se han suicidado, organizar todos los datos en informes. Yo me encargo de la mayoría de las cosas, pero estaría bien tener a alguien que se ocupase de eso…

—Pero ¿en qué consiste el trabajo en sí?

—Lidiar con el papeleo en general. Ayudar redactando documentos legales y de contabilidad, así como con los informes de consentimiento y otros papeles. Sería una sucesión de otro trabajador, pero necesito a alguien rápido.

Me dijo que el empleado que solía ayudarla no creía poder seguir trabajando allí, ya que la salud de su madre había empeorado. No era un trabajo especialmente difícil, pero que me hubiese llamado significaba que era algo urgente. Aunque no estaba seguro, supuse que la situación con su compañero no era buena.

—¿Y si lo hago yo?

—¿Cómo?

Cuando ella preguntó de vuelta, quité el juego. De todas formas, ya estaba cansado de estar todo el día con la *play* y tenía pensado volver a trabajar. Qué casualidad, justo cuando se me estaba acabando el subsidio por desempleo después de haber terminado mi contrato en otra empresa. Y, además, en una organización pública no muy ajetreada. No tenía motivos para decir que no.

—Pero ¿y tu trabajo? Me dijiste que trabajabas en una empresa de contabilidad.

—Ya se me terminó el contrato. Estaba buscando empleo mientras vivía del paro.

—Aun así… ¿Crees que podrás trabajar aquí? ¿Conmigo?

—¿Qué más da que sea contigo? Es trabajo. Además, tengo experiencia con los números y en preparar documentos.

Ella me lo volvió a preguntar, como si creyera que no me había pensado bien la respuesta. A decir verdad, no había pasado tiempo con Jian desde que cumplí la mayoría de edad, más o menos. Con llamar en los cumpleaños o coincidir en algún evento familiar era suficiente. Habíamos estado separados unos diez años. Quizás hasta sería más cómodo si mi jefa era mi hermana pequeña. ¿Con la crisis laboral que había hoy en día? No veía ningún problema. Con esto en mente, le contesté.

—¿No has dicho que necesitabas a alguien rápido? Pues aquí estoy.

—Ya, pero… el trabajo es más duro de lo que parece. Hay que hablar con familiares de víctimas muy a menudo, escucharlos… ¿Estás seguro?

—Es solo trabajo, no pasa nada.

Jian no respondía. Teniendo en cuenta mi experiencia, no era un mal trato para ella. Sin embargo, podía notar qué era lo que la preocupaba. Yo tampoco podía imaginarme a nosotros dos solos en una oficina, cada día. Pensando en tirar la toalla, iba a decirle que buscaría por ahí a otra persona cuando me respondió algo inesperado.

—¿Cuándo puedes empezar?

Estaba preparado para rendirme si volvía a negarse. No sabía si había dado con el momento adecuado, o más bien todo lo contrario. Apagué la consola.

—Mañana mismo.

—Entonces, ¿te parece bien estar aquí antes de las diez y media de la mañana? Te mandaré un mensaje con la dirección. Ya te pondré mañana al corriente de la formación relacionada con el trabajo.

—Vale. Pero incluye los cuatro seguros que hay, ¿no?

—Pues claro. ¿De verdad creías que éramos una agencia privada de investigación? —replicó.

Recordé que alguna vez se había referido a su centro de esa manera. ¿Sería de ese tipo de agencias de detectives, siempre con platos de *jajangmyeong* de por medio? Como no había ido nunca, solo imaginaba que tendría el aspecto de una oficina de esas.

—Mañana nos vemos.

Tras decir todo lo que tenía que decir, colgó. La llamada había durado tres minutos y treinta y dos segundos. Quizás era la vez que más habíamos durado hablando por teléfono.

Era primavera, y el centro estaba sumido en el silencio. Le pregunté a Sangwoo si el sitio estaba siempre así de tranquilo, a lo que él me contestó que, en esta estación, la tasa de suicidios aumentaba tanto que el momento se conocía como el «pico de la primavera», y que al ocurrir tantos suicidios apenas recibían solicitudes. Al parecer, la autopsia psicológica se realizaba a partir de los tres meses desde el fallecimiento. Debido a esto, verano y otoño eran las épocas fuertes.

—Aun así, hay mucha gente que no pasa por ninguna autopsia psicológica, ya que no saben lo que es.

Se le contrajo el rostro al hablar. Quise preguntarle si no era algo bueno estar ocupados, pero pensé que se alargaría mucho la conversación y lo dejé pasar. Al ver su expresión amarga, supuse que su pena estaba relacionada con el hecho de que la autopsia psicológica no cambiaba la realidad. La de que alguien, aun así, había dejado este mundo.

Riiing. Riiing.

El sonido del teléfono era prueba de ello. No era ningún móvil, sino el fijo de la oficina. Nada más empezar a sonar, Jian comprobó la hora, tiró de mí y me habló con prisa.

—Mientras esté aquí algún cliente, tenemos que hablarnos de usted, ¿entendido? Y cuando respondas al teléfono, tienes que decir primero el nombre del centro y luego presentarte, en ese orden. Después, preguntas por el motivo de la llamada. Y lo más importante, tienes que ser suave y amable. Amable.

—A este paso, van a colgar.

—Cuando suene, cuenta hasta tres y entonces respondes. Son unos segundos para prepararte.

—¿Cuántas veces me vas a decir lo mismo?

Esa vez me tocaba a mí recibir las llamadas. Hacía poco que había terminado el proceso de orientación sobre cómo lidiar con las familias afectadas, por lo que Jian planeaba dejarme atender a algún familiar, bajo la supervisión de Sangwoo. Cuando dejó de hablar, ella señaló el auricular con la mirada. Mientras observaba con atención cómo me disponía a descolgar, de repente me puse un poco nervioso. Seguí sus instrucciones y conté.

Uno, dos, tres.

—Aquí el centro de autopsias psicológicas, le atiende Jihoon. ¿En qué puedo ayudarle?

—Eh… Llamaba para solicitar una autopsia psicológica, por el caso de mi madre…

Respondí con el tono más suave que encontré, a pesar de toparme con una historia difícil de asimilar: su madre se había suicidado tres años antes. No pudieron saber con exactitud por qué lo había hecho, lo único que sabían seguro era que, meses antes de su muerte, había dejado de comer y se había vuelto más inactiva. El cliente, su hijo, decía que lo había achacado a su edad, pero que al final se ahorcó en casa al cabo de unos meses, y que su padre fue quien la encontró y llamó a Emergencias. Al parecer, por más que le preguntaba qué había ocurrido, su padre no decía nada y seguía viviendo en la misma casa, ahora vacía. Decía no saber por qué su madre se había suicidado, que llevaba un año acudiendo a reuniones de ayuda para familias afectadas porque no podía soportarlo, y que fue allí donde se enteró de la existencia del centro de autopsias psicológicas.

—Ah…

No sabía qué decir, sentía que me iba a derrumbar al escuchar de golpe todo eso. Dirigí la vista hacia Sangwoo como por inercia, quien me hizo un gesto de ánimo. ¿Sería siempre así hablar con los familiares? En ese instante, Jian escribió algo en su móvil y me lo mostró:

Pregunta si prefiere una visita o venir hasta el centro.

—Ah, entonces ¿prefiere que lo visitemos o acudir a nuestro centro?

Repetí lo que ella había escrito como un robot. Al otro lado de la línea, el cliente tardó en responder como si dudara. En ese breve silencio, mi corazón se calmó un poco. Cada vez que esa persona hablaba, podía notar el peso de la muerte. Sin embargo, debía quedarme a escuchar su respuesta.

—¿Qué opción le parece mejor?

—Iré al centro con mi mujer. Si es por mi madre, quiero probar con cualquier cosa.

—En ese caso, le enviaré todo por mensaje. Nos vemos en su cita.

Uno, dos, tres.

¡Tuc! Nada más colgar, solté un suspiro. Miré a Jian para decirle lo que la persona me había contado, pero ella estaba ya organizando los datos del cliente. Sangwoo me dio unas palmaditas en la espalda, con un «bien hecho». Me sentí aliviado; gracias al altavoz del teléfono, ella estaba al tanto de todo y no tenía por qué explicarle nada. Estaba quieto y con la mirada perdida delante del aparato cuando ella me soltó:

—¿Qué haces? Tienes que programar su visita y preparar los documentos.

—¿Qué? Ah, sí.

Sangwoo, que había escuchado esas palabras, soltó un breve suspiro y un grito de ánimo para ponernos a trabajar. No podía creer que alguien acabase de contarme que un familiar se había suicidado. Después de que él me diera el visto bueno, estaba preparando los papeles y organizando la visita del cliente cuando ella se dirigió a mí.

—No te me vengas abajo.

¿Eso era lo que parecía desde fuera? De nuevo, el hombre intentó aligerar el ambiente con una broma, pero esta vez no hubo risas. Observar desde fuera o enfrentarse a estas cosas eran algo totalmente diferente. Sangwoo me tranquilizó, diciendo que la única vez que tenía que hablar con las familias era por teléfono y a la hora de firmar los documentos. Menos mal que yo no me encargaba de las entrevistas.

—¿Ya tienes listos los papeles?

Cuando faltaba cerca de una hora para que llegase el cliente, Jian me preguntó para asegurarse. Sangwoo ya venía nada más que un par de veces al mes, por lo que eran muchos los días en los que nos quedábamos solos. Conforme se acercaba el momento, me fui poniendo nervioso. ¿Me había puesto así de nervioso también cuando atendí el teléfono? ¿Sería ese nerviosismo lo que marcaba la diferencia a la hora de desarrollar ese *rapport*[2] que aparecía en la orientación sobre las consultas? Aunque hasta ahora me había parecido un trabajo de oficina, yo también me sentía un poco como un terapeuta, al tener que responder a llamadas así.

—Ya viene.

Se escucharon unos pasos fuera de la puerta de cristal. Solo con ese sonido, Jian ya sabía que era el cliente. Se apresuró a rociar un poco de ambientador con aroma a algodón y se cambió las sandalias por unos zapatos de vestir. Tenía escondido un calzador debajo de la mesa para poder hacerlo con facilidad y siempre que hiciese falta.

Al abrirse la puerta de cristal, entró un hombre de gran altura, desgarbado y de aspecto pálido, acompañado de una mujer algo más alta que la media y con melenita. Él, con una camisa, unos pantalones de algodón y un abrigo largo de color azul oscuro, y ella con un vestido elegante transmitían un aire sofisticado. Mi hermana se acercó a ellos con naturalidad, los saludó y les entregó una tarjeta de presentación.

—Bienvenidos. Mi nombre es Jian Kang, soy la gerente de este centro de autopsias psicológicas. Y ese de ahí es Jihoon Kang. ¿Les ha sido difícil llegar hasta aquí?

—No, está bien… Aunque ha sido difícil aparcar.

—Sí, no hay mucho sitio por este barrio. ¿Les gustaría sentarse?

____

2. Relación de confianza y comprensión entre terapeuta y paciente que facilita la comunicación.

Sus palabras y sus gestos fluían como el agua. Mesurando la tranquilidad y la cautela con la que hablaba, intentó aliviarles los nervios con suavidad. Yo me quedé tras ella, observándola. Cuando los visitantes se sentaron, ella me lanzó una mirada rápida.

—Ah, sí. Si quieren hablar con quien les atendió por teléfono…

Traté de poner la expresión más amigable pero seria que pude, y me acerqué allí. Después de una década trabajando en una oficina, había algunos modales que mi cuerpo no había olvidado.

—Buenas, soy Jihoon Kang, quien atendió su llamada. ¿Les gustaría una taza de té o café caliente?

—De acuerdo.

Me respondieron con gravedad, como si ocultasen algo terrible. Traté de no darle demasiada importancia y les preparé un té con calma. Lo había aprendido de Sangwoo como parte de la orientación. Había que echar una cucharadita de té en la bolsita y después sacarla en el momento adecuado. Para que estuviera a una temperatura apta, debía elevar la tetera y servirlo en la taza a cierta distancia.

Entretanto, Jian estaba comprobando el contenido de la petición y explicando el consentimiento que daban al proceder con los documentos. Mientras preparaba aún el té, escuché desde lejos lo que decía, pues me había comentado que, cuando terminase mi siguiente etapa de orientación, llegaría el momento en que yo también me encargaría de explicar esos documentos a los clientes. Por suerte, aquella pareja no dijo lo que Sangwoo me había explicado antes. Al parecer, muchos preguntaban: «¿Por qué tengo que hacer esto?». Una cuestión contundente. En esas ocasiones, él me dijo que la mayoría de las veces todo quedaba solucionado al contestar lo siguiente: «Por el fallecido, y por un duelo sano de los familiares».

—Escanee estos documentos, por favor.

Una vez que todo quedó firmado, ella me entregó los papeles. Encargarse del teléfono o de las hojas de consentimiento no eran tareas complicadas, pero no podía sacudirme la incomodidad de encima al recordar el contenido de la llamada. Sin embargo, Jian actuaba como si no fuera nada. Al verla así, noté una sensación extraña mientras me preguntaba si yo también me acabaría acostumbrando.

—Acompáñenme a la sala de consultas, por favor.

—Sí...

Cuando entraron en aquel rincón de la oficina que era la sala de consultas, sentí que podía respirar un poco mejor. Ahora que no los veía, podía tranquilizarme y concentrarme en el trabajo. Escaneé los documentos y comprobé que no faltara nada en el informe del caso. Después, solo tenía que subir los papeles firmados y recabar información sobre el historial clínico y cosas así. De la salita no llegaba ni un solo ruido. Aunque las paredes eran de cristal, estaban en su mayoría cubiertas por una película opaca que no dejaba ver los rostros de quienes estaban dentro, y apenas se percibía movimiento alguno. Aunque, en realidad, las sesiones eran grabadas y más tarde podía escucharlas para trabajar los informes, al menos ese espacio procuraba una mayor sensación de seguridad. Al igual que la elección de un ambientador con olor a algodón, hablar con la mayor amabilidad posible o escoger un sofá con un largo adecuado. Todo estaba pensado para que los visitantes se sintieran cómodos; en ese momento, me sentí como un extra dentro de un juego. Un personaje que existía solo para el jugador.

Tal vez habían pasado dos horas cuando por fin se abrió la puerta de la sala. La mujer salió con el rostro surcado por las lágrimas, mientras que el hombre tenía la expresión teñida de dolor. A diferencia de otras veces, sentí curiosidad por saber qué habrían dicho. Jian mostraba la tristeza justa, pero no podía saber si era real o no. Al levantarme de la silla, ella me dio a entender con la mirada que no hacía falta y guio a los visitantes hasta la puerta de cristal de la entrada.

—Si tienen más cosas de las que quieran hablar, no duden en contactarme. Nos pondremos con su caso y los llamaremos cuando tengamos algo.

—Gracias…

Una vez que despidió a la pareja, con un aire solemne, y se dejaron de escuchar los pasos afuera, Jian relajó la expresión. No puso una más brillante ni feliz. Seguía conservando algo de pena. Sin parar a descansar, sacó la tarjeta de memoria de la grabadora que había en la sala de consultas y me la dio. Entonces, habló como si se hubiera quedado sin fuerzas.

—Transcribe las grabaciones y organiza el documento. Aparte, termina de consultar los historiales en esta semana. Voy a salir un momento.

—Vale.

Tomó un maletín casi del mismo tamaño que ella y se fue. No quise preguntarle a dónde iba, solo conecté la tarjeta al ordenador. A decir verdad, sentía más curiosidad por lo que habrían dicho dentro de aquella sala. ¿Qué más habría que no podía contenerse en una llamada de teléfono? Abrí el archivo de audio. Luego, conecté los cascos y escuché su voz junto con las de la pareja.

—*Se parecían mucho.*

—*Ah… Me lo dicen bastante.*

Así como si nada empezaba aquella conversación, con un inicio triste. Fui escuchando las partes una a una mientras las escribía, sin poder hacer otra cosa que parar de golpe de vez en cuando.

Entrevista completa sobre Hwayeon Lee_Relación: Hijo (Cliente) / Nuera (Esposa)

Terapeuta: Preséntense, por favor.

Hijo: Mi nombre es Namjin Kim, tengo treinta y cuatro años. Ella es mi mujer, Hana Yang. Ahora mismo, soy el jefe de la empresa emergente XX. A decir verdad, apenas tengo empleados, y también tardé mucho tiempo en conseguirlo. Ah, ella tiene treinta y dos años, y empezamos a salir en la universidad. Tuvimos un hijo hace más o menos tres años y terminamos casándonos. Por esa época, tenía la cabeza en las nubes. Nos estábamos preparando para la llegada del bebé, y yo estaba liado con el negocio. Mi mujer tuvo que dejar su trabajo en el banco para tener al bebé, yo tenía que preparar algunas cosas para fundar la empresa... Fue muy duro. Aunque nuestra vida ya es un poco más cómoda, de vez en cuando, ella me ayuda con el trabajo.

Terapeuta: ¿Cuándo falleció su madre?

Hijo: Fue más o menos por esas fechas. Y unos meses después, nació nuestro hijo. ¡Yo tampoco lo entiendo! Si hubiera esperado un poco, habría tenido un nieto, ¡¿por qué eligió ese camino?! Y mi padre, igual. No dice nada de mi madre. Solo está empeñado en seguir viviendo en esa casa, aunque ella ya no esté. Ese hombre, no hay quien razone con él.

Terapeuta: ¿Cómo era la relación entre sus padres? Empiece desde su infancia.

Hijo: De pequeño, vivíamos bastante bien. Mi padre era funcionario, y mi madre, ama de casa. Por lo que recuerdo, cada vez que salía de trabajar, él la llamaba por teléfono. «Ya he salido». «Voy de camino». «Llego pronto». También decía que ya tenía ganas de verla. Tanto era el cariño que le tenía a mi madre. Peleaban tan poco que apenas recuerdo haberlos visto discutir. Aunque él era algo áspero y difícil, era un buen marido con ella. Después de cenar, se encargaba sin falta de fregar los platos. Además, cuando me fui de casa para estudiar, estaban bien viviendo los dos juntos. Tras la jubilación de mi padre, se iban de viaje juntos, paseaban... Y ahora, ni siquiera es capaz de mencionar una sílaba de su nombre... Se enfadó tanto, y en el aniversario del fallecimiento hasta dijo que se encargaría él solo de la ceremonia. Era su mujer, ¡pero también era mi madre! ¡¿Por qué tiene que ser tan cabezota...?!

Terapeuta: ¿Y usted? ¿Qué tipo de persona le parecía su suegra?

Esposa: Era una mujer adorable y cálida... Aun cuando solo estábamos saliendo, insistía en ir a comer juntos, nos compraba comida a menudo... Nos invitaba a su casa y nos preparaba algo... Cuando quedábamos, charlábamos sin parar o veíamos series. Me gustaba mucho, era como mi propia madre. Verá, yo perdí a mi madre de pequeña. Por eso me sentí aún más feliz al casarme con él. Y cuando me quedé embarazada... aunque no sabía qué responder, me tomó con fuerza de las manos, diciendo que nos habíamos convertido en familia, y que se sentía agradecida por ello. Que seríamos como madre e hija... Ese día, lloré muchísimo. Estaba tan feliz, tan aliviada... Sin embargo, cuando nos dejó sin llegar siquiera a conocer a Jiyu...

Terapeuta: ¿Creen que pudo haber ocurrido algo peculiar antes de que su madre falleciera?

Hijo: Como ya le he mencionado, por ese tiempo estábamos hasta arriba de cosas. Hacía poco que había empezado mi negocio, y como no sabía nada fui aprendiendo a base de errores y aciertos, lo que resultó muy duro económicamente. Con la boda y el bebé, nos hacía falta dinero; esa fue la primera vez que les pedí dinero prestado a mis padres. A decir verdad, no tenía ni idea de que todo sería tan complicado... Me preocupaba suponer una carga para ellos por pedirles dinero, o que pasase algo y yo no pudiese hacerme cargo de ellos...

Terapeuta: ¿De qué habla en esas reuniones de ayuda para familias afectadas?

Hijo: De que es más difícil de superar al no conocer el motivo. Si lo supiera, al menos podría tratar de entenderlo, pero, al no comprender lo que sentía, me resulta más duro. Por eso, me recomendaron este lugar. También intenté muchas veces hablarlo con mi padre, claro. Le preguntaba cómo actuaba ella por esa época. Pero se queda con la boca cerrada, cuidando de la casa que mi madre dejó como un espíritu anhelando su regreso.

Terapeuta: ¿Cree que podría convencer a su padre?

Hijo: Sería muy complicado. No cede ante nada. Como ya se imaginará, lo más seguro es que se ponga hecho una furia. Que para qué estoy haciendo esto, que si tu madre ya nos dejó...

Terapeuta: Tengo una última pregunta. ¿Cómo creen que
podrían haber ayudado a su madre?

Hijo: Si nos hubiéramos interesado más por ella, si al menos
hubiéramos buscado ayuda como ahora, ¿no habría sido
muy diferente...? No... La verdad es que no lo sé. No sé
por qué problema estaba pasando, no sé qué la hacía
sufrir... Solo siento impotencia...

—Solo con venir a nuestro centro, ya están haciendo lo suficiente para salvar a alguien.

Esa fue la última parte de la grabación, una frase de Jian. Al oírla, pensé también en las palabras de Sangwoo. Lo de que estábamos aquí por el fallecido y por el duelo sano de sus familiares. Al sentir que este proceso ayudaría a alguien más a vivir, ellos mismos se sentían más vivos. Aun después de transcribirlo todo, me surgió una duda. Una que me asaltaba cada vez que hacía este trabajo. ¿Cómo podía una simple conversación como esta ayudarles a cambiar de parecer y seguir viviendo? Mientras adaptaba y organizaba la transcripción, ella llegó y empezó a hablar.

—Mañana tenemos viaje de trabajo. Espérame aquí a las diez, vamos juntos. Trae calzado cómodo.

—¿A dónde vamos?

—A casa de la señora Lee. Donde su marido está viviendo solo.

—¿Para qué?

—Quiero comprobar una cosa. Nos vemos mañana.

Tomó las llaves de su coche y volvió a salir. Me quedé solo en el centro vacío. Qué distante era. En lo que organizaba los papeles, me di cuenta de por qué Jian necesitaba a Sangwoo a su lado. Siendo siempre así de fría, le hacía falta alguien tan amable como él. Al pensar que ahora tendría que encargarme yo de aportar esa afabilidad, me empezó a doler la cabeza. Deseé que la carga de trabajo aumentase, pues prefería una pila de documentos antes que eso.

Era un día en el que el hielo que cubría el suelo se iba fundiendo, y el aire arrastraba un polvo finísimo. Bueno, más que arrastrarlo, formaba una niebla tan densa que parecía estar mirando el paisaje a través de unas gafas empañadas. Tras salir del centro, estábamos a punto de llegar a la casa situada en Incheon y no le había preguntado nada a Jian. Una suave melodía de jazz flotaba en el coche.

Tal y como ella me había dicho, me vestí arreglado, pero con unas zapatillas de deporte. Ella llevaba unos vaqueros y una blusa, con un aire mucho más casual que de costumbre. La casa, de una sola planta y situada en un viejo callejón, era el lugar donde ella había dicho que vivía Hanmu Kim, el marido de la fallecida. Con un pequeño maletín en la mano izquierda y una carpeta en la derecha, Jian observó el edificio.

—¿Y ahora qué? —le pregunté.

Después de haber estado conteniéndome, me pareció un buen momento para soltar esa pregunta. Ella me respondió con indiferencia.

—Nos vamos a hacer pasar por un hogar del jubilado.

—¿Qué?

—Su marido jamás aceptará pasar por una autopsia psicológica. ¿Sabes cuán alta es la tasa de suicidio entre personas mayores? Entre cien mil personas mayores de ochenta años, es de 67,4. Además, cada año aumenta el número de víctimas que viven solas. Y el señor Kim es familiar de alguien que se ha quitado la vida. En pocas palabras, es una persona con un alto riesgo de suicidio. Solo quiero comprobar con mis propios ojos que se encuentra bien. Prevenir el suicidio es nuestro trabajo, después de todo.

Jian era buena convenciendo, haciendo que cosas absurdas tuvieran sentido. Aunque yo era alguien tranquilo y que no solía sospechar de nada, no podía evitar buscarle peros a lo que ella decía. No me parecía que estuviéramos haciendo algo relacionado con las labores del centro.

—¿Esto también es trabajo, dices?

—Cuando es necesario, sí.

—Ahora entiendo por qué decías que esto era una agencia de detectives.

Me reí con un resoplido seco, pero ella no se movió ni un milímetro. ¿En qué momento habría impreso un gráfico para hacerse pasar como empleada de un asilo? Con un tono de voz nervioso, habló mientras se dirigía a la casa.

—Yo saludaré primero, tú intenta asentir con la mayor cortesía que puedas. Le hacemos unas pocas preguntas y nos vamos.

Se adelantó y yo ajusté el paso para quedarme detrás de ella. Al llegar a la entrada, la puerta cerrada parecía tan firme que daba la sensación de que no se abriría nunca. A su lado, Jian se veía muy pequeña. Golpeó la superficie de hierro, que resonó tan fuerte que era imposible de soportar si no se abría la puerta.

¡Bam! ¡Bam! ¡Bam!

Por más que llamase, no llegaban señales de vida desde dentro. Alzó la mano, dispuesta a intentarlo de nuevo, cuando se escuchó la voz grave de un hombre mayor a nuestras espaldas.

—¿Quiénes son ustedes?

A mitad de los escalones había un señor encorvado, quien, en lugar de tener el rostro plagado de arrugas, contaba solo con algunas, el reflejo de una vida dura. Con toda la calma que pudo reunir, ella habló con amabilidad.

—Venimos del hogar del jubilado del barrio. ¡Estamos visitando a personas mayores que viven solas y haciéndoles algunas preguntas! ¿Es usted Hanmu Kim?

—Así es.

Hablaba de una forma tan tosca que era difícil imaginárselo siendo afectuoso con su mujer. No había ni rastro de cariño en su voz, solo una sensación de incomodidad. Su rostro fruncido expresaba tanta molestia que era difícil mantenerle la mirada. Jian se esforzó en continuar hablando.

—¿Cree que sería posible entrar con usted y hacerle unas preguntas?

—No.

—Se lo ruego, señor...

Pude sentir la cabezonería de la que el cliente había hablado en la grabación. Era todo terquedad, una defensa férrea que no dejaba ni un solo hueco por el que colarse. Parecía que ni siquiera ella, con su perfecto disfraz, sería capaz de hacer nada. En ese momento, decidí intervenir:

—Disculpe, señor, pero hemos venido hasta aquí por trabajo. Si se niega, tendremos que pasarnos de nuevo y eso solo dificultará las cosas.

Guardó silencio.

—Se lo pido por favor.

—Pasen.

Cuando el hombre nos abrió la puerta, vi cierta sorpresa en la cara de Jian. Supuse que no esperaba que yo le fuera de ayuda. Esta vez fui yo quien la miró con indiferencia. Ella frunció el ceño.

El lugar por dentro era normal y corriente. Desprendía ese típico olor a antigua casa familiar, llena de muebles aparentemente viejos. El papel amarillento de las paredes mostraba el paso del tiempo. Nos quedamos de pie, sin decir nada ni sentarnos en ninguna parte. Jian estaba echando un vistazo rápido al interior. Un salón en el centro, el dormitorio principal al fondo, y a la derecha una pequeña habitación con la puerta bien cerrada.

—¿Tiene alguna molestia en su día a día? ¿Vive usted bien?

—Bueno, voy tirando.

Ella empezó la conversación con preguntas sencillas. Se interesó por saber lo que hacía cada día, sobre su rutina y si tenía algún problema financiero. Las respuestas del hombre eran muy cortas y secas. Además, el hecho de que él siguiera también de pie significaba que planeaba mandarnos pronto a tomar viento.

—¿Cuánto tiempo lleva solo?

La expresión del anciano se torció de golpe. Las arrugas de su rostro se marcaron aún más. Después de una pausa, contestó en un tono llano.

—Hará unos tres años.

—¿Podría decirnos la razón?

—Mi mujer… falleció.

En ese momento, vi un brillo tembloroso en sus ojos. Cualquiera podría darse cuenta de la tristeza que albergaban. Me sorprendí al pensar lo obvias que podían llegar a ser las emociones de la gente. Sin embargo, como si él mismo no quisiera verlas, nos señaló la puerta.

—Márchense ya.

—Aún tengo algunas preguntas…

—¡Fuera!

Nos echó de allí enseguida. Sabiendo que no podíamos hacer nada, Jian empezó a caminar hacia donde habíamos aparcado el coche. Tras ella, le pregunté:

—¿Has averiguado algo?

—Pues, creo que sigue en la fase de negación, dentro del duelo.

—Hmm... ¿Y el hijo?

—Él está en la tercera fase, la negociación. Lo que más siente ahora mismo es culpa.

—Ya veo.

Negación, ira, negociación, depresión y aceptación. Tuve que aprenderme las cinco fases del duelo de Kübler-Ross durante la orientación: el no poder creer lo que ha pasado, las cuestiones llenas de rabia como «¿por qué me pasa esto a mí?», el reprocharse a uno mismo y preguntarse qué hizo mal, la sensación letárgica y vacía de la depresión. Y finalmente, comprender con una luz más positiva la pérdida y aceptarla. Al haber visto con mis propios ojos a aquel hombre en la fase de negociación, podía entender los conflictos que tenía con su hijo. Me recordó un poco a los videojuegos de rol. Era como si los dos hubiesen entrado en una mazmorra, tomado caminos diferentes y salido a lugares distintos. Si mi comparación no iba demasiado desencaminada, lo que había que hacer para solucionar las cosas era volver a encontrarse y seguir un nuevo camino juntos.

El fin de semana pasó y llegó el lunes. Como de costumbre, solo estábamos Jian y yo en el centro. A ninguno nos parecía necesario conversar. Quizá nos parecíamos en eso. Ella solo hablaba cuando tenía alguna pregunta, y yo igual.

—¿Comprobaste los historiales?

Se refería al caso de Hwayeon Lee. Imprimí los papeles que habíamos recibido y se los pasé. Ni los comprobé. De todos modos, no podía comprender la mayoría de los documentos, aunque les echase un vistazo. Ella los tomó y empezó a leerlos con mucha atención. Luego, me preguntó de repente.

—Esto es el historial de la señora Lee, ¿verdad?

—Sí.

Volví a comprobar la pantalla del ordenador. En el registro, aparecía claramente «Hwayeon Lee». Gracias a mi experiencia en una oficina, apenas cometía errores en estas cosas. Al escuchar mi respuesta, frunció el ceño. Pensando que habría algún fallo, le pregunté de vuelta.

—¿Hay algo que esté mal?

—No, solo que… seis meses antes de suicidarse, le diagnosticaron cáncer. De ovarios, en estadio tres. Al parecer, le recomendaron pasar por quirófano, aunque eso no aseguraba su recuperación… ¿Su hijo no lo sabía?

—Ni idea.

—Ponte en contacto con él y dile que nos llame cuando tenga tiempo. Yo llamaré al hospital.

Se fue a hablar por teléfono. Supuse que querría comprobar esa información con ellos. De seguro, el cliente no había mencionado nada del historial médico durante la entrevista. ¿Y si no sabía nada? Tras llamarlo una vez, le envié un mensaje pidiéndole que se pusiera en contacto con nosotros. Mientras tanto, Jian estaba en un rincón de la oficina, con el móvil en la oreja.

—Entonces, aparte de eso, ¿no recibió tratamiento psiquiátrico ni de otro tipo? Ajá… Entiendo.

Su tono de voz era muy serio. Parecía que estaba comprobando varias cosas, aunque no estaba seguro de qué. Por mucho que dijera que no me interesaba, sentía mucha curiosidad por saber del historial que la víctima había ocultado. Aunque le hubieran diagnosticado cáncer, no entendía por qué había decidido quitarse la vida, y yo no era el único. Jian colgó al poco tiempo.

—¿Qué te han dicho?

—En su primera consulta, alegó sentir un dolor en el estómago y fue derivada a un hospital más grande, donde comprobaron que tenía cáncer de ovarios en estadio tres. En su visita al médico con su marido, le comunicaron que las probabilidades de fallecer eran muy altas y que le sería muy difícil llegar a recuperarse. Entonces ella rechazó la operación, diciendo que su marido se encargaría de darle los analgésicos y… Oye, ¿y el cliente?

—Le he puesto un mensaje. Ya nos llamará.

Riiing. Riiing.

—Hablando del rey de Roma… —dije nada más sonar el teléfono.

Sin que le hubiera hecho nada de gracia, ella me ignoró y se hizo cargo la llamada, hablando con una voz más suave y tranquila que cuando hablaba conmigo.

—Buenos días, le habla Jian Kang, la gerente del centro de autopsias. ¿Tiene un momento?

—Sí, claro…

—Hemos encontrado algo mientras recabábamos información, y queríamos corroborarlo con usted.

Había tanto silencio que podía oír débilmente al hombre en el auricular. Agudicé el oído para escuchar con disimulo.

—De acuerdo con el consentimiento que usted nos proporcionó a través de los documentos, comprobamos el historial médico de su madre, donde aparece que seis meses antes del incidente recibió un diagnóstico de cáncer de ovarios en estadio tres. ¿Sabía usted algo de esto?

—¿Ha dicho «cáncer»…?

—Sí. Acompañada de su marido como cuidador, le dijeron en el hospital que le sería difícil llegar a recuperarse. Le recomendaron pasar por una operación, pero ella lo rechazó.

No se oía ningún ruido al otro lado de la línea. Tal vez se había quedado sin palabras. Al pasar un rato en silencio, Jian preguntó para comprobar si la llamada se había cortado.

—¿Hola…?

—No… no lo sabía…

Había un ligero temblor en su voz. Hablaba tan bajo que casi no podía oírlo desde aquí. Contuve el aliento y me esforcé en escuchar. Sin saber bien qué hacer, Jian continuó explicando con calma. Se le daba muy bien esto.

—Creemos que el diagnóstico puede guardar relación con el motivo por el que tomó esa decisión. Por ello, queremos pedirle a su padre que acceda a una entrevista. Ya hemos comprobado que él sabía de la situación. Para poder comprender cómo se sentía su madre en sus últimos momentos, necesitamos hacerle unas preguntas. ¿Le parece bien?

—¿Qué? Ah…

—Si le resulta difícil pedírselo usted, nos pondremos nosotros en contacto. ¿Qué le sería más cómodo? ¿Hacerlo personalmente o que nos encarguemos desde el centro? —preguntó ella.

—Ah, pues… eh…

Tanto ella como yo notamos que no tenía intención de hacerlo él mismo. Al igual que cuando hablaba conmigo, esa vez Jian habló con más firmeza.

—Entonces lo llamaremos nosotros. ¿Está de acuerdo?

—Sí.

—Muchas gracias, ya lo llamaremos. Hasta entonces, esperamos que se vaya encontrando mejor.

—De acuerdo.

Después de colgar, me miró. Aunque era mi hermana pequeña, lo que había aprendido en este trabajo me hacía verla más seria y madura. Era muy diferente a mí, que me había puesto nervioso con una sola llamada. Traté de pensar en algo que Sangwoo diría, para aliviar un poco el ambiente.

—Bueno, ¿qué toca ahora?

Esbozó una ligera sonrisa, parecida al gesto amargo de Sangwoo la última vez. ¿Será que yo debía aprender a sonreír así para trabajar aquí? Me distraje por un momento, pero Jian estaba centrada solo en el caso.

—Comprueba el nombre de Hanmu Kim en el registro de tratamientos.

—No tenemos su permiso para acceder a información sensible como esa.

—Pero lo vamos a tener. Prepara los papeles, nos vamos.

Empezó a moverse con urgencia. Me pregunté si siempre habría sido así de tozuda. De nuevo, pensé en que estaba en una agencia de detectives. Recabé a toda prisa la información personal del hombre, preparé el acuerdo de consentimiento con rapidez y seguí a Jian. Nos pusimos en marcha hacia la vivienda de la fallecida, en Incheon.

Aunque solo iba mirando por la ventanilla, no me aburría. Por algún motivo, me parecía bastante divertido ir en un coche conducido por mi hermana pequeña. Conducía bien, como esa gente que siempre queda primero en los juegos de carreras. Al observarla desde un lado, tan concentrada y sin prestarme atención, me pareció una persona distinta. No podía adivinar lo que estaría pensando, pero sentí que era algo importante.

Para cuando llegamos a Incheon, el sol casi había desaparecido en el horizonte. De camino, había preguntado si podíamos presentarnos así, sin avisar, por lo que probé a llamar al hombre varias veces mientras ella iba al volante; sin embargo, no hubo respuesta. Al menos teníamos el permiso de su hijo, según Jian.

—Uno, dos, tres.

Delante de la entrada de la casa, contó hasta tres igual que cuando sonaba el teléfono. En el maletín llevaba los documentos, la grabadora necesaria para la entrevista, el portátil y demás. Al llamar, la puerta resonó con un ruido sordo. Volvió a llamar, y al tercer intento, hubo movimiento en el interior.

—¿Quién es?

A través de la pared, se escuchó una voz grave. Entonces, Jian respondió un poco más alto, para que se escuchase al otro lado.

—¡Soy Jian Kang, la terapeuta que vino a visitarlo la última vez! ¡Abra un momento, por favor!

Me pregunté si, durante aquella breve visita, le habría dicho su profesión. No obstante, el hombre entreabrió un poco la puerta, como si recordase su voz más que su nombre o en lo que trabajaba. Por el estrecho hueco, podían verse unos ojos llenos de hostilidad.

—¿Podemos pasar?

—Lo que tenga que decir, dígalo aquí.

—Es importante, señor.

Al escuchar la seriedad en su tono, abrió con cuidado la puerta un poco más y nos dejó pasar. Con una leve reverencia, ella se quitó los zapatos y entró. Sin embargo, como si solo nos permitiese llegar hasta ahí, el hombre nos cortó el paso antes de hablar.

—Bien, hágalo aquí.

—Su hijo es Namjin Kim, ¿verdad?

—Así es.

Parecía confuso tras escuchar el nombre de su hijo. Sin embargo, eso no disminuyó la tensión ni los nervios en el ambiente. Había trazado una línea para que ni ella ni yo pudiéramos pasar. En ese momento, Jian le informó con cierta rapidez de la situación.

—Su hijo solicitó una autopsia psicológica. Esto consiste en investigar el motivo de suicidio del fallecido, ayudar a pasar por el duelo sanamente y prevenir más muertes. Mi nombre es Jian Kang, soy la gerente del centro. La otra vez que estuvimos aquí, también fue por el tema de la autopsia psicológica. Y hoy, con el permiso de su hijo, venimos a pedirle que nos conceda una entrevista.

—¿Cómo?

—Ahora mismo, su hijo se está esforzando en superar la pérdida a través de un proceso sano para salir de ese sufrimiento. Y para ello, necesitamos que usted nos ayude. Solo tiene que responder a unas preguntas, será cosa de una o dos horas. Se lo ruego, señor.

—¿Quieren que hable de mi mujer?

Su mirada se fue llenando poco a poco de rabia. Era como verlo pasar de la fase de la negación a la fase de la ira. Las últimas palabras las gritó agitado. Pese a que su cuerpo extremadamente delgado no resultaba nada amenazador, su voz y sus ojos eran como los de un león.

Ella no se dejó amedrentar y le sostuvo la mirada. Parecía obvio que no estaba dispuesto a escuchar nada. Pero lo más importante era la preocupación de Jian de que tanto el cliente como el señor Kim, a quien tenía delante, tardasen demasiado en procesar su pérdida. Debían enfrentarse a ello para poder seguir con sus vidas. No había otro modo. O al menos, así lo creía ella.

—Si le resulta demasiado duro contestar ahora, llame a este número.

Sin desviar la vista, le entregó una tarjeta de contacto. El hombre no miró el trozo de papel ni lo agarró. Pero ella mantuvo su mano extendida. Durante un rato, una tensa quietud nos envolvió. A un paso detrás de mi hermana, me sentía como un espectador. Hasta me resultaba interesante estar en medio de aquel ambiente angustioso.

—Démelos. Los papeles, digo.

—Vale… De acuerdo.

Al oírla, me puse nervioso y me moví con prisa. Hablé de una forma más informal por costumbre, pero me corregí enseguida, saqué los documentos del maletín y se los pasé. Recordé que yo no era un espectador sin más. Ella sacó de su abrigo un bolígrafo y se lo entregó al hombre junto con los papeles.

—Son necesarios para llevar a cabo el proceso. Nos hace falta su consentimiento. Le pedimos que los firme, aunque hagamos la entrevista en otro momento.

—Pero ¿por qué?

—Por su familia. Por su mujer.

Así que era en momentos como este cuando venían bien esas palabras de Sangwoo. Aunque quizá fuera gracias a Jian, la frase sonaba tan sincera que cualquier persona podría creer en ella. El hombre se quedó inmóvil, observando los documentos. Más que comprobar su contenido, parecía tener la mirada clavada en el papel mientras pensaba en eso de la familia. En medio de aquel silencio, se le escuchó tragar saliva. Tenía la garganta seca. Entonces tomó el bolígrafo, y con esa violenta forma de garabatear tan propia de las personas mayores, escribió su nombre.

—No vengan más.

Ella dejó la tarjeta a sus pies, en la entrada.

—Volveremos a vernos.

Tras decir eso, dio media vuelta y salió. Sintiéndome sin fuerzas, la seguí. Cuando estábamos a unos veinte pasos de la casa, escuchamos un fuerte portazo a nuestras espaldas. No sabía si ese sonido indicaba que pasábamos al siguiente nivel, o si habíamos llegado al final de la partida.

—Aun así, al final ha firmado —dije.

Jian permanecía inmóvil, inmersa en sus pensamientos y mirando al vacío. Fue rápida en contestarme.

—Todos tenemos algo que nos importa.

Era como si ya supiera que, al mencionar a su mujer, el hombre no tendría más remedio que firmar los papeles. Me pregunté si podría también saber lo que yo pensaba, y un escalofrío me recorrió la espalda. ¿Cómo se había convertido en alguien tan aterrador? Dejé escapar un suspiro y, mientras observaba los documentos escaneados, me dirigí a ella.

—Pero ¿por qué hace falta un acuerdo de consentimiento sobre información personal sensible?

Era justo para el que habíamos ido a conseguir la firma. Según Sangwoo, era necesario para comprobar cosas como historiales médicos, y Jian se aseguraba de que se firmara, incluso después de que se llevara a cabo la consulta. A estas alturas, no podía evitar sentir curiosidad por las intenciones de mi hermana.

—La señora Lee se suicidó tomando calmantes y después ahorcándose. Normalmente, cuando alguien se cuelga desde un lugar no muy alto, suele ingerir antes una cantidad importante de calmantes y, conforme va perdiendo el conocimiento, el propio peso del cuerpo es lo que lo lleva a la muerte. Sin embargo, en el historial de la señora Lee no aparecía esa receta, ni por psiquiatría ni por su médico de cabecera. Eso significa que la persona a su cuidado fue quien recibió la receta en lugar de la fallecida, a quien le resultaba demasiado molesto moverse.

¿Cuántos suicidios habría visto para tener tanto conocimiento sobre cómo hacerlo…? Al verla llegar a esa conclusión con tanta rapidez, pensé que los rumores sobre que esto era una agencia de detectives no eran ninguna exageración. La miré despacio, sintiendo curiosidad por lo que le quedaba por decir.

—¿Quieres decir que fue su marido quien recibió los calmantes en su lugar?

—Solo él sabía que tenía cáncer. Si estaba reuniendo esos medicamentos para que ella se quitase la vida, entonces eso sería instigación al suicidio. Y si hubiese conseguido demasiados en poco tiempo, habría levantado sospechas. Quiero comprobar si fue así, pero…

—¿Pero?

Como si hubiera olvidado lo que veía ahora, Jian tenía la mirada clavada en la pantalla de mi ordenador. Allí estaba el historial médico del marido. Después de leerlo con detenimiento, continuó hablando.

—Dos meses antes del incidente, la señora Lee empezó a recibir una receta de calmantes utilizando el nombre de su marido, mientras pasaba por psiquiatría y por medicina interna. Así que o bien fue inducción al suicidio, o él la estaba ayud…

—¿Eh?

—Mañana regresaré a Incheon.

—¿Tú sola?

—Tengo que hacer una cosa.

Observé su complexión. Era menuda, con sus estrechos hombros caídos bajo el peso de tantas muertes y tanta pena. Pero Jian, por supuesto, no era consciente de ello. Le di unas palmaditas, pero esa carga que llevaba a cuestas no se despegó de ella.

—Este es un caso difícil.

De repente, se me vino a la cabeza lo que me había dicho al hablarme de este trabajo. Que era duro. Y, aunque yo podía sacudirme todo aquello de encima y no ser más que un espectador, al parecer, ella no podía.

Eran las tres de la mañana de un sábado. Sin tener que preocuparme de ir a trabajar por los próximos dos días, había estado jugando con el móvil en la cama durante más de dos horas. Era un juego muy adictivo, en el que había que acabar con todos los enemigos y aguantar hasta ser el último. El tipo de juego con el que uno decía: «Solo una partida más». En la última había quedado tercero, y estaba seguro de que esta vez ganaría sí o sí, pero pronto vi esas esperanzas desvanecerse. Justo en ese momento, alguien me llamó y un nombre apareció en la pantalla: *Jian - Hermana/Jefa.*

Viendo la hora, supuse que se trataba de algo urgente, pero solo quedaban diez supervivientes en el juego. Pensé que sería mejor ignorarla y llamarla mañana, y, al cerrar la pantalla de llamada, justo detrás había un enemigo. Final de partida. ¡Agh! Cuando mi personaje cayó al suelo soltando un quejido, respondí a la llamada.

—¿Qué? —dije de mala gana.

Escuchando mi tono, ella me preguntó si estaba durmiendo.

—No, he muerto por tu culpa.

Entendiendo que hablaba de un juego, fue directa al grano.

—Hoy he ido a ver al señor Kim.

—¿Y bien?

No podía entender la razón por la que tenía que decirme eso de madrugada. Aunque ese mismo día me había dicho que iría a verlo al salir del centro, era imposible que hubiese estado hablando con él hasta las tres de la mañana. Seguramente tenía muchas cosas en la cabeza y no podía dormir. Esperando a que me contestara, al final me preguntó algo inesperado.

—Jihoon… ¿Qué crees que es lo más importante de este trabajo?

—¿A qué viene eso ahora?

—Quiero saber tu opinión como alguien que lo ha estado observando todo.

—Hmm…

No era una cuestión a la que pudiera responder con facilidad. Pese a que entendía en teoría lo que significaba ese trabajo gracias a la explicación de Sangwoo, no era lo que yo sentía. No entendía qué se hacía por el fallecido, ni tampoco qué significaba lo de la prevención del suicidio. Nada de eso tuvo un gran impacto en mí. De repente, recordé todo lo que Jian hacía por los clientes, y lo que sentí al verlo. Fue la sensación de ese momento la que me llevó a decir:

—Procurar que las personas que quedan aquí vivan con el corazón tranquilo.

Por unos instantes, se quedó sin palabras. Justo cuando empezaba a preocuparme de si había contestado demasiado a la ligera, escuché su voz al otro lado de la línea.

—Tienes razón. Gracias.

Con eso, colgó. Volvió a aparecer la pantalla de espera del juego. Al terminar la llamada, me desaparecieron esas ganas de jugar una partida más; tal vez porque se había cortado la conexión. Al ser un juego, si moría podía volver a empezar. Por eso podía jugar así, sin pensar. No obstante, me di cuenta de por qué no le gustaban a Jian esos videojuegos; porque, en su centro, nadie volvía a la vida después de fallecer. Porque conocía muy bien este mundo en el que vivíamos, en el que debíamos sobrevivir.

INFORME DE AUTOPSIA PSICOLÓGICA

Nombre: Lee Hwayeon

Edad internacional: 65 años

Fecha de fallecimiento: 28/06/2020

Información del caso: El 28 de junio de 2020, mientras su marido dormía, la víctima tomó una cantidad excesiva de calmantes y se ahorcó del pomo de una pequeña habitación de su casa. Fue encontrada por su marido cerca de las 06:40 a.m., llamando a Emergencias seis minutos más tarde. Cuando se presentó la ambulancia en el lugar, ya había fallecido, estimando la hora de defunción alrededor de las 02:30 de la madrugada.

Desarrollo y personalidad: La víctima (Hwayeon Lee, 65) tenía una buena relación con su familia, sobre todo con su marido. Siendo la tercera de cuatro hermanos, se graduó hasta la secundaria. Después, comenzó a trabajar en una fábrica. A los diecinueve años, le presentaron a quien sería su marido, con quien se casó a los veinte. Aparte de eso, no hay nada a destacar de sus años de desarrollo. En cuanto a sus padres, murieron por causas naturales debido a la vejez. El marido trabajaba como funcionario, y ella no tenía ningún problema con ser ama de casa. Después de que él se jubilase, vivieron juntos en su casa en Incheon con el dinero de su pensión. Por esa época cercana al incidente, el hijo (el cliente, Namjin Kim, 34) se había casado y se había ido de casa. Se presume que no tenía los fondos suficientes para mantener su negocio.

Principal causa de estrés: Seis meses antes del incidente, la víctima fue diagnosticada con cáncer de ovarios en estadio tres en un hospital universitario, siendo difícil su recuperación. Tras esto, solo su marido estaba al tanto de la situación, pero no se lo comunicó a su hijo (el cliente). Tres meses antes del incidente, se hicieron evidentes una disminución en el apetito y en la actividad de la víctima, lo cual se atribuyó a una posible depresión. Debido al dolor causado por su enfermedad, con una probabilidad de sobrevivir muy baja, el cliente lo vio como una aguda depresión. Se deduce que la víctima rechazó el tratamiento del hospital por razones financieras. Según el marido, insinuaba sus planes de suicidarse al decirle de forma rutinaria: «Cuida de los niños». Observando el gran amor que tenía por su familia y lo mucho que se sacrificaba por ellos, se llega a la conclusión de que desarrolló cierta dificultad para contarle a su hijo la situación y pedir ayuda financiera.

Conclusión: La mala noticia de su diagnóstico de cáncer seis meses antes y la pobre situación financiera para poder afrontar los gastos del tratamiento le causaron un fuerte dolor físico y psicológico, provocándole un gran estrés. Además, se incluye el sentimiento de culpa, al sentirse como una carga para su familia, como otro factor de estrés que la afectaría hasta llevarla al suicidio.

Plan preventivo: Teniendo en cuenta la tasa de suicidios en la población de la tercera edad, se cree necesario inspeccionar de manera exhaustiva los problemas relacionados con estos incidentes en personas mayores, siendo considerados como casos que requieren una atención médica activa. Se cree necesario combinar un enfoque psiquiátrico con unas medidas de apoyo para los gastos médicos.

Hacía un bonito día, con el cielo despejado de aquel polvo finísimo debido a un cambio en el viento. El cliente llegó al centro para recibir el resultado de la autopsia psicológica. De nuevo, Jian supo quién era solo por el sonido de sus pasos. Roció el ambientador una vez y se colocó bien la ropa. Cuando entró el hombre, ambos se sentaron en el sofá con una taza de té, y ella comenzó a hablar con él.

—No hacía un día tan bueno desde hace mucho.

—Sí...

—¿Cómo ha estado este tiempo?

Con solo esa pregunta, al cliente se le anegaron los ojos en lágrimas. Ver a un adulto llorar era una escena algo inusual, aunque no en este centro. Me quedé en silencio en un rincón, prestando atención a lo que decían.

—Me sorprendió muchísimo... que hubiera pasado algo así. Yo, eh... Podría decirse que me descolocó por completo...

—Tome, este es el informe.

Le tendió el resultado de la autopsia psicológica, redactado por ella. Según Sangwoo, los informes de las autopsias eran su responsabilidad. Sin embargo, no pude evitar leerlo mientras lo imprimía. Además, como no me había contado lo que habló con el marido de la víctima, me picaba aún más la curiosidad.

—Mi madre... Ella...

El hombre trató de reprimir el llanto, sujetando el papel con ambas manos. Aun así, incluso desde lejos se veía cómo las lágrimas rodaban por su cara y se estrellaban contra el informe. A diferencia de cuando hablaba conmigo, el rostro de mi hermana se suavizó en un gesto de compasión, y habló con calidez.

—Su madre sufría mucho por su enfermedad, y no quería convertirse en una carga para su familia.

—Mamá…

Él no podía dejar de llorar. Así de intenso era el dolor de perder a un familiar. Yo había pasado por lo mismo, pero ahora sentía la tristeza de aquel momento como algo muy lejano. O quizá fuera más una sensación de desconcierto. Sin embargo, me parecía que Jian recordaba ese día a la perfección. Sus pupilas seguían reflejando la misma pena. En la sala, inundada de un pesar infinito, se escucharon de repente los pasos de alguien más.

Bam.

La puerta se abrió y sentí que el ambiente cambiaba por completo. Giré la cabeza para ver quién había llegado y me topé con la cara del señor Kim. El golpe de la puerta me había sorprendido, pero la expresión del cliente al ver a su padre guardaba un susto mayor.

Como si lo hubiera sabido todo desde el principio, fue hacia el recién llegado y lo ayudó a sentarse en el sofá, junto al otro hombre. La expresión del señor Kim no mostró ningún cambio, ni siquiera al sentarse junto a su hijo. ¿Por qué habrá venido? ¿Cómo habrá llegado hasta aquí? Tanto el cliente como yo nos quedamos con la mirada perdida, y Jian explicó la situación.

—Le he llamado yo. Me pareció que les vendría bien hablar entre ustedes.

El anciano ni siquiera miraba a la cara a su hijo, quien tampoco quería que lo viesen con los ojos llenos de lágrimas. Mientras me preguntaba cómo lo habría citado allí, seguí observando a aquellos dos.

—A continuación, pasaremos a la última entrevista del proceso.

—Pero ¿no se había acabado…? —preguntó el cliente, sorprendido.

También era mi primera vez viendo esto, por lo que no podía decir con seguridad qué tramaba mi hermana. Ella, esbozando una sonrisa, respondió:

—Les prometo privacidad. No hay necesidad de grabar nada. A partir de ahora hablaremos de la señora Lee. Junto con su padre. ¿Está usted de acuerdo, señor?

El hombre se giró con rigidez hacia el anciano, quien asintió. Como si fuera incómodo para ambos que un tipo terco como él se mostrase tan dócil, se daban ligeramente la espalda. Sentí que Jian también había previsto esto, ya que continuó con la entrevista como si nada.

—¿Qué tipo de persona era la señora Lee?

—Era una buena esposa. Los estofados eran su especialidad, y su *doenjang*[3] casero estaba muy bueno. Aunque apenas le echaba cosas, se aseguraba de añadir unas pequeñas gambas. Le dije que me gustaba, así que lo preparaba en cada cumpleaños en vez de sopa de algas, como marca la tradición. Al principio no se le daba muy bien cocinar, pero se esforzó tanto en aprender, practicando incluso cuando se encontraba mal… Me gustaba tanto ver esa dedicación en ella, y siempre que salía de trabajar la llamaba por teléfono, preguntándole qué había de cena…

—Papá…

El cliente lo miró, sin palabras. ¿Tan extraño era ver a su padre hablar de su madre? No podía saber lo que había ocurrido ese día, pero supe que algo había cambiado en el anciano.

---

3. Pasta de soja fermentada, empleada en la cocina.

—Conteste usted también.

Él titubeó ante las palabras de Jian. Padre e hijo seguían un poco girados el uno respecto del otro. Entonces, la expresión del tipo volvió a endurecerse, y, después de tomarse su tiempo, empezó a hablar.

—Mamá… Ella… Bueno, a mí también me gustaban sus estofados… Me gustaban, pero los hacía tan a menudo… Y yo quería comer alguna otra sopa en los cumpleaños… Siempre me pregunté por qué tenía que ser estofado… pero ahora sé que era por ti…

Con un reguero de lágrimas en el rostro, esbozó una leve sonrisa. En ese momento, el anciano le lanzó una mirada rápida. Poco a poco, movió su arrugada mano y la colocó sobre la de su hijo con cuidado. Como si no hiciesen falta las palabras. Las lágrimas caían sobre sus manos unidas.

—¿Cuál es el recuerdo más vívido que tienen?

—*Snif*… Cuando fuimos los tres… de camping, cuando yo era pequeño. Él encendió el carbón, mientras mamá me llevaba al arroyo a bañarnos… Luego, cuando estaba tiritando de frío, me senté junto al fuego para calentarme. Y después, jugamos otra vez… Y mamá parecía… feliz.

—¿Y usted?

—Cuando la vi por primera vez, me pareció tan hermosa. Joven y llena de vida. Sus ojos se volvían medias lunas cuando se reía. Ya en mi casa, no quería olvidarme de su expresión. Pensé que quería verla sonreír así toda la vida. Que me encantaría verla así siempre…

—Es verdad. Sus ojos se entornaban cuando se reía…

Mi hermana permaneció sentada, en silencio. Sin hacer más preguntas, solo los observaba. Yo hacía lo mismo, conteniendo la respiración. Una calma algo incómoda los rodeaba. No obstante, pronto empezaron a conversar entre ellos.

—Mamá tenía… esa manía de dar manotazos mientras se reía… Y tú estabas siempre a su lado, recibiendo los golpes.

—Sí.

—¿Y, aun así, eso te gustaba?

—Sí.

Al fin, entendí por qué había llamado al señor Kim. Lo importante para ellos no era reflexionar sobre cómo había muerto aquella mujer, sino la vida que había llevado. En eso consistía el duelo. En aceptar y asimilar esa vida. Lo que necesitaban era hablar sobre quien había sido su esposa y su madre, compartir lo que sentían para seguir adelante. Jian ya lo sabía.

Estuvieron un rato hablando sobre ella. Con la mano del padre puesta todavía con firmeza sobre la de su hijo. Cuando la conversación se acercaba ya al final, este alzó la otra mano y la puso encima de la de su padre. Entonces, agachó la cabeza y rompió en llanto de nuevo, sin poder parar.

—Por favor… por favor, no te alejes de mí… Deja esa casa y múdate, más cerca de nosotros.

—Está bien.

Llegaron a un acuerdo, desenredando al fin ese tenso ovillo de emociones que llevaban por dentro. Jian seguía observándolos, con confianza en el rostro. La confianza de que, a partir de ahora, arreglarían sus problemas a su manera y saldrían adelante. Y eso era suficiente para ella.

—Vayan con cuidado.

Los acompañó hasta la puerta. Mientras que, al llegar, fue mi hermana quien ayudó al anciano a caminar, ahora era su hijo quien lo hacía. Sin decir nada, solo pude mirar desde mi sitio. Una vez que se fueron, giré la cabeza hacia la ventana. Bajo un cielo azul despejado, vi al padre avanzar despacio del brazo del hijo, quien reducía el ritmo para poder sujetarlo. Al igual que Jian, sobre sus hombros también colgaban la muerte y la pena.

—¿Suelen ser así las autopsias psicológicas? —pregunté de golpe.

—Este no era un caso normal. Y básicamente, como tú dijiste, nuestro trabajo es hacer que los vivos sigan adelante con el corazón tranquilo, ¿no? Por eso buscamos las causas de los suicidios y tratamos de establecer un plan de prevención. ¿Por qué? ¿Ya te sientes parte de este trabajo?

—Bueno, no sé.

—De todos modos, me alegro de que esto haya acabado bien.

Ella se estiró, con una expresión tranquila. Sin embargo, yo sentía mi corazón aún más pesado que antes. Al darme cuenta de que ella había tenido que enfrentarse sola al peso oculto tras este trabajo, que para mí siempre había sido uno de oficina sin más, me invadieron unos sentimientos diferentes a los habituales. No estaba seguro de lo que era, pero sentía una presión en el pecho. ¿Estaba Jian enfrentándose a un mundo que yo no podía ver? ¿Qué tipo de mundo sería?

Tras aproximadamente un mes, encontré ese archivo. Ella estaba fuera de viaje por trabajo y yo estaba transcribiendo las grabaciones que me había encargado. Estaba concentrado en mi tarea cuando de repente saltaron los fusibles, con un ruidoso chasquido. En cuanto volví a encender el ordenador, todo lo que llevaba escrito había desaparecido.

—Ah…

Sacudí la cabeza con fuerza. ¿Tendría que volver a empezar? A lo mejor el archivo seguía por alguna parte. Estando más acostumbrado a seguir la vía rápida, registré a fondo la nube, decidido a encontrar alguna copia de seguridad. Confiaba en mi habilidad para restaurar archivos que había aprendido en la otra empresa. De entre la gran cantidad de audios y transcripciones mezclados, hubo uno en especial que llamó mi atención. Con números, en lugar del nombre del caso: 13/05/2023_01:48.

Todos los archivos tenían nombre, de acuerdo con las rigurosas reglas de Jian. Pero este no. Supuse que esos números indicaban la fecha y la hora. El trece de mayo... El trece, de mayo. Traté de hacer memoria. *Ah.* Comprobé el historial de llamadas en mi móvil. Ese fue el día en que ella me llamó de madrugada, sin previo aviso. Fue para decirme que entrevistaría al señor Kim, pero recuerdo que me dijo que se encargaría ella de preparar los papeles. ¿Se habría equivocado entonces? Antes de poder clasificarlo, dupliqué el archivo y pulsé dos veces sobre él. La calidad del audio no era muy buena, pero al menos pude distinguir que se trataba de la voz de Jian.

—Hablemos sobre su mujer, Hwayeon Lee.

—Yo no tengo nada que decir.

—¿No quiere escuchar... sus últimos pensamientos?

Por un rato, no hubo respuesta. Agudicé más el oído y seguí escuchando. De nuevo, sonó ella.

—En nuestra investigación, hemos comprobado en el historial médico que recibió en su nombre recetas para analgésicos. Aunque no aparecían en el historial de su mujer, el resultado de la autopsia mostró que había tomado esas pastillas antes de suicidarse. No busco cuestionar ni culpar a nadie. Solo quiero saber la verdad para poder ayudarles a llevar un duelo lo más sano posible. Guardaré bien el secreto, señor. Por favor, cuéntemelo. Además, hay una manera de poder escuchar los últimos pensamientos de su mujer.

—¿Cómo dice?

—Mientras investigábamos, dimos con su última voluntad. Si viene conmigo, podré mostrársela.

Tras esto, se oyeron unos fuertes crujidos. Y luego, por un rato, solo se oía el motor de un coche. Supuse que se estaban dirigiendo a alguna parte. Luego, no hubo más que sonidos ininteligibles. Me parecía que estaban hablando de algo, pero no podía entender nada. Cuando por fin los ruidos cesaron y logré escuchar algo, me llegó la voz de una mujer desconocida. Más que venir de alguien que estaba allí presente, sonaba como una grabación más aguda y de mala calidad.

—Cariño… Aunque no tenga nada que darle a nuestro hijo… Que pudieras escuchar lo que siento… Fui feliz. Contigo dándome siempre la mano, cenando juntos, me sentía más fuerte… Y nuestro querido y único hijo… Aun así… ser fuerte… También siento miedo. De irme y dejarte aquí, de… pero… debes seguir aquí… cumplir con tu parte… Me iré primero, así que… despacio… por favor, tómale de la mano.

Todas las frases estaban entrecortadas. ¿Había encontrado Jian una última grabación de la fallecida sin que yo me enterase? ¿Lo que estaba sonando sería un audio en su móvil? ¿Qué significaban esas palabras? Estaba lleno de curiosidad, pero no podía preguntarle a un archivo. A continuación, fue mi hermana quien habló.

—Estos son los últimos pensamientos de la señora Lee; quería que usted supiera de ellos. Tomó esa decisión por su familia. Y por esa misma familia, usted también debe hablar conmigo. Quizás ese fuera el deseo de su mujer.

Aunque no era más que una grabación, el ambiente se tensó. Jian parecía esperar también una respuesta. Unos cinco minutos más tarde, intervino la voz temblorosa del anciano. Las interferencias disminuyeron y pude escuchar mejor.

—Mi hijo acababa de casarse y tener un hijo, ¿cómo iba a decirle que su madre tenía cáncer? Y encima, uno difícil de curar. Yo insistí en intentarlo con la operación. Cada día. Le decía que no sabíamos qué pasaría, que quizá podría seguir con vida, que se operase. Pero ella me decía que ya había vivido lo que tenía que vivir, y que no podía empeñarse en seguir y arruinar de esa manera el futuro de nuestro hijo y su familia... La operación costaba una fortuna, un dinero que yo no tenía. Y entonces, mi mujer fue empeorando poco a poco... Se quedó en los huesos y se pasaba las noches sufriendo. Se agarraba la barriga y gritaba, preocupando a quienes sí podían verla así. Deseaba poder sufrir yo en su lugar, pero no era posible. Así que, al final, le dije que muriéramos juntos. ¡Juntos! ¡Conmigo! ¡Dejaríamos esta casa a nuestro hijo y moriríamos juntos! Pero... pero ella me dijo mientras lloraba que nuestro nieto iba a nacer, y que no podía quedarse sin abuelo. Que podía faltar ella como abuela, pero yo no. Que tendría que cumplir mi parte y contarle al niño historias de su padre de pequeño... Me pidió que viviera por ella... Eso dijo... como su último deseo. Me pidió que la dejase ir en paz y que siguiera aquí por ella.

—Entonces, lo que ocurrió ese día...

—Ya no tiene sentido ocultarlo, así que se lo diré.

Esperé a que siguiera hablando, conteniendo el aliento.

—Yo la maté.

—¿Cómo?

—La maté.

Hubo un silencio.

—Esa madrugada, se tomó todos los calmantes que yo había reunido. Entonces, cuando ya estaba profundamente dormida, até la cuerda, arrastré su cuerpo y... Eso fue lo que me pidió. Quería morir en paz, mientras dormía. ¿Sabe lo que es ver cómo su mujer deja de respirar?

—Y lo de no hablar de ello con su hijo, ¿eso también...?

—Soy el tipo que acabó con la vida de su madre, ¿con qué cara podría mirarlo para decirle nada? El miedo y el sufrimiento me consumían. Cuando él hablaba de Hwayeon, sentía que la culpa me ahogaba. No hacía más que rememorar su aspecto cuando murió, pensé que terminaría loco... No tengo lo que hay que tener para ser un buen padre.

—¿Qué quiere que haga?

—Usted haga lo que tenga que hacer. Yo ya me he rendido.

Tras escuchar hasta el final, pude comprenderlo todo. Aquella madrugada, después de recibir esta confesión, Jian me habría llamado sin saber qué hacer. Y, al final, puso en el resultado de la autopsia psicológica que el suicidio fue causado por una aguda depresión. Esa había sido su elección, por el bien de ellos dos.

Cuando regresó de su viaje, yo tenía demasiadas cuestiones que hacerle. Sobre lo que pasó ese día, lo que se dijo. Quería saber la verdad. No obstante, incapaz de preguntar, así como así, lo único que me salió fue:

—Oye, en el caso de la señora Lee, ¿cómo conseguiste que el marido viniera hasta el centro?

Como si estuviera recordando el momento, esbozó una sonrisa amarga. Sin saber que yo había encontrado el archivo con la grabación, comenzó a explicarme.

—Le pedí que hablase al menos una vez con su hijo. Que quería ayudar a los que se quedaban a poder seguir adelante con sus vidas. Tú mismo lo dijiste, nuestro trabajo es procurar que vivan con el corazón tranquilo.

—Ya veo.

Quise seguir preguntando, pero debía fingir que nada de eso había ocurrido. El bienestar de quienes se quedaban en este mundo era más importante que saber cómo había podido Jian transmitir los últimos pensamientos de aquella mujer a su marido. No me quedaba otra opción que confiar en su decisión, pues ella lo sabría mejor que yo. Borré aquel audio, para que nadie supiera de él nunca. Y luego, cuando miré a mi hermana, puse la misma sonrisa amarga que ella.

Mientras comprobaba que el archivo hubiera desaparecido de todas partes, miré mi móvil. Tenía llamadas perdidas de alguien. *Mamá*.

Aquello era lo único que no podía contarle a Jian.

CAPÍTULO 5

Cuando todo se derrumba

El 14 de diciembre de 2008, hacia las 06:46 de la tarde, los servicios de emergencia salen tras una llamada de un residente, declarando que alguien parecía a punto de arrojarse desde un edificio. Al llegar, la persona denunciada está subida en la azotea de un edificio de siete plantas. Se solicita un equipo de rescate, quienes negocian con el denunciado durante cerca de treinta minutos. Se toman medidas de seguridad y es trasladado a un hospital. Al no declarar nada sobre la identidad de su tutor o familiar, es llevado al área de alto riesgo. Tras esto, se contacta además con el centro de atención psicológica de la zona, esperando poder recibir información sobre el sujeto. Se comprueba si tenía denuncias o reportes previos, pero no aparecen ni su ficha ni su contacto de emergencia. Puesto de comisaría de XX. <Adjunto_Datos personales del denunciado>

Aunque se reparase muy bien un edificio, no podría ganar la batalla contra el tiempo. Los marcos de las ventanas, antes blancos y lisos, se habían descolorido y agrietado. El polvo se acumulaba aquí y allá por las mosquiteras, resultando fatigoso abrir las ventanas del todo. Aun así, fue una suerte que de las cuatro habitaciones que había en el área de cuidados paliativos, la de mi madre tuviera ventana. Aunque fuese más por mí que por ella.

Oí el estertor de mi madre. Sintiendo también el paso del tiempo en su cuerpo, respiraba con dificultad. Le habían colocado bajo la nariz unos tubos de oxígeno, aumentando el aspecto grave que transmitía. Venía siempre, empujado por el deber que tenía como hijo de cuidarla, pero no había nada que yo pudiera hacer. Ya ni siquiera podía hablar. Me dio la sensación de que solo estaba allí para acompañarla cuando su torpe respiración se detuviera. Y, si esto no era solo una sensación mía sino la realidad, no había forma de que me moviese de aquella estrecha cama para familiares. No podía dejarla.

Había pasado poco más de medio año desde que nos comunicaron el tiempo que le quedaba de vida. Debería haberme sorprendido, pero lo cierto es que no fue así. También estuve con mi padre antes de morir. Vi cómo perdía el conocimiento por el alcohol y caía al suelo, al sufrir un infarto. Sus últimos momentos. En ese instante, pude ver un aura de muerte, la sensación que transmite una persona cuando la sombra del fin la cubre poco a poco. La misma que noté cuando salió el tema de que mi madre tendría que quedarse en un hospital. Quizá ya me esperara esas malas noticias, incluso antes de que nos dieran los resultados de sus análisis.

—Le quedan unos tres meses de vida. Puede que parezca estar bien ahora, pero empeorará muy pronto.

Tras decir eso, el médico me recomendó llevarla a cuidados paliativos. Eso quería decir que no había posibilidad de recuperarse. No tenía más opción. Era como si el mundo entero cayera sobre mí al escuchar esas palabras. Decidí que era mi responsabilidad como hijo permanecer con ella hasta el final, por lo que dejé mi trabajo en el centro. Una vez que mi madre fue ingresada, sentí que mi vida ya no era más que ella. Aunque nuestra relación no fuese tan cercana.

—Lo has hecho muy bien hasta ahora, mamá.

Puse con cuidado mi mano sobre su frente. Su temperatura era algo más baja que la mía. Normalmente, un enfermo tiene fiebre, pero mi madre se iba enfriando poco a poco. Como si lo que había dicho el médico no fuese algo definitivo, había acabado aguantando seis meses más en lugar de tres. Sin embargo, el tiempo no detenía su curso y ella se acercaba a su fin.

—¿Cómo has estado?

Conocía a esta persona desde hacía casi una década. Bueno, para ser exactos, un poco más de siete años. Ahora, en vez de vernos cada semana, solo hablábamos una vez al mes. Con un rostro sereno y una mirada profunda, cada vez que veía esa fortaleza suya, esa entereza ajena a lo que escuchase, sentía que ser terapeuta le iba como anillo al dedo. Aunque apenas sabía nada de él, comprendía todo de mí. Incluyendo, por supuesto, lo que se ocultaba tras mis palabras.

—Bueno, como siempre. La mayoría del tiempo estoy con mi madre, y de vez en cuando voy a echar una mano al centro.

—¿Cómo se encuentra tu madre?

—Creo que le queda poco tiempo.

—¿Y cómo te sientes?

Se le daba bien conseguir que me abriera con él. Así funcionaban las sesiones: hacía una pregunta y se colaba de golpe en tu corazón. Sonreí un poco antes de contestar.

—Estoy bien. A diferencia de la otra vez, he tenido tiempo para prepararme.

—Aun así, me preocupa un poco. No mucho antes de todo esto, tu padre falleció. Y, aunque siempre lo niegas, creo que su muerte te afectó sin que te dieses cuenta. Ha pasado ya un tiempo, pero...

—Estoy bien, de verdad. Era más joven por aquel entonces, supongo. Ahora, solo me gustaría que los dos descansasen en paz, ya sea en este mundo o en el más allá.

Bajó sus cejas con una expresión más grave. Pensé en su calidez, en la sinceridad que me mostró en nuestras citas breves. De nuevo, con su actitud de terapeuta competente, volvió a preguntarme.

—Volviendo la vista atrás, ¿qué significó para ti la muerte de tu padre?

—Más que tristeza, lo que sentí fue un fuerte impacto y sorpresa. Creo que... simplemente caí en la cuenta de que todos morimos. Yo también, en algún momento.

—¿Y eso te asustó?

—Mira...

No sabía con qué expresión lo estaría observando, pero me sostuvo la intensa mirada con firmeza. Relajé el rostro y seguí hablando con suavidad.

—Ha pasado mucho tiempo. Muchas cosas han cambiado, ¿no crees?

—Tienes razón. Supongo que me he preocupado demasiado.

Esbozó una sonrisa algo abochornada. Tras esto, dejó su interrogatorio. Al haber aprendido acerca de las técnicas usadas en sesiones de terapia, yo también sabía que necesitaba enfrentarme a mi pasado, pero también que a veces era necesario esperar. Después de una sencilla charla sobre lo que iba a hacer hoy, la sesión llegó a su fin. Entonces, apuntó de nuevo directamente a mi corazón y disparó.

—¿En qué piensas sobre todo cuando estás con tu madre?

—En el cielo más allá de la ventana.

Sentí que no había preguntado más por consideración hacia mí. O a lo mejor, nos conocíamos desde hacía tanto tiempo que sobraban las palabras.

Había elegido un coche viejo para moverme desde casa hasta el hospital, pero cuando venía aquí utilizaba el transporte público. Más que por el problema del aparcamiento, lo hacía porque llevaba tres años yendo de la misma manera. Era algo fastidioso y tardaba mucho, pero entre que me bajaba del bus y caminaba hacia el metro, sentía que estaba haciendo algo por mí mismo. Que no todo se reducía a mi madre. Que todavía había cosas que podía hacer por mi cuenta. Aferrado a esa sensación, deseaba no llegar nunca hasta la parada de metro.

—Pero bueno, ¿qué es este panorama? ¡Si es que no podéis estar sin mí!

Nada más abrir la puerta del centro, pude notar enseguida el ambiente desolado y tenso. Supuse que ni Jian ni Jihoon tenían intención de volverse más cercanos. Ninguno de los dos sacaba tema de conversación, aunque fuese por algo trivial.

—Ah, Sangwoo, estás aquí.

Cuando me vio, ella se relajó. No sabía bien si se alegraba de que estuviese allí, de que hubiese roto el silencio, o las dos cosas. El otro también me saludó, sonriendo ligeramente. Al principio pensé que no estaba acostumbrado a mostrar lo que sentía, pero con el tiempo aprendí que era más una persona directa, no demasiado emocional.

—¿Cómo ha ido este último caso? —le pregunté.

—Bien, gracias a tu ayuda.

—Anda ya, es porque lo has hecho bien. Venga, Jian, dile lo bien que lo ha hecho.

Solté una risa, y ella, sonriendo también, miró a su hermano. Pero cuando sus ojos se encontraron, los dos se apresuraron a desviar la mirada. Él se centró en el monitor, y ella en mí. En fin, la única tarea que me quedaba era asegurarme de que se llevasen bien. De todos modos, Jihoon no tenía nada que mejorar gracias a su experiencia como contable, y había completado sin problemas todos los planes de proyectos que surgían a principios de año.

—Ya casi has terminado con la orientación, ¿no?

—Sí, solo me queda una parte.

—En cuanto expliques y recabes tú los acuerdos de consentimiento, ¡ya serás todo un empleado del centro! Te enterraremos aquí y todo.

—Siempre habrá un sitio para ti, para cuando vuelvas.

Jian intervino en nuestra conversación. Aunque no estaba del todo seguro de si lo decía porque sabía que pronto terminaría lo que tenía que hacer o por otra cosa, supe lo que realmente significaba. Noté su preocupación cuando me pidió que no me alejase de ella.

De repente, me pregunté si todo el mundo me estaría mirando con la misma preocupación. Por eso mismo, esbocé una sonrisa vacía en respuesta.

Tenía que regresar al hospital antes de la hora de la cena, por lo que revisé los planes redactados por Jihoon y arreglé algunas partes. A decir verdad, apenas había retoques que hacer, pero quería alargar mi tiempo allí y buscar cualquier tarea. Él, agachando la cabeza, ocultó su expresión molesta. No era el más hablador, pero tampoco era una persona fría y rígida. Sin duda, habría tenido alguna pelea con Jian. Cuando ya casi había acabado, me senté por un momento en mi sitio para comprobar todo. Sobre el escritorio, que ocupaba un espacio similar al de mis brazos abiertos, estaba el ordenador. Hacía mucho que había pasado todos los archivos al de Jihoon. Apoyé las manos sobre la mesa. Noté la sensación fría, la de un objeto inerte. Sacudí la cabeza y me giré para mirar por la ventana. El edificio era viejo, pero las ventanas eran nuevas. Se me vino a la cabeza Jian durante la época en la que remodelamos este sitio. Cómo había elegido uno a uno los muebles de la oficina y los colores para el interior. Cómo llenó el espacio para preparar el té y eligió un ambientador que encajara con el lugar. Si no hubiéramos cambiado también las ventanas, tal vez los recuerdos de esos días parecerían más lejanos y borrosos. Menos mal que lo hicimos.

—Bueno, ¡me tengo que ir! Intentad llevaros bien, ¿eh?

—Es que haces falta aquí, Sangwoo.

—¡Señorita Jian! ¿Hasta cuándo piensas depender de mí?

—Te lo pido por favor.

Habló con ligereza. Me gustaba cuando hablaba así. Nunca se olvidaba de incluir ese «por favor», incluso cuando se trataba de algo que yo tenía que hacer o cuando me pedía algo. Podía ser por cortesía hacia mí, o bien era una costumbre suya muy arraigada. Fuera lo que fuere, a menudo me sentía más tranquilo al escucharla. Desde hacía mucho tiempo, había querido formar un lugar al que pertenecer.

—En fin, me voy.

—Nos vemos a la próxima —se despidió Jihoon.

«La próxima vez». Había tal convicción en sus palabras de que habría una próxima vez que noté un regusto amargo. Aunque solo duró un instante. Mientras bajaba las escaleras, escuché unos pasos detrás de mí. Era Jian.

—¡Sangwoo!

—¿Eh...? ¿Me he olvidado de algo?

—No es eso…

Se acercó y me habló en voz baja. Ahora que la veía tan de cerca, me di cuenta de lo bajita que era.

—¿Cómo está tu madre?

—Ah… está bien. Gracias por preocuparte.

—Y… ¿tú cómo estás?

Su cara hizo que un dolor se me extendiera por el pecho. ¿Por qué todos me preguntaban lo mismo hoy? Si yo estaba bien. Al ver la seriedad en su rostro, no me atreví a mentirle. Así que decidí escoger bien mis palabras, entre lo que era real y lo que no.

—Estoy triste, claro. Pero mi madre… ya ha sufrido bastante.

—Espero que me lo estés diciendo de verdad —replicó ella.

¿De verdad? No podía decir que no lo fuera, pero también sentía otras cosas aparte de tristeza. En ese momento, incluso yo me pregunté si estaba siendo sincero. A pesar de haberlo repetido una y otra vez no solo a quienes me rodeaban, sino a mí mismo.

—Mamá… ¿todavía te duele?

Eran las nueve de la noche. Me dirigí a ella en la oscuridad de la habitación del hospital. Tal vez estaba soñando, sin poder abrir los ojos siquiera. ¿Podría oírme? ¿No podían mis palabras colarse en su sueño? ¿Aparecer yo en él de pequeño, preguntándole si estaba bien? ¿Y si entonces sentía pena al verme? Un sentimiento de preocupación me invadió y no dije nada más. En su lugar, miré por la ventana. El cielo nocturno estaba más iluminado que esa sala. Un color azul oscuro asomaba entre las luces de los edificios. No podía saber si había nubes o no por culpa de la mosquitera. Hoy, el exterior tan borroso más allá del cristal se convirtió en mi mayor consuelo. Pues la ventana en el hospital en el que me habían ingresado era igual. Con un mundo cambiante más allá de aquella pantalla opaca, y un cielo que me mostraba el paso del tiempo.

No sabía por qué quería morir. No podía descansar, la muerte era lo único en lo que pensaba. Quizás esa sombra oscura sobre mi padre inconsciente también se había pegado a mí. Desde ese día, no hacía otra cosa que imaginar mi muerte. Y no solo la mía. Imaginaba a todos muriendo, sin poder pensar en nada más. Algunos días tenía miedo, y otros, angustia. Sin embargo, tampoco quería morirme por el fallecimiento de mi padre. Entonces, ¿por qué? Me lo había preguntado cientos de veces, pero no lo sabía.

La primera vez que se hizo el silencio dentro de mi mente fue cuando estaba subido en la azotea de aquel edificio. Miré hacia abajo para comprobar a qué altura estaba. Estimé la distancia más o menos, observando las señales escritas sobre la carretera. Esas letras tan grandes, que no podían leerse de una mientras iba caminando, parecían muy pequeñas. Luego alcé la cabeza. El cielo azul empezaba a teñirse de un tono rojizo. *Es precioso*, pensé. *El mundo es un lugar precioso*. De pie junto a la barandilla del borde, mi cuerpo se congeló. Como si se hubiese desconectado de mi cerebro, se negaba a moverse. Era lo mismo que tirarse a una piscina. Como dar un paso sin más, o bajar las escaleras. Solo tenía que inclinarme hacia delante. Pero no importaba cuánto lo intentara, sentía que mi cuerpo había echado raíces en el sitio. Sin saber por cuánto tiempo estuve allí de pie, escuché unas sirenas. Alguien había llamado a la policía. Un equipo de rescate se estableció en el lugar donde pensaba tirarme, mientras que otra unidad se presentó en la azotea. Tras de mí había tres personas, miembros de la policía y de emergencias. Lo único que fui capaz de mover fue la cabeza. Después de mirar al suelo y al cielo, esta vez lo que hice fue mirar hacia atrás. Al verlos allí conmigo, me invadió el pánico.

—Joven… ¿Y si te bajas y lo hablamos con tranquilidad? ¿Sí?

Un hombre, vestido de paramédico, me habló manteniendo la distancia. Le temblaba un poco la voz. No pude comprender qué los ponía tan nerviosos. ¿Les parecería que me iba a tirar? ¿Que iba a matarme? Me pregunté por qué les importaría eso. No obstante, se esforzaban por conservar la calma hasta el punto de resultar ridículos, diciendo cualquier cosa con tal de persuadirme.

—Puedes moverte, ¿verdad? Solo tienes que dar un paso atrás. Cuando bajes de ahí, escucharemos todo lo que tengas que decirnos.

Solo me quedé mirándolos, sin responder nada, por lo que siguieron hablando.

—¿No puedes moverte? ¿Quieres que te ayudemos?

—Estoy bien.

—Primero… Primero, baja, y lo hablamos.

—Estoy bien.

No hacíamos más que pronunciar las mismas frases. Me pedían que bajase, y yo decía que estaba bien. Mientras trataban de negociar conmigo, el equipo de rescate ya había terminado de instalar una red de seguridad abajo. Pensé en dar otro paso adelante, pero mi cuerpo hizo lo contrario y retrocedió. Al bajarme del borde, aquellos hombres se apresuraron a abrazarme. Era el último mes del año. No sabía si sería por el frío o por qué, pero me cubrieron con una manta. Era fina, pero calentaba mucho más de lo que me esperaba. Solo entonces, noté que todo mi cuerpo temblaba.

—¿Por qué has subido allí?

Eso me preguntaban todos. Los paramédicos que me envolvieron en la manta. Los policías que me pidieron mi nombre y mi número de teléfono. Los médicos del hospital al que me trasladaron. Los enfermeros que me cuidaron durante mi estancia y hasta mi madre, cuando vino a visitarme. Me preguntaban que por qué había subido allí arriba. Todos pensaban que tendría una razón muy grave para suicidarme. Pero era muy simple.

—Me abrumaban los pensamientos. Y no quería hacer nada.

Ninguno podía creerlo. El médico me preguntaba una y otra vez por mi infancia y mi adolescencia: que cómo era mi vida escolar, qué tal los estudios, mi relación con mis padres… Sin embargo, no había nada en especial. Aquel tropel de voces en mi cabeza había comenzado unos dos meses después de la muerte de mi padre. Como si supieran la respuesta al oír eso, el personal me preguntaba sobre él. Pero yo no tenía nada que decir. No éramos cercanos, ya que siempre estaba de viaje de negocios, y tampoco sentía una tristeza tan grande.

Porque sí.

Nadie se lo creía. Nadie daba crédito a que yo solo pensara a menudo en la muerte porque sí. Que quisiera vaciar mi cabeza porque sí. Que quisiera morir porque sí. Dijeron que necesitaba ser internado, y ese mismo día fui trasladado a la unidad cerrada de psiquiatría por motivos de seguridad. Y por supuesto, los médicos no querían darme el alta. De esa forma, pasé en el hospital el primer día del año, en el que cumplía la mayoría de edad.

Tienen que estar desesperados por beber.

Era la noche antes de cumplir dieciocho. Estaba tumbado en la cama, sin poder conciliar el sueño después de que apagasen las luces. Fingía dormir en aquella sala aislada, sin siquiera unas cortinas, para que pudieran ver bien todos mis movimientos. Lo único que podía hacer en ese estado era mirar de reojo por la ventana, para ver el cielo. Colocada bien alta y con unos barrotes para evitar que me arrojase, apenas se abría un palmo. El cristal nunca estaba limpio del todo y tenía algunas partes amarillentas, tal vez por lo viejo que era el edificio. No obstante, cuando me concentraba lo suficiente en el cielo, no podía ver nada más. Como si ya no hubiera barrotes, ni manchas, ni polvo. Pero en cuanto se me cansaba la vista, aquella barrera cubierta de polvo volvía a taparlo. Estaba encerrado allí, sin poder salir. Significaba casi lo mismo que no poder ver de nuevo la claridad del cielo.

Dieciocho años…

Era mi primer día como adulto, y nadie me iba a felicitar dentro de aquel hospital. Eso pensé nada más dar las doce. La habitación estaba solo un poco más iluminada que el exterior oscuro. Siempre había una tenue luz encendida, ya que resultaría complicado ver lo que pasaba en una penumbra total. Pensé lo mucho que me gustaría estar a oscuras. Para poder sentir el brillo del cielo nocturno.

Unos tres meses más tarde, cuando me dieron el alta, mi madre me trajo flores. Me miró con una mezcla de preocupación y fe en que no volvería a un lugar como este. Ya me sentía un poco incómodo llevando ropa normal otra vez, pero recibir ese ramo lo empeoró.

—Feliz graduación, hijo.

Había pasado una semana de la ceremonia de graduación, a la que no había podido asistir por estar en el hospital. Mis amigos me contactaron, así que mentí diciendo que me habían ingresado por apendicitis aguda y no por intento de suicidio. En las horas determinadas en las que podía usar el móvil, me mandaron las fotos de la ceremonia. Al verlas, sentí que estaba solo en un mundo aparte.

Con mis flores y mi ropa normal, salir de aquel sitio era como mi propia graduación. Poner un pie fuera de aquel pabellón cerrado. Tras abordar el ascensor y abandonar el edificio, alcé la cabeza. Podía ver el cielo sin que nada se interpusiera. Una ceremonia de graduación que jamás podría olvidar.

—¿De verdad vas a hacer dos carreras a la vez? —me preguntó un compañero de clase.

La razón por la que me metí a estudiar psicología compaginándolo con mis estudios de economía no fue para ayudar a los demás. Solo quería comprender por qué me sentía así. Comprenderme mejor a mí mismo, ese chico tan animado con los demás y a la vez tan angustiado con la muerte. El que volvía a casa después de quedar para beber, bajo un aguacero de emociones complicadas. Por esa época, podía ver el cielo azul cuando quisiera, pero ahora mis propios pensamientos eran ese cristal empañado de polvo y manchas.

Pasé mi vida universitaria muy ocupado. Estaba hasta el cuello de trabajos y clases y no le daba importancia a cómo me sentía. La carrera de psicología era muy interesante, pero no me dio ninguna solución. Aunque tampoco era que hubiese estudiado muchísimo. Me juntaba con la gente en cuanto tenía oportunidad y me colaba en fiestas y quedadas. Pasaba las noches bebiendo, ya que nunca llegaba antes del toque de queda a la residencia.

Quería olvidarlo todo. Aquel brillo en los ojos de mi madre, mi vida durante esos tres meses en el hospital, la visión del asfalto desde la azotea. Por eso mismo decidí mudarme a Seúl, con la excusa de encontrar trabajo. Tendría que dejar atrás a mi única madre, pero no veía otra opción. Por otro lado, ella no dijo mucho sobre esto.

—No te preocupes. Puedo conseguirlo. Confía en mí. Por favor.

Con la fe de mi madre como arma, hui de allí. A un lugar lleno de gente que desconocía mi pasado. Un lugar rebosante de gente nueva. No tenía grandes planes de empezar una nueva vida. Solo seguí adelante engañando a los demás, haciéndoles creer que había tenido experiencias normales como ellos, como salir a beber al cumplir la mayoría de edad o recibir flores en mi graduación. Y todos me creyeron, sin dudar de nada. Pues no había nada que pudiera levantar sospechas.

Al salir de ese trabajo por el que me había mudado allí, me metía en cualquier bar a beber, ya fuese solo o acompañado. Me reía mucho y era amigable con todo el mundo. Podía mezclarme en cualquier ambiente, lo que resultaba un alivio. Tenía un sitio en el que estar. Podía encajar en cualquier parte. Eso me llevó a ser de nuevo yo mismo, haciendo que la gente me encontrase más amigable.

—¡Sangwoo! No te vayas a escapar, ¿eh?

—¿Eso es algo bueno o…? ¡Ja, ja, ja!

—¡Anda, claro! Eres el alma de la fiesta.

Cuando llevábamos mucho tiempo sin vernos, todos decían que querían verme. Yo me lo tomaba a broma, al mismo tiempo que era todo oídos; no quería olvidar esas palabras. Las guardaba bien en mi corazón, para que no se desvanecieran. Para que no desaparecieran. Cada vez que se creaba un nuevo recuerdo en mi cabeza, creía que sustituiría a los de aquel día. Repetía el mismo ciclo una y otra vez, creando nuevas memorias de mi vida en Seúl y emborrachándome.

La vez que conocí a Jian, también había ido a beber. Kyu-ho, un amigo al que conocí en la carrera de psicología, me escribió diciendo que había terminado el proyecto en el que estaba enfrascado, así que le dije que ya quedaríamos. Había oído que, después de graduarse, se había metido en un posgrado. No éramos los mejores amigos, pero sí lo consideraba bastante cercano después de haber salido mucho juntos.

El lugar no estaba tan lejos de mi casa. Salí enseguida, pensando en que llegaría en media hora si tomaba un taxi. Era mucho mejor ir a un bar que quedarme mirando al techo en mi pequeño estudio. Al llegar, Kyu-ho me presentó con entusiasmo.

—¡Este es un amigo de la carrera! Lo he llamado porque es de lo más extrovertido.

—¡Hola, soy Sangwoo Im! ¡De la universidad XX! ¡Me matriculé en 2009!

—Anda, anda, ¡que esto no es una quedada universitaria! Relájate.

Me colé entre las más de diez personas que estaban allí. En vez de quedarme en un único sitio, me fui moviendo y charlando por aquí y por allá. Preguntando qué rama de la psicología preferían, si tenían experiencia clínica… Entre una pregunta y otra, hubo alguien que captó mi atención. Ese alguien fue Jian.

Lo que me atrajo fue su aire tranquilo. Todos estaban animados y gritando, pero ella no elevaba la voz. Supuse que le sentaba bien el alcohol, ya que aceptaba las copas que le ofrecían y no parecía disgustarle. Por otro lado, no me daba la impresión de ser alguien introvertido. Se reía con sus compañeros, manteniendo la mirada, y también seguía bien la conversación. Si tuviera que describirla, diría que me parecía una elegante profesora de universidad.

Me acerqué a ella. Sujetando un vaso vacío, me senté a su lado y empecé a hablar. Lo primero que hicimos fue presentarnos, y luego le pregunté su edad.

—Tengo veinticuatro.

—¡Ah! ¡Hacía tiempo que no conocía a alguien de mi año! ¡Yo también tengo veinticuatro!

—Ah… ya veo.

Aunque le había dicho que éramos de la misma edad, seguía hablándome en un tono formal. Quizá le había resultado incómodo que me acercara así, por lo que decidí imitarla. Había una energía misteriosa en el aire mientras charlaba con ella. Pese a que no se cubría la cara, podía notar cierta distancia entre nosotros, y, aunque sonreía, no llegaba a hacerlo del todo. A lo mejor era por mi experiencia tras tantas sesiones de terapia, pero, a juzgar por el ambiente, me pareció estar con una psicóloga acostumbrada a escuchar a los demás.

—Vaya, esta noche el cielo está muy nublado.

Cuando acabó la fiesta, la gente salió del bar. El resto estaba viendo cómo volver a sus casas y llamando taxis, pero ella permanecía a mi lado observando el cielo. De repente, lo que dijo me hizo pensar en las imágenes del cielo que guardaba en mi memoria, y sentí una punzada en el pecho. Tenía curiosidad por saber más de ella. Quería saber qué ocultaría una persona así en una noche nublada como aquella.

Ya había pasado un año desde que me mudé a Seúl. En ese momento, solo estaba de asistente en un trabajo relacionado con mi carrera, pero la mayor parte del tiempo me interesaba más quedar con la gente. Entre ellos, también estaba Jian. No fue nada fácil escribirle primero, pero era de esas personas que siempre respondían, aunque fuese tarde. A veces, me hablaba ella primero. Muy pocas veces. Fue entonces cuando me di cuenta de que se sentía un poco más cómoda conmigo.

De esa forma, pensé que podría olvidarlo todo. Conocer personas nuevas, estar en situaciones nuevas, probar con otros empleos. No obstante, no era capaz de librarme de aquella sensación. La sensación de la muerte. Cuando estaba tumbado en casa, en soledad, me imaginaba a mí mismo muerto. Sin llegar a despertarme por la mañana. Inerte. Cada vez que eso pasaba, sentía el aire pesado y mi cuerpo clavado en el suelo. Tanto que no podía levantar ni un dedo. Me comprimía el pecho y me dejaba sin aliento. Un poco más de presión y sentía que se me saltarían las lágrimas. No sabía qué más hacer, solo quería gritarle a la muerte a la cara.

Bzzz. Bzzz.

En ese momento, el sonido de una vibración resonó en la sala. Empecé a sacudirme y al fin logré incorporarme. Era Jian.

—¿Hola? ¿Sangwoo?

Nos conocíamos ya desde hacía un año, pero al otro lado de la línea su tono seguía siendo igual de formal. Me pregunté si alguna vez me habría llamado ella primero. Le respondí, confuso.

—¿Jian? ¿Qué pasa? Es tarde.

—¿Tiene que pasar algo para que te llame?

Pude notar el rastro de una sonrisa en su voz. Como si no le pareciera incómoda esta situación. ¿Tan a gusto se sentía conmigo? Ella siguió hablando:

—Es solo que había salido de trabajar y el cielo estaba nublado, así que he probado a llamarte.

—¿Me llamas porque hay nubes?

—Creo que, siempre que me has llamado, el cielo se veía así. Y como hoy no lo habías hecho, decidí contactarte yo.

—¿Te apetece tomar una copa?

—¿Ahora?

Me preguntó de vuelta, como si no se esperase esa propuesta. Sin embargo, por su voz algo animada, no me pareció que le disgustara la idea. Para mí, tomar algo tan tarde era el pan de cada día, y por más que lo pensara, no me parecía raro ir a beber con ella. Cada vez que quedábamos al atardecer, no faltaba el alcohol.

—Tendrás que responsabilizarte de haberme llamado a estas horas. Encima que me has hecho levantarme.

—Hmm… Vale, entonces iré para allá. Que estoy conduciendo.

—Nos vemos en un rato.

Me levanté y me lavé la cara. No es que quisiera estar guapo, pero tampoco quería que me viera hecho una porquería. Seguro que me había llamado porque vivíamos cerca. Pensando en eso, recordé lo que me había dicho antes. Lo de llamar en los días nublados. Me dio la sensación de que ella también era alguien que había mirado el mundo a través de una ventana empañada alguna vez.

—Un caldo de sopa de pescado y una botella de *soju*[4] y otra de cerveza, por favor.

—¿Para *somaek*[5]? Vaya, veo que también sabes beber…

Cuando se rio, me pareció una persona sencilla. Al ser tan raro que ella me hubiese llamado primero, exageré y dije:

—Hablándome a estas horas… ¿Te crees que no tengo nada que hacer?

—No es eso. Por algún motivo, pensé que saldrías hoy. Además, tú eres el que ha propuesto tomarnos algo. Tú solito me has demostrado que no estabas liado.

—No me analices psicológicamente ahora, por favor.

—¿Eso he hecho? Vaya, será la costumbre.

Normalmente reaccionaba con seriedad a las bromas, pero me dio la ligera sensación de que esa era su propia forma de bromear. Mezcló con habilidad *soju* y cerveza en los vasos y me ofreció uno. Aquellos movimientos no encajaban con sus delgadas manos.

—Pero ¿por qué me llamas siempre que está nublado? Justo por eso, cuando vi hoy el cielo, pensé que lo harías.

—¿De verdad hago eso?

—¿No lo sabías? Cada vez que pienso: «Ah, hoy hay nubes», de repente me llamas. —Tras beberse su vaso de un trago, siguió hablando—. Por eso pensaba que odiabas ese tipo de días. Es peor estar solo en un día odioso.

—Lo normal sería pensar que llamo porque me gustan los días con el cielo así.

____

4. Bebida destilada típica de Corea a base de arroz.
5. Mezcla entre *soju* y cerveza (*maekju*).

—Bueno, a lo mejor es porque la gente que me busca siempre odia estar sola. A mí no me gustan. Los días nublados, digo. Por eso te he llamado.

Aunque su ritmo tranquilo al hablar me resultó formal, me sorprendió que me contara algo de sí misma. No solía compartir sus sentimientos. La mayoría de las veces, se explayaba sobre tesis y temas relacionados con sesiones de terapia. Así era ella.

—¿Por qué no te gustan? —pregunté con cuidado.

—No son claros, y tampoco es que vayan a traer esa lluvia tan agradable. Solo son ambiguos, ¿no crees? Me recuerdan a mí. Si pienso en la gente que acude a las consultas, no puedo sentirme feliz, pero tampoco puedo ponerme a llorar frente a ellos.

Estaba claro que el trabajo la absorbía completamente.

—¿Por qué no te gustan a ti, Sangwoo?

Una imagen se desplegó en mi cabeza. Aquel cielo que no podía ver con claridad. Ese que solo podía discernir entre los huecos de los viejos y sucios barrotes. Siendo ella, ¿me escucharía hablar de esto? ¿Cómo se lo tomaría? Si se había dado tanta prisa en tratar de dejar eso atrás, ¿por qué sentía que seguía en aquel lugar, en aquel mismo momento? Cuando me quedaba solo, ¿por qué volvía a pensar que quería morirme? Su pregunta me descolocó. Le mostré mi verdadero yo, como un puzle al que se le van cayendo las piezas poco a poco.

—¿Sangwoo?

Me miró con una expresión algo más grave. No sabía qué podía decirle. ¿Debía ser sincero o soltar alguna broma, como había hecho hasta ahora? ¿Y si era esa la razón por la que me estaba derrumbando? Si le mentía, ¿se daría cuenta? Por algún motivo, me pareció que sí. Que podía distinguir lo que era verdad de lo que no.

—Lo cierto es...

Dejé escapar una risa incómoda. No quería hablar de una forma demasiado seria. Solo me salía un hilo de voz. Me tragué los sentimientos que me habían formado un nudo en la garganta antes de continuar.

—Hace mucho, intenté suicidarme. Estaba de pie, en la azotea de un edificio. No sabía por qué quería morir, solo lo quería. Pero alguien llamó a Emergencias y terminé internado en la unidad psiquiátrica de un hospital. Estuve allí cuando cumplí la mayoría de edad, y también durante la graduación del instituto. Sin poder ni tener nada que hacer, solo miraba por la ventana, pero el edificio era tan viejo que el cielo siempre se veía empañado, aunque no hubiera ninguna nube. Cuando los días son nublados, me acuerdo de ello. Es absurdo, ¿verdad? No es que no me gusten, solo me recuerdan a esa época.

Guardó silencio.

—Todos me preguntaron por qué lo hice, pero yo tampoco lo sabía. Me pregunté si de veras hacía falta una razón. Yo solo... pensaba esas cosas porque sí.

—Yo...

Clavé la mirada en el vaso. No podía mirarla. La humedad se condensaba en el vidrio y las gotitas resbalaban lentamente. Sin importar la respuesta que fuese a darme, pensé que no debía guardarla en mi corazón. Tampoco importaba si volvía a preguntarme, los ánimos que tratase de darme ni la simpatía que me mostrase. Sin embargo, sus palabras no encajaron en ninguna de las opciones que me esperaba.

—De pequeña, una vez me perdí por las calles cerca de mi casa. Nos habíamos mudado allí hacía poco. Además, tenía un pésimo sentido de la orientación, igual que ahora. Pero mi padre vino a buscarme. Y después de eso, me enseñó el camino a casa. También lo de contar hasta tres, y repetirlo. Por eso todavía lo hago antes de empezar las sesiones. Y, cuando me voy a casa, también tengo que contar. —Se detuvo—. Supongo que todos tenemos algo que no podemos olvidar.

Apuró la copa de alcohol. Bajó el fuego de la sopa que empezaba a hervir, lo mezcló bien y me sirvió un poco. No fue hasta que terminó de llenar también su cuenco cuando volvió a hablar.

—Tomo esto y me voy. Se me había olvidado que mañana trabajo.

—Ya veo.

Me bebí el vaso con rapidez, queriendo salir de allí cuanto antes. Sin llegar siquiera a tomarme la mitad de la sopa. Sin decir nada en especial, ella bebió a su propio ritmo. ¿Alguna vez habría compartido un momento tan deprimente con alguien? No estaba seguro de si sería por el ambiente incómodo, o por lo que yo había soltado. Pagué la cuenta aprovechando que ella se había ausentado un momento. Quería irme ya. Quería salir de esa situación.

—Ve con cuidado.

Mientras Jian esperaba a un conductor designado, me despedí de ella nervioso y me giré, sin quedarme siquiera a esperar que se subiera al coche. No podía saber si le habría importado o no, pero tampoco me agarró al darme la vuelta. ¿Por qué me resultaría tan doloroso? Justo entonces, pude ver el egoísmo que se escondía en mi corazón. Siempre había querido que alguien me agarrase. Como yo no podía, había estado esperando a que alguien lo hiciera.

Odié casi con locura esa sensación. Al fin y al cabo, ¿cómo iban a reducirse a ese anhelo todos mis esfuerzos, todo lo que había hecho hasta ahora? Pasé de largo mi casa y seguí caminando, planeando llegar hasta el fin del mundo, pero el camino se extendía sin límites. Como un lugar donde andar eternamente.

Pero pronto me pareció demasiado duro seguir y me rendí. Mis pasos se detuvieron justo a mitad del puente de Seogang, la zona oeste del río.

Tras haber caminado sin mirar nada más que el suelo, levanté la cabeza. A un lado, los coches circulando de madrugada; al otro, las aguas del río Han, más oscuras que el propio cielo. Esa penumbra que tanto había deseado, la que me permitiría ver el brillo del firmamento. Quería sumergirme en una oscuridad aún mayor que la de la noche. No importaba cuánto me esforzase, al final siempre llegaba ahí, al mismo sitio. Como si hubiera estado dando vueltas continuamente.

Pensé que había cambiado desde lo que pasó tras aquel día. Y, sin embargo, ahí estaba de nuevo, queriendo olvidar aquella mirada de mi madre. Sus palabras animándome a seguir con mi vida, y esos ojos que quería evitar. Sentí que solo seguía forcejeando por ellos. Por no ser capaz de rendirme.

Igual que la última vez, mi cuerpo se congeló. Pensé en dar un paso; no hacia atrás, sino hacia delante. Solo tenía que mover mi cuerpo como si tratase de saltar un muro. Solo tenía que sacar mi cuerpo hacia fuera y dejarme caer, como en una voltereta.

¡Tac!

Me agarré a la barandilla. Recuperé un poco las fuerzas. Traté de mover de alguna manera mi cuerpo en tensión. En ese momento, un sonido llenó el aire.

Bzzz. Bzzz.

¿Jian…?

Era ella. Me estaba llamando. ¿Sería para preguntarme si había llegado bien a casa? ¿Debería contestar? Mientras me decidía, la vibración continuó. Aquella llamada me hizo dudar. Como si, incluso ahora, hubiese estado esperando que alguien me agarrase.

—¿Diga?

—Sangwoo, te llamo porque quería preguntarte una cosa.

—¿Qué?

—Por casualidad… ¿todavía piensas en ello? Necesitas… ¿necesitas ayuda?

Noté una urgencia extraña en ella. Esa misma urgencia me hizo ver que no lo decía porque sí. El viento que soplaba sobre el río fue debilitando mi cuerpo rígido poco a poco. Con todas mis emociones tratando de escapar por mi garganta, logré contestar.

—Sí. Ayúdame, por favor.

—Voy ahora mismo. Solo dime dónde estás.

Jian fue hasta allí. Sin dejar de hablarme, no cortó la llamada en ningún momento. No me preguntó cómo me sentía, ni tampoco el porqué de mis actos. Solo me contaba anécdotas de hace tiempo sobre ella. Mientras la escuchaba contar esas historias con intensidad, yo le respondía con sonidos en vez de palabras. Cuando al fin me encontró, corrió hacia mí con sus zapatos de tacón bajo. Sus pequeñas manos tomaron mis muñecas.

Tras esto, me habló sobre un centro de atención psicológica. Permaneció a mi lado en cada paso. Durante la asignación de las citas y también en mi primera visita a aquel lugar. Fue la primera persona en aceptar que yo quería morirme sin razón ninguna.

Hablamos de muchísimas cosas aquel día.

Mi madre, quien nunca había probado a subirse al borde de un edificio, nos dejó. En un día nublado, como el cielo que asomaba entre el polvo y los barrotes de la ventana.

Esquela

Se comunica la defunción de la madre
de Sangwoo Im, el 20 de junio de 2023,
en torno a las cinco de la mañana.
Descanse en paz.

Difunta: Munseon Kang
Velatorio: Funeraria XX, Sala 3
Funeral: Domingo, 2 de julio de 2023, 11:00

Siguiendo las instrucciones de la funeraria, envié la esquela por mensaje. Durante el funeral de mi padre, mi madre estaba ahí, pero ahora él no estaba en el de ella. Bueno, sería más correcto decir que «no podía» estar. Me dirigí a él en mi mente. *Tres días. Solo la retendré a mi lado por tres días, antes de dejarla ir contigo. Por favor, espera un poco.*

El primer día vinieron los parientes cercanos. Mis tías estaban aún más destrozadas que yo. Al verlas llorar, sentí que me volvía de sangre fría; no era que no sufriera, pero no era capaz de llorar así. La muerte me resultaba incómoda. ¿Sería por eso?

El segundo día vinieron Jian y Jihoon, ya por la noche. El centro no solía cerrar tan tarde, así que supuse que habían escogido ir en un momento en el que no hubiera mucha gente. Ella, con una blusa blanca, unos pantalones de traje negros y hasta con los calcetines de ese mismo color, parecía incómoda por algún motivo. Es más, me dio la sensación de que hacía más tiempo que conocía a su hermano, vestido de la misma manera, que a ella.

—Sangwoo…

Después de rezar en silencio, Jian no dijo mucho. La preocupación, más que la pena, le inundaba los ojos. Su tristeza, más por mí que por mi madre, me incomodó. Su mirada intensa me atravesaba el corazón. Un llanto me subió de golpe por la garganta, pero me contuve.

—Debes de sentirte… terrible.

Sobre la mesa había servida una comida sencilla, con carne de cabeza de cerdo ya fría, y tortillas y caldo de ternera en envases para llevar. Jian propuso salir de allí un rato e ir al centro, mientras que Jihoon se dirigió a mí. Seguramente habría tratado de encontrar algo educado que decir y habría soltado eso.

—Estoy triste, pero no del todo. Mi madre lo estaba pasando muy mal, lo único que podía pasar es que nos dejase y se fuese con mi padre. La verdad es que nunca fui un hijo muy cariñoso. Cómo decirlo… Siempre estaba fuera de casa, dando vueltas por ahí. El tiempo que más he estado con ella ha sido durante su estancia en el hospital —contesté con calma.

—Vaya, no me lo esperaba. Pensé que, bueno… que erais muy cercanos.

—No es que no nos llevásemos bien. Es solo que hubo ocasiones en las que la hice sufrir. Y no quería enfrentarme a sus expectativas y esas cosas.

—Entiendo.

No trató de decir nada más. No sabía si era porque no sentía curiosidad, o porque le parecía de mala educación seguir preguntando. No obstante, verlo esforzarse en guardar silencio me pareció que era su manera de mostrarse considerado conmigo. Sin preguntar, solo escuchando al otro. Manteniendo cierta distancia y aliviando preocupaciones. Su estilo era opuesto al de su hermana.

—Cómo tarda Jian.

Había salido un momento a atender una llamada del trabajo, que parecía estar alargándose. Apenas quedaba gente ya en la funeraria, y Jihoon y yo seguíamos delante de la mesa, los dos solos. Era algo incómodo, ya que me dio la impresión de que nunca antes había tenido una conversación con él. Sin embargo, como si no le importase la tensión del ambiente, siguió hablando mientras comía un poco.

—Eh, ¿cómo terminaste trabajando con ella?

—¿Qué?

—Ah, no es nada, solo me sorprende lo bien que se lleva contigo.

—Quería saberlo.

—¿Eh?

—Quería saber cómo se sentía la gente que seguía viviendo. Las razones que tendrían, cómo podían dejar atrás una pena tan grande y seguir adelante. Cómo podían seguir. Yo habría querido rendirme. No querría… tener que aguantar ese dolor.

Él solo levantó la cabeza para mirarme. De nuevo, no preguntó nada más. Supuse que no lo haría, sin importar lo que yo le contase. Quizá fue eso mismo lo que me llevó a seguir hablando, como si estuviese solo.

—Quería entender qué era vivir. Tal vez nos terminamos juntando porque teníamos eso en común.

Noté que alguien acababa de entrar. Era Jian. Mientras se acercaba a nosotros, me dirigí a su hermano en voz baja.

—Cuida bien de ella. Las personas que se caen a pedazos se reconocen entre sí. Esa es la verdadera razón por la que empezamos a trabajar juntos.

Nada más cerré la boca, ella ya estaba detrás de mí. Se puso de pie a mi lado, y con una expresión de disculpa, habló:

—Lo siento, me ha surgido algo urgente… Creo que tengo que irme ya al centro… Jihoon, ¿tú qué vas a hacer?

—Me iré, supongo.

—Sangwoo, ¿estarás bien?

Colocó su mano sobre mi hombro. No podía apoyarme en aquella pequeña mano, que me daba palmaditas. Sonreí con aire despreocupado.

—No pasa nada, estoy bien. Mañana ya es el funeral. Además, es tarde. Deberías marcharos.

—Siento no poder quedarme más.

—Si ya sabes que voy a repetir que estoy bien. Lo haces a posta, ¿no?

Solté una risa corta, y ella me respondió con una leve sonrisa acompañada de una mirada de alivio. Esperó hasta el final para disculparse conmigo. En cuanto a Jihoon, más que reprimir sus emociones, actuó con educación. Una vez que salieron, el silencio inundó la sala. Una empleada me dijo que me fuera a descansar, mientras limpiaba la última mesa que quedaba.

Solo quedábamos ella y yo, en esa última noche en la funeraria. Tras despedirme, empecé a rememorar uno tras otro mis recuerdos.

⁕

La vez que le dije a mi madre que me iría a una residencia durante la universidad, tras recibir el alta, no me contestó nada del otro mundo. No había ni rastro de preocupación en ella, como si hubiese olvidado mi estancia en aquel lugar, o cuando me subí a la azotea de aquel edificio. Pero yo sí recordaba lo pequeñas que se veían las letras sobre el asfalto, desde allí arriba. Lo único que me dijo fue:

—Si así te sientes más tranquilo, hazlo.

¿No se creía que había intentado suicidarme? ¿Que realmente podía morir? ¿Aquellos tres meses en el hospital le parecerían un simple acto de rebeldía? Sin embargo, sus palabras no me decepcionaron. Volviendo la vista atrás, lo hizo lo mejor que pudo.

Iba a verla los fines de semana. Así, pasaba allí un día a la semana, que solía ocupar con trabajos y bares. Era lo mínimo que podía hacer, ya que estaba sola, pero, a decir verdad, sentía miedo de que fuese a morir de repente igual que mi padre. Me la imaginaba tirada en el suelo, nada más abrir la puerta de la entrada. Pero esas visiones nunca llegaron a cumplirse. Una de las veces, me recibió con un vestido estampado.

—¿Qué quieres hacer después de graduarte?

—Tengo pensado ir a Seúl y buscar trabajo.

Estábamos teniendo una comida sencilla, estofado de pasta de soja y hojas de sésamo aliñadas. También había carne de pato, que bastaba con asarla, y a su lado un cuenco con mostaza amarilla. No sería ninguna exageración decir que, durante toda mi adolescencia, siempre comía con los mismos platos de acompañamiento: tallos de ajo y *kimchi*[6]. Aun siendo su único hijo, no me había criado con mucho cariño. Tampoco me abrazaba. Cuando mi padre volvía, ella se iba a trabajar, por lo que no tenía ocasión de cocinar. Me trataba con indiferencia, pero no supe que se trataba de su carácter firme hasta que mi padre falleció.

—No te preocupes por mí. Mientras uno siga vivo, siempre encontrará algo que hacer —dijo tras terminar de comer.

Aunque yo no estaba preocupado por el futuro precisamente, esas fueron sus palabras. *Mientras uno siga vivo… Algo que hacer… No te preocupes…* Diseccioné su frase parte por parte. «Vive». «Encuentra algo que hacer». Tras oír eso, no fui capaz de responderle.

---

6. Plato de acompañamiento típico coreano, a base de col asiática fermentada con pasta de pimiento.

Después de mudarme a Seúl, tampoco hablaba mucho con ella. Solo bajaba a verla en días festivos y por el aniversario de la muerte de mi padre. Y de nuevo, me ponía los mismos platitos, tallos de ajo y *kimchi*. El sabor fuerte de los tallos mezclado con el arroz blanco me recordaba a cuando aún estábamos los tres, porque siempre comíamos lo mismo. En ese momento pude comprender por qué los seguía preparando. Ella también lo echaba de menos.

Cada vez que volvía a la capital, no me mandaba de vuelta cargado de táperes. No podía llevar una mochila demasiado pesada, pues primero tenía que ir andando hasta la estación, tomar el autobús, bajarme en Seúl y allí tomar el metro. Cuando le dije que tenía que irme, ella me preguntó lo siguiente:

—¿Cuál prefieres llevarte?

—El *kimchi*. Pero no me des mucho, solo un poco.

Usó un envase no muy grande. Entonces, para que no se escapase el caldo, lo envolvió en plástico, lo metió en una bolsa y la ató con fuerza. Me preguntó si quería algo de tallos, pero no le contesté. No quería tener que seguir recordando mi adolescencia ni un día más. Cuando pensaba en que todos me abandonarían en algún momento, no era capaz de hacer nada de nada.

A pesar de ser las tantas de la madrugada, seguía despierto. Quizá porque era la última noche con mi madre. No quería dormir, solo sentir el lento pasar de las horas. Si aquel día hubiese aceptado el táper de tallos, a lo mejor ahora quedarían unos pocos en el frigorífico. Tal vez pudriéndose lentamente, ya que nunca comía en casa. Bueno, a lo mejor seguirían conservados por el frío de la nevera. Por aquel entonces, ya sabía que no podría volver a ese momento. Y, justo por eso mismo, no quería ver a mi madre. Porque no quería pasar por ese dolor tan inmenso cuando todos me dejasen.

Tal vez por eso no lloré ni una vez durante aquellos días en la funeraria. Porque ya estaba preparado para despedirme de todo el mundo. Desde el momento en que la muerte pasó por mi padre y se aferró a mí, hasta el fallecimiento de mi madre.

Ahora… ¿ya no hago falta en ninguna parte?

Había desaparecido la casa familiar donde visitaba a mi madre de vez en cuando. Los dos familiares que me llamaban «hijo» se habían ido. Alguien ocupaba mi asiento en la oficina a la que solía acudir cada día. El alba empezaba a romper, lo que significaba que, pronto, aquella funeraria también dejaría de ser el sitio en el que debía estar. Si la vida que había llegado a su fin había sido la de mi madre, ¿por qué era yo quien se sentía así?

Mamá…

Miré la fotografía de mi madre, en la que aparecía con buena salud. Tenía un aspecto fresco, sin esa aura de muerte. Así era como yo la recordaba, con total claridad. No importaba cuánto huyese, mi madre había sido el lugar al que yo pertenecía. Tampoco importaba si me había preparado o no para esta ola de pena. En el instante en que ella dejó este mundo, entendí que, en esas ocasiones en las que dije que estaba bien, solo estaba en un estado de negación. En realidad, sí era alguien importante para mí. Sí quería recordarla. No quería dejarla ir. Mientras estaba en la habitación del hospital durante sus últimos momentos, fui consciente de todo esto. De lo mucho que iba a echarla de menos.

Un desfile de vívidas imágenes cruzó mi mente. El asfalto de aquel día. Las pequeñas señales escritas sobre la carretera. Las cabezas de los transeúntes de apenas el tamaño de la articulación de uno de mis dedos. El cielo medio encapotado y las puntas de mis pies sobrepasando el borde de la azotea.

—¡Sangwoo!

De repente, di un salto al escuchar mi nombre. Al girarme hacia el lugar de donde provenía, me encontré con Jian en la entrada. Quedaba un poco para las cinco de la mañana. Me sorprendió que alguien se presentase allí a estas horas, pero más aún que se tratase de ella.

—Jian, ¿qué haces aquí tan tarde…?

—Sangwoo… Necesitas… ¿necesitas ayuda?

—¿Cómo?

—Que si… que si necesitas ayuda ahora.

Hablaba tratando de recuperar el aliento, como si hubiese venido corriendo. ¿Estaba allí para preguntarme si necesitaba ayuda? No podía saber lo que estaría pensando. Aun así, no podía mandarla de vuelta, así como así. Y tampoco podía mentirle diciendo que estaba bien.

—Ven conmigo a un sitio.

—¿Eh?

—Dos horas. No, con una sola hora basta.

¿Dejar la funeraria vacía para ir a saber dónde? Tras decir cosas sin sentido, ella me agarró de la muñeca. Aunque no tenía la fuerza como para sacarme a rastras de allí, yo avanzaba a zancadas tras ella. Sin dejar ir mi brazo, Jian corría sin descanso. El sonido de sus tacones resonaba por la calle. Entonces, me condujo hasta un callejón familiar. Era el que estaba detrás del centro de autopsias psicológicas.

—Vale… vale, es que… me pareció más rápido traerte yo que darte la dirección… Aquí, aquí… Espera, ¿qué… hora es?

Apenas lograba hablar mientras intentaba respirar. El centro no estaba muy lejos de la funeraria, habíamos tardado unos diez minutos en llegar corriendo hasta aquella calle. ¿Tan urgente sería, que no podía ni llamar a un taxi? Jadeando igual que ella, le contesté.

—Las… las cinco.

—¿A qué hora… falleció exactamente tu madre?

—A las… cinco y… cinco.

Todavía con las respiraciones agitadas, hablábamos de forma breve. Empapado en un sudor que me recordaba a aquella escena del asfalto desde la azotea, exhalé. Logrando recomponerse antes, Jian empezó a explicarme despacio.

—Menos mal que no es tarde… Yo no puedo entender todo lo que sientes, pero… aquel día en el que estabas en el puente sobre el río, de camino a casa no podía dejar de pensar en ti. Es difícil de explicar, pero… simplemente sentí que debía llamarte. Y hoy he vuelto a notar esa misma sensación, así que… Por eso he venido. No podía dejar pasar esto. Me pareció que me iba a arrepentir… Por eso, tengo algo que preguntarte. ¿Necesitas ayuda?

De pie en el sitio, recordé lo que le había dicho a Jihoon antes. Las personas que se están derrumbando se reconocen entre ellas. ¿Estaba ella también a punto de desmoronarse? ¿Sería esa la razón por la que había vuelto a averiguar cómo me sentía? Entonces, me dio la espalda. Delante de ella, había una vieja cabina de teléfono.

—A las cinco y cinco, quiero que pruebes a llamar a tu madre.

—¿Qué estás…?

—Solo confía en mí y hazlo.

Me miraba con unos ojos firmes, convencidos. De alguna forma, no había ni rastro de duda en mí, quería creer en cualquier cosa. Hice tal y como ella me decía, descolgué el auricular negro y pulsé las frías teclas de metal de la cabina. El número de mi madre, ese que tanto marcaba de pequeño. Sin haber siquiera metido ninguna moneda, sonó el tono de llamada. No me pareció algo extraño, ya que no había anulado su número. No obstante, alguien respondió al otro lado de la línea. Era la voz de mi madre.

—*Sangwoo. En estos últimos momentos aquí tumbada, quería dejarte una carta o algo, y me duele tanto no poder hacerlo. Debería haberte escrito algo mientras aún tenía salud. Haberte dejado cualquier cosa. Sufrí muchísimo cuando estuviste en el hospital. Temía perder a alguien a quien amo. Pero ahora, siento ser yo la que te haga sentir así. Aunque no te dije muchas cosas sobre ello, lo único que podía hacer era depositar en ti toda mi confianza. Tras recibir aquella llamada de la policía, y mientras estuviste ingresado, me aferré a ese pensamiento de que debía creer en ti. Al igual que tú has creído en mí. Al igual que tú confiabas en que permanecería a tu lado. A pesar de que no hemos podido pasar más tiempo juntos, gracias por haber estado conmigo en mis últimos momentos. Te quiero, y creeré en ti hasta en mi muerte. Junto a tu padre.*

Sonaba con fuerzas, como antes de enfermar. Era su voz, con un tono decidido y firme, que siempre había encajado con su personalidad. Sin embargo, en el hospital, sus músculos se fueron debilitando, y tal vez pasó lo mismo con sus cuerdas vocales, ya que empezó a hablar entre susurros. Después de ser intubada, costaba aún más entenderla. Pero ahora, a través de aquel auricular, había sonado robusta y sana. Hablando con esa voz que yo tan bien recordaba.

—¿Has podido escuchar los últimos pensamientos de tu madre?

—Los últimos… pensamientos…

Eso acababa de decir, sí. Los últimos pensamientos de mi madre. Los últimos… pensamientos… de mi madre. No se había olvidado de nada. Solo pensaba en mi difunto padre, en mí subido en aquella azotea y en la fe que tenía en mí. Ella también temía perder a quienes más quería, igual que yo tras la muerte de mi padre. Pero aun así siguió adelante, mientras que yo había querido arrojarme a la muerte. Rendirme por completo.

De la misma manera que aquel día, cuando vino corriendo a mí, Jian se quedó a mi lado, hablando detenidamente de sí misma.

—Hace mucho tiempo... siempre esperaba a mi padre en este sitio. Cuando llegaba tarde, lo llamaba desde aquí. Un día, se hizo cada vez más y más tarde, y él no aparecía. Traté de llamarlo varias veces, pero no contestaba. Pasó más tiempo. Fue poco después de la medianoche cuando conseguí contactar con él. Sin embargo, lo que oí... era más como una última voluntad. No importaba lo que yo le preguntase, no respondía, solo relataba sin parar las cosas que quería que yo escuchase.

Me giré despacio hacia ella y la miré. Como si estuviera a punto de romperse en mil pedazos, continuó con una voz temblorosa:

—Después de eso, probé a llamar otra vez, pero de nuevo no daba señal. Me pasé toda la noche intentándolo. Y más tarde... alguien vino a buscarme. No era él, sino otra persona diciendo que mi padre había muerto. En un accidente. Para cuando lo llamé, para cuando escuché aquellas últimas palabras, ya había tenido lugar el accidente... —Se detuvo—. Entonces, supe del secreto de este lugar. De que podían escucharse los últimos pensamientos de los difuntos. Algo como un milagro, en el que se juntaban emociones tan fuertes que...

El cielo, que empezaba a iluminarse tras de mí, se reflejó en sus ojos. La penumbra de aquel azul oscuro se desvanecía poco a poco, cediendo antes unos tonos rojizos. No pude decir nada, inundado por una ola de sensaciones. Entre ellas, compasión por Jian. Notaba con claridad cómo trataba de sostener su corazón, como si fuese a derrumbarse en cualquier momento. Igual que el mío.

—No puedo comprender al completo cómo te sientes, ni qué te hace sufrir, ni cuánto te duele. Pero lo que no quiero saber es cómo se siente perderte. No quiero saber lo que piensas a través de esta cabina. Quiero escuchar cómo hablas de verdad, cómo contestas. Así que, Sangwoo, dime con sinceridad… ¿Cómo te sientes?

Guardé silencio.

—¿Sigues pensando en la muerte, aun ahora?

No podía olvidar aquellos instantes tan vívidos, subido en la azotea, parado en medio de un puente… Tenía que ser sincero, tenía que decirlo. Porque yo…

—Quiero vivir. No quiero morir… Pero no sé qué debo hacer. Ya no me queda familia, no queda nadie a quien entristecer con mi pérdida, ni tampoco nadie de quien tenga que cuidar. No sé cómo seguir adelante… Por eso, he estado tan perdido. Temía no poder seguir. Temía que todos abandonasen este mundo y me dejasen solo. Me parecía que ya no tenía un lugar al que pertenecer, y no quería seguir sintiéndome mal…

—Yo me pondría triste con tu pérdida… Te ayudaré, al igual que he estado haciendo hasta ahora. Regresa al centro, Sangwoo. Trabajemos juntos de nuevo.

Jian dio un paso hacia delante. Si para mí un paso adelante significaba el final, para ella era un comienzo. Dejé caer mi cuerpo sobre ella. El amanecer iba iluminando el cielo, las nubes poco a poco se desvanecieron. Al desaparecer un enorme cúmulo que cubría la mitad del cielo, el sol hizo su aparición. El día nublado dio paso al despejado. El ayer dio paso al hoy.

Jian se quedó conmigo durante todo el funeral. En cuanto a mi madre, volvió a los brazos de mi padre.

—Oh, hoy es nuestro último día.

Sentado frente a mí, el terapeuta bromeó poniendo una expresión de lástima, pero con una leve sonrisa. A pesar de que le había preocupado mi repentina decisión, confiaba en ella. Pensando que en eso consistía su papel, en confiar.

—Muchas gracias por todo este tiempo.

—Espero que no volvamos a vernos. Lo digo en el mejor sentido posible.

Se rio con naturalidad. Soltó aquello como si fuese algo bueno no tener que verse con un psicólogo. Por si acaso se volvía un malentendido, añadió un «si te encuentras mal, debes venir de inmediato». También entre risas, bromeé comentando si no se estaría contradiciendo demasiado.

—Espero que estés bien.

Después de habernos visto por siete años, era una despedida muy aburrida. Pero a mí tampoco se me ocurrió decir nada mejor.

—Lo estaré.

Me levanté del mullido sofá. Tenía la longitud adecuada, igual que el del centro. Era blando pero firme, y no dejó escapar ningún ruido cuando dejé el asiento. Recordé lo a gusto que me sentía en él, evocando la época en la que escogimos uno como este mientras decorábamos el centro.

—Sangwoo, espera.

Se levantó también y me llamó. Entonces, me dijo con suavidad:

—Asegúrate de contarle a esa persona lo mismo que me has contado hoy aquí. Es posible que le dé fuerzas.

—Así lo haré.

Volví a sonreír. Tras despedirlo con la mirada, salí de la consulta. Al terminar la sesión, pensé en esos últimos siete años. En el día en que Jian corrió hacia mí, en todo lo que me contó. En cuando me recomendó este sitio. En sus palabras diciéndome que podía seguir adelante. Dirigí la vista hacia el enorme ventanal del pasillo que ocupaba toda la pared. El cristal era transparente, sin ninguna mota de polvo ni ninguna mancha.

Aunque era un día de entre semana, había mucha gente. Al pensar que estaban allí de camino a su destino, comprendí de forma vívida que la gente se marchaba. Bueno, más que marcharse, se dirigían a otro lugar. ¿Cuántas de aquellas personas emprenderían un viaje hacia algún nuevo lugar, como yo? ¿Quiénes serían? No tenía forma de predecir algo así. Tanto antes como ahora, no podía ver qué ocurriría el próximo mes, ni la semana que viene, ni tampoco mañana.

Tuuu. Tuuu.

Metí el billete de avión en el pasaporte y pulsé el botón de llamada. Quería despedirme de Jian antes de salir del país. Ella respondió al tercer tono. ¿Habría vuelto a contar hasta tres antes de contestar? Sonreí al imaginármelo.

—¡Sangwoo!

Escuché su voz alegre. Esa madrugada me pidió que fuera al centro, después del funeral, pero le había dicho que necesitaba tiempo para pensar. Aún no había pasado ni un mes cuando le dije que quería irme de viaje, sin saber bien por cuánto tiempo ni a dónde. Ella, preocupada, me había preguntado:

—¿De verdad tienes que irte? Creo que te vendría bien intentar estar aquí por un tiempo…

—Quiero probar a llevar una vida diferente. Llevo mucho tiempo metido en el hospital, cuidando de mi madre.

Aunque me dijo varias veces que acudiera al centro, me mantuve firme. Contesté que quería afrontar cada día como uno nuevo. Que quería probar a practicar para poder sentir la vida como algo nuevo, y que era allí hacia donde me dirigía, hacia esa práctica. Al final, terminó perdiendo la batalla contra mi cabezonería.

—Siempre tendrás aquí tu sitio, para cuando quieras volver.

Finalmente, hoy era el día. Era el primer día de mi viaje. Estaba llamando ya desde el aeropuerto.

—El vuelo va a salir pronto. Te llamaba para decirte que a lo mejor es un poco complicado hablar a menudo.

—¿En serio te vas? Estoy un poco triste, la verdad.

—Recordaré este momento como la única vez en la que has perdido en algo. Y mira que tú también eres cabezona.

Ella se rio, avergonzada. Durante un momento, no escuché nada. Supuse que ambos estábamos dudando sobre lo que queríamos decir. Ella fue la primera en romper el silencio.

—¿Cómo te sientes…?

Habló con cuidado, como si fuera nuestra última llamada. A decir verdad, podía ponerme en contacto con ella cuando tuviese internet, pero no era lo mismo. Apoyándome en esa idea de que era «la última llamada», le conté todo lo que quería decirle.

—Volviendo la vista atrás, en esos días en los que quise quitarme la vida sentía que todo se desmoronaba. Me parecía que todo acabaría de la misma manera. Hasta que tú… me preguntaste. No, ese día también. Sin embargo, ahora pienso que cuando algo se desmorona por completo, se puede comenzar de nuevo. Se puede vivir de nuevo.

—¿Aún sientes que todo se ha desmoronado?

—Más bien, siento que puedo hacer cualquier cosa, desde cero. Así que, Jian, tú también… Prueba tú también a reconstruir. Aunque todo se derrumbe hasta que no quede nada en pie, empieza desde el principio. El ahora, ese es el lugar donde debemos estar. Donde debemos seguir adelante, conversando, preguntando y respondiendo.

—Veo que… ya lo sabías.

Su respuesta sonó llana. Por costumbre, cuanto peor se sentía, más monótona se volvía su voz. Varios días después de haber escuchado a mi madre en aquella cabina, volví al lugar para intentarlo de nuevo. Cuando apenas me faltaban unos pasos para llegar, de repente lo pensé. ¿Seguiría Jian acudiendo aquí también en busca de algo? Al escuchar hoy su tono, supe que mi sospecha era cierta.

—Estaré bien. Seguiré adelante, no importa cómo. Pero tú también debes librarte de ese sufrimiento.

—Sangwoo…

—En vez de ir allí, llámame a mí. Contestaré a todo lo que quieras saber. También presumiré un poco, ya que tú nunca has viajado al extranjero. Hasta que volvamos a hablar, ¡llévate bien con tu hermano! Que ya no hay nadie que vaya a aliviar ese ambiente tan tenso.

—Anda que… Si tú tampoco habías salido del país hasta ahora.

Contesté con ligereza, sabiendo bien cómo se sentía, y ella solo aceptó mis palabras. Decidí que, de ahora en adelante, creería en ella. En que podría empezar a construir su vida desde cero, aunque se desmoronase. En que podría salir adelante. Pues ella creía lo mismo de mí. Ambos creíamos el uno en el otro.

—Te llamaré.

Después de colgar, le mandé un mensaje a Jihoon. Que cuidase bien de ella, incluyendo cinco signos de exclamación. Era casi la hora de partir cuando me subí al avión. Me abroché aquel cinturón de aspecto tan flojo, del que no me quedaba otra que fiarme, y me acomodé en el asiento. Al ser una aerolínea de bajo coste, eran estrechos y duros, pero eso no me quitó la emoción de viajar.

Una vez que el avión despegó, miré con asombro el cielo. Un mundo por encima de las nubes.

CAPÍTULO 6

Lo que significa una llamada

El centro estaba vacío. Sin clientes, ni Sangwoo, ni Jihoon. La única lámpara encendida era la de mi sitio. El reloj sobre mi escritorio marcaba las once y media de la noche. Como de costumbre, tras apagar el monitor y la torre del ordenador, la soledad me envolvió. A medida que se acercaba la hora, no sabía hacia dónde tenía que ir. Mis sentimientos tiraban unos de otros en direcciones diferentes.

Tú también debes librarte de ese sufrimiento.

Las palabras de Sangwoo se aferraban a mi tobillo como una cadena. Como cualquier otro día, quería dirigirme hacia el callejón tras el edificio, ese mismo sitio donde siempre esperaba a mi padre, y volver a escuchar su voz. Aunque nada cambiase, aunque no respondiese ni me preguntase nada. Se acercaban las doce. Apagué la última luz en el centro y cerré con llave la puerta. Mis pasos dejaron de sonar mientras abandonaba el edificio. Tomé el camino en dirección a la cabina, notando con cada paso aquella presión que me oprimía el corazón.

Sangwoo sigue subido en el avión, así que solo lo haré hoy. Hoy será la última vez, de verdad.

Entré y sentí el ambiente asfixiante en aquel espacio tan estrecho. El mismo que de pequeña me parecía tan grande y amplio. Antes de que fuese «la hora», leí una por una las pegatinas y los anuncios que cubrían la cabina. Servicios de reparto y de mudanzas. Búsquedas de personas. Préstamos. Todas habían perdido el color y estaban a medio pegar por el paso del tiempo: *011-0000-0000*.

Marqué el número con facilidad. Ya lo había hecho miles de veces. Fue el primero que memoricé y el que por más tiempo quería recordar. El tono de llamada sonó. Y entonces, escuché la misma voz que ayer, diciendo lo de siempre.

—*Por favor, Dios mío, deja que vea al menos la graduación de mi hija. La graduación de mi única niña. No, déjame quedarme a su lado, aunque sea un año más. Que no se quede sola. Mi hija, ella me está esperando. Por favor, si me dejas vivir, creeré por siempre. Jian, mi pequeña Jian. No estás sola. Tienes a Jihoon, y me tienes a mí, a papá. Aunque ya no podamos comer juntos, aunque ya no tengas que esperarme más, siempre voy a estar a tu lado. Lo siento. Siento no poder estar cuando me vayas a necesitar, mi niña. Oh, te lo ruego. Deja que mis hijos lleven una buena vida, aunque yo no esté.*

La voz de mi padre queriendo vivir. La primera vez que la escuché quise ir en busca de Dios. Preguntarle cómo había podido ignorar sus súplicas. Con lo mucho que quería vivir, con lo fervientes que habían sido sus palabras. Me enfurecía al sentir que mi padre simplemente aceptaba su muerte mientras se dirigía a mí. No podía rendirse. Tenía que tratar de vivir. Quizá lo habría conseguido. Sin embargo, aun más de diez años después, la razón por la que yo seguía llamando residía en estas palabras:

No estás sola.

Ya sabía que mi padre había muerto, y que no podría volver a estar conmigo. Pero, aun así, desde el momento en que nos dejó, su voz diciéndome que nunca estaba sola dejó de hacerme falta.

Esa noche, estaba de vuelta de la funeraria para arreglar ciertas cosas del negocio. Estaba tardando tanto que me puse nerviosa.

—¿Ya ha quedado todo arreglado? Sí, entiendo... Sí, gracias. Entonces, dejaremos como pendiente lo que estábamos haciendo.

Eran las tres de la mañana. Mi voz resonaba contra las paredes del centro. Había recibido la noticia de que el familiar de una víctima, quien había solicitado comenzar con el proceso de la autopsia psicológica, había terminado quitándose la vida. Tras el incidente, la policía me pedía los datos sobre la entrevista con aquella persona, comunicándome que comenzarían una investigación. No era que el centro tuviese culpa de nada, pero no podía sacudirme una incómoda sensación de encima. Si hubiese preguntado, al menos una vez más... El arrepentimiento me comía por dentro.

El caso, que quedaría cerrado sin llegar a ninguna conclusión, me oprimía el pecho. Como terapeuta, sentía pesar por no haberme dado cuenta. La culpa por no haber preguntado una vez más. El abatimiento de dejar que se repitiera aquella tristeza. Aunque todas esas emociones estaban ordenadas dentro de mí casi como un documento, quería huir corriendo hacia cualquier lugar, con el corazón encogido. Ya había pasado por clientes o pacientes que se suicidaban, pero no era algo que se volviera más fácil con cada vez. Siempre me producía el mismo dolor.

Papá.

Me puse roja, ardiendo de la inquietud y la ansiedad ante la larga y terrorífica noche que me esperaba. Solía reaccionar así cuando me estresaba. Unos parches rojos cubrían mi cuerpo, caliente aquí y allá. Sentía que iba a romperme. Imaginé mis manos separándose de mis brazos, y las piernas, de mi cuerpo, y que acababa tirada en el suelo. Me parecía que cada pedazo de mí se encogería más y más, hasta desaparecer. Recompuse mi cuerpo hecho pedazos y me dirigí hacia la cabina. No obstante, ya eran las cuatro de la mañana, la hora había pasado. Aunque lo intenté, la llamada no daba señal.

El número al que llama no existe…

Probé a meter varias monedas y llamé de nuevo. Ansiosa porque alguien contestara, la respuesta de aquella voz robótica recordándome que esa persona tan preciada para mí había muerto me sentó como una gélida notificación de defunción.

El aire de la madrugada era húmedo. Me pesaba tanto el cuerpo que me pareció estar pegada al suelo. Quería pedir ayuda. Que alguien me ayudase, no importaba quién. Por mi mente pasaron los rostros de mis pacientes pidiéndome ayuda. En ese instante, pensé en Sangwoo. El mismo que había necesitado mi ayuda, aquel con quien podía hablar cómodamente. En lugar de mis propios pensamientos, su tristeza titilaba dentro de mi cabeza. Sangwoo, quien había perdido a su madre y estaba ahora solo en la funeraria. Quien no derramaba lágrimas con facilidad y siempre afirmaba estar bien. Comprobé el mensaje de la esquela. La hora de defunción había sido hacia las cinco de la mañana, más o menos. Sin pensarlo, salí corriendo hacia donde él estaba. Y una vez allí, le pregunté entre jadeos si necesitaba ayuda.

Si me decía que estaba bien, si me lo decía de verdad, entonces estaba decidida a decírselo. A decirle que, esta vez, era yo quien necesitaba ayuda. Aunque al final no fui capaz de hacerlo, él se percató enseguida de cómo me sentía: que era mi deber encargarme de salvar a los demás, pasara lo que pasara. Que no podía centrarme demasiado en mí y perder de vista mi alrededor.

—¡Jian! ¡No soy capaz de entender a nadie por aquí! Tengo tantas ganas de hablar mi idioma que hasta me pica la boca.

Sangwoo y yo nos llamábamos una vez a la semana. Me dijo que al final se había ido a algún lugar en África. ¿A quién se le ocurriría ir hasta tan lejos en su primer viaje? Nunca llegué a conocer ese lado suyo tan arriesgado, ni siquiera cuando estaba en el centro. Me siguió explicando, exaltado:

—Ayer estaba en la *guest house* y vaya, había unos bichos enormes. No, enormes no, eran como mi antebrazo de grandes. ¡Hasta tú habrías gritado al verlos! Pero lo más gracioso es que el único que gritó fui yo. Supongo que los demás estarían acostumbrados. Uf, qué vergüenza pasé.

—Entonces, ¿lo estás pasando bien?

—Bueno, hago cosas nuevas cada día, pero echo un poco de menos trabajar en el centro.

Cuando conversaba con él, me reía a carcajadas. Hacía tanto tiempo que no lo hacía en alto, que ya ni me acordaba de cuándo había sido la última vez. Las historias que me contaba estaban llenas de sucesos inesperados antes incluso de emprender su viaje. Después de contar las aventuras casi interminables de esa semana, me preguntó por mí.

—¿Tú estás bien? ¿Qué tal con Jihoon?

—Bueno, como siempre.

—Todavía… ¿no tienes intenciones de perdonar?

—¿Qué hay que perdonar…?

Aunque le gustaba hablar, sin duda también tenía una habilidad para recordar lo que le decían. Gracias a eso, se acordaba de los casos de todos los clientes que acudían al centro, lo que me transmitía confianza. Pero eso también significaba que no se había olvidado de lo que le había dicho hacía ya mucho tiempo.

—Bueno, lo de tu madre y eso. Me lo contaste hace mucho ya. ¿No te acuerdas de cuando yo estaba en el puente, sin poder reaccionar? ¿Que estuviste contándome cosas sobre ti toda la noche?

—Ya han pasado varios años de eso.

—¡Fue hace siete años! No es tanto, es fácil de recordar. Lo tengo todo almacenado en mi cabeza. Bueno, pues eso. ¿No tienes intención de solucionar las cosas con tu madre? A partir de ahora tendrás que trabajar con tu hermano. ¿No crees que tendréis que hablarlo, antes o después?

Guardé silencio.

—Jian. Hay algunas cosas que se solucionan con el paso del tiempo, pero es porque uno pone su empeño para que eso pase. Tú me dijiste eso. Quién sabe, a lo mejor ha llegado el momento de hacer ese esfuerzo.

Esas fueron mis palabras durante la entrevista de trabajo para el centro de autopsias psicológicas. Además de mencionar que, siguiendo los métodos actuales, lo que se podía hacer para prevenir el suicidio era muy limitado. Que se necesitaba una intervención más activa y medidas para las familias afectadas, y que solicitaba la aprobación para realizar algunas pruebas. Aquella frase estaba metida en medio de aquel rígido discurso, pero Sangwoo la recordaba bien. Quien le había hablado sobre la entrevista, por supuesto, había sido yo.

—Esta noche te llamo otra vez. Deja que tu padre descanse un poco hoy e intenta dormir.

—Creo que llevo tanto tiempo haciendo lo mismo…

—Lo sé. Pero en todo este tiempo también has cambiado. Ya no eres la Jian de ese entonces, sino la seria gerente de un centro.

—Pensaré sobre ello. No hace falta que llames sí o sí esta noche.

—¡Lo haré sin falta! ¡Y tú responderás!

Nada más decir eso, colgó de golpe. Solo había silencio. Me quedé mirando de forma distraída mi pantalla de bloqueo. Era una foto de la graduación de Jihoon. Con él, mi padre, y yo. Mi madre no estaba ahí. Bueno, no solo ahí. Esa mujer no había estado presente en mi vida.

No es que no pudiese recordar nada de ella. Aparecía en mis primeras y borrosas memorias. Yo tendría unos siete años, tal vez. Nos habíamos ido de viaje todos juntos. El primer viaje en familia que recordaba, y terminaría siendo el último. Con el rostro quemado por el sol, nos untaba crema protectora a mi hermano y a mí. No soltaba mi mano, demasiado floja como para sujetar nada con fuerza. El ala ancha de su sombrero le ensombrecía el rostro enrojecido, dejando entrever de vez en cuando una sonrisa radiante. Cuando la veía, me parecía que se sentía feliz. Sin saber siquiera qué sería la felicidad, yo la imitaba y sonreía también.

No obstante, en algún momento desapareció de mi vista. No importaba cuánto esperase en casa, no volvía. Al principio pensé que había salido por un rato largo. Siendo una niña que no llegaba a entender la situación, creo que incluso le pregunté con inocencia a mi padre: «¿Cuándo viene mamá?». Él me respondió con cariño que vendría después, un poco más tarde. Pero, al mirarlo a los ojos, creí comprender el significado de lo que era sentirse vacío. La sensación de una delgada cortina ocultando el corazón. La sensación de sofoco instalada en un rincón del pecho. Con el paso de los años, entendí que mi madre no iba a regresar. Ese mismo día, tiré todos los regalos que no pude darle. Las cartas por Navidad, los claveles por el día de los padres.

—¡Jian!

Fue a partir de ese entonces cuando empecé a salir de casa para encontrarme con mi padre, cuando regresaba del trabajo. Tenía prisa por sentir que seguía ahí, que no me iba a dejar. Mientras caminaba con pasos cansados, al verme sonreía de oreja a oreja. Y. cuando al fin le veía la cara, me sentía aliviada. Al menos, papá había vuelto. Al menos él no se había ido. Enganchaba mi brazo al suyo y nos dirigíamos a casa, riendo. Tras abrir la puerta de la entrada, Jihoon nos miraba con una expresión indiferente antes de decir:

—Ah, ¿ya estáis aquí?

Después de decir eso como si no le importase nada, volvía la vista hacia su videojuego. Pero no me molestaba. Solo con esa pregunta, sentía que tenía un hogar al que volver.

Mi hermano jugando en el ordenador que había en el salón, y mi padre y yo quitándonos los zapatos en el recibidor antes de entrar en casa. El olor a la cena de los vecinos colándose por una ventana entreabierta. La mesa puesta de forma sencilla, con los tres sentados. Jihoon, papá y yo. Las peleas por ver a quién le tocaba fregar los platos. Incluso ahora, recordaba esa escena como la de una familia.

Bzzz. Bzzz.

Era medianoche y mi móvil empezó a vibrar en el bolsillo del pantalón. Tal vez debido a la quietud de la noche, sonaba tan ruidoso como un trueno dentro de aquel angosto espacio. Ante mí, tenía ahora tanto el móvil sonando como el teléfono de la cabina. ¿Debería responder? ¿Debería llamar? A medida que la hora se acercaba, mi ansiedad creció.

Al final, no pude elegir. Ni escuché la voz de mi padre, ni respondí a la llamada de Sangwoo. Me supo mal por él, pero también me sentí mal por mi padre. Sentí que no le había permitido salir. Cuando dejó de sonar el móvil, lo miré. Encima de la foto de mi familia, aparecía la notificación de llamada perdida de Sangwoo.

Papá, ¿qué debería hacer?

Quería preguntarle. Preguntarle si deseaba que lo olvidase y siguiese adelante con mi vida, o que siguiese viniendo a buscarlo como cada noche. Sin embargo, sabía que no obtendría respuesta, sin importar cuánto preguntase. Aunque pudiera escuchar su voz, siempre decía lo mismo. Me giré, dejando atrás la cabina. Me pesaba el cuerpo.

—¿Por qué no ha llegado todavía…?

Mi padre solía llegar a las nueve, como muy tarde. Y si se iba a retrasar, me llamaba para avisarme y decirme que no lo esperase. Pero, aun así, yo lo hacía. No me importaba lo tarde que fuera, me gustaba tanto verlo aparecer que ni siquiera me aburría. A veces me sentaba en la terraza de la tienda que había cerca, o daba una vuelta por el barrio. No obstante, aquel día no respondió al teléfono, ni tampoco nos vimos junto a la cabina.

Ya casi eran las diez. Un rato después, probé a llamar de nuevo, pero nada. Al intuir que ocurría algo raro, sentí un escozor en la punta de los pies. Mis sentidos se embotaron poco a poco, mientras que aquella sensación aumentaba. Al llegarme al pecho, me faltó el aliento. Mi cuerpo empezó a arder y a ponerse rojo, como si tuviese alguna reacción en la piel. Durante diez minutos, no hice más que llamar a mi padre. Como no contestaba, incluso llamé a mi hermano.

—¿Ha ido papá para allá?

—No, ¿no está contigo?

Jihoon, quien se había ido de casa para trabajar tras acabar el bachillerato, tampoco sabía nada. Pensé que tal vez habría ido a verlo por alguna emergencia. Pero ahora, hasta la posibilidad de ese «tal vez» parecía haber desaparecido. Me quedé en blanco. Estaba a punto de llorar, sin saber si mi padre iba a volver o no.

¡Clac!

Poco después de las doce, al fin el teléfono dio señal. Tras esperar por un rato oyendo el tono de llamada, me parecía que iba a cortarse cuando escuché una voz familiar.

—¡Papá! ¡¿Dónde estás?! —pregunté con urgencia.

Sin importar lo que yo dijera, él seguía hablando. Repetí una y otra vez que dónde estaba, pero no se detenía. Para cuando noté que ocurría algo raro, ya había pasado la mitad de la «llamada».

Deja que mis hijos lleven una buena vida, aunque yo no esté.

Tras escuchar aquella última frase, el mundo ante mí se volvió borroso. Sin reaccionar a nada de lo que yo decía, era como si aquellas fueran sus últimas palabras. Las de alguien que ya no podría regresar. Me apresuré a llamar otra vez, pero de nuevo no daba señal. En ese momento, oí unos pasos acercarse corriendo.

—¡Jian! ¡Jian!

Era la vecina, que vivía en el ático. Estaba en pijama y parecía fuera de sí, tal vez por estar medio dormida. Sin poder comprender lo que ocurría, solo me quedé mirándola. Cuando llegó hasta mí, la mujer tomó mi mano y tiró de mí hacia la calle.

—Tu padre ha tenido un accidente… Tu hermano ha estado llamando a casa, pero como nadie respondía, me ha llamado a mí. Tenemos que irnos. Él también viene ya de camino a Seúl.

—¿Qué…?

—Ay, ay… ¡¡Que ha fallecido!! ¡Ahora, vamos! ¡Taxi!

Había una avalancha de gente queriendo volver a sus casas en la calle principal. Los coches volaban por la carretera, quizá con la misma intención. Agarrándome de la mano, la vecina paró un taxi libre, me metió dentro y me dio dinero mientras decía:

—¡Al tanatorio del hospital XX, por favor! ¡Toma, Jian! ¡Para el viaje!

El coche iba a una velocidad de vértigo. Apreté con fuerza el dinero, temiendo perderlo. Con la vista puesta en las luces de la ciudad, repasé lo que había ocurrido ese día rápidamente. Mi padre saliendo a trabajar. Yo volviendo de clases y esperándolo a su hora. Las llamadas que no llegaban a ninguna parte. Sus últimas palabras. Hasta que el taxi no llegó al hospital, no entendí que lo que estaba ocurriendo era real. Entramos al parking del tanatorio y nos detuvimos en la parada de taxis. Estaba paralizada.

—Ya hemos llegado.

—Ah… sí.

Le di el dinero, sin saber cuánto era en realidad, y el hombre lo aceptó sin decir nada. Abrí la puerta, reuní mis fuerzas y logré bajarme. Un paso. Luego otro. Caminé a través de mi mundo hecho ruinas. Llegué al tanatorio. Todo había terminado.

❧

Gracias a Jihoon, pudimos organizar el funeral. Yo no tenía ni idea de qué debía hacer, pero él, como si ya lo hubiese hecho antes, se encargó con tranquilidad de todo. Desde los trámites hasta contactar a la gente. Llamó también a mi tutor, me enseñó cuántas reverencias tenía que hacer y cómo debía saludar. Vinieron varios de mis amigos, con el uniforme de la escuela y con cara de no saber qué hacer. Imitando a mi hermano, me inclinaba y luego comíamos en silencio. Con mi padre muerto, se me hacía raro meterme comida en la boca, pero sentí que no debía dejarme arrastrar por ese pensamiento. Todos me preguntaban si había comido. Como si el mundo fuera a venirse abajo si no lo hacía.

La noche antes del funeral se me hizo especialmente larga. Fue una noche en la que quedó claro que nosotros éramos su única familia, aunque no supiéramos al completo cómo había sido su vida. En el lugar quedaban, a lo sumo, unos veintiún hombres y dieciocho mujeres. Pero de los parientes, no quedaba ninguno. Cuando los vi llorar, incluso llegué a dudar de que fueran familia. Después de tener los ojos llenos de lágrimas, se fueron directos a beber. Antes de la ceremonia, Jihoon parecía seguir discutiendo algo con la empresa funeraria. Yo me senté ante la ofrenda y me quedé mirando la foto de mi padre. Tenía esa sonrisa amplia que tanto conocía, pero por algún motivo parecía la cara de otra persona. No sabía qué tipo de foto habrían pedido desde la funeraria, pero desde luego no se correspondía con como yo lo recordaba. Miraba al frente de manera incómoda, sin saber bien a dónde. Aun estando yo delante.

Bien entrada la madrugada, los que antes habían empezado la borrachera también terminaron marchándose. Cinco horas más tarde sería el funeral. Tras haber solucionado la mayoría de las cosas, Jihoon se sentó a mi lado.

—Deberías dormir un poco antes de la ceremonia. Ya no va a venir nadie más —dijo con calma.

—¿Y mamá?

Silencio.

—¿Por qué no viene mamá?

Por lo que me había contado, la foto que habían escogido era una del día de su boda. Al parecer era la única en la que salía de cara a la cámara. Eso significaba que ella estaba a su lado. Esa mujer que, según los cuchicheos de la gente en el velatorio, se había ido y había dejado tirados a sus hijos.

—Le habrá surgido alguna cosa. Tienes que entenderlo.

—¿El qué? ¿Qué cosa podría tener que hacer para no venir ni al funeral de papá? Han venido mis amigos, y hasta parientes cuya cara no conocía, ¿por qué ella no? Papá ha… muerto…

—Jian.

—Es familia. Familia. Sigue siendo nuestra madre…

Llevaba todo el día anterior haciendo tanta fuerza con la garganta, que me dolía como si la tuviese destrozada. Las lágrimas no dejaban de brotar, aunque ya no tuviera ganas de llorar, y se me hincharon los ojos. La nariz pelada me ardía, ni siquiera podía ya sonarme los mocos. Se mezclaban con las lágrimas, empapando mi ropa de luto.

—También es difícil para ella venir.

—¡¿Pero por qué no viene?! ¡Aun así, es nuestra madre, aunque nos haya abandonado…! ¡Ella está viva! ¡Y papá…! Papá ya… no está…

A pesar de que era mi hermano, quien siempre me transmitía una sensación de tranquilidad, en aquel momento lo odié entre gritos tanto como a mi madre. No podía entender por qué no lloraba conmigo, por qué no lo pasaba mal. Como si todo fuese normal. Deseaba que al menos una persona en la familia llorase a mi lado. Que ella y Jihoon sufrieran.

Al final, aquella mujer no vino. El funeral terminó, y, aunque Jihoon se quedó unos días más en casa para arreglar el tema de las pertenencias de mi padre, terminó marchándose. A aquel sitio donde trabajaba y vivía. La muerte de mi padre me dejó sola en el mundo. Por eso, no tenía más opción que ir cada día hasta la cabina de teléfono. Hasta ese punto anhelaba escuchar de nuevo sus palabras, diciéndome que no estaba sola.

—Hmm, si hubiese podido ayudarte por ese entonces, ¿qué podría haber hecho?

La voz de Sangwoo sonaba entrecortada. No sabía dónde estaría, pero su conexión a internet no era muy buena. Aunque me había llamado por la tarde para saludar, aquí ya era bien entrada la noche.

—Lo cierto es que no estaba sola del todo.

—¿Te refieres a tu hermano?

—No. Por aquel entonces lo odiaba incluso más por ser mi familia. Me refiero a una chica de mi clase. Una que vino al funeral…

—Esto sí que no me lo esperaba. Nunca me has hablado de ningún amigo.

—Ni tú tampoco…

Al responderle por lo bajo, escuché su risa al otro lado, dándome a entender que era broma. Pronto, se puso serio y siguió preguntando. Esa era su técnica, actuar con cautela para que la conversación no llegase a ser triste.

—Bueno, ¿y cómo te ayudó tu amiga?

—No hizo nada en especial. Después del funeral, volví al instituto y un día me contó que su madre también había muerto. Que se había suicidado. Me habló un poco de cómo se sentía, y era lo mismo que sentía yo. Cómo explicarlo… Yo no le había dicho nada, pero aun así me comprendía… En ese momento, pensé que no importaba la forma en la que uno perdiera a un ser querido, el sentimiento de dolor era el mismo.

—Entonces, la razón por la que trabajas en el centro…

—Es justo por ella. Por haberme querido ayudar, aunque fuera un poco. Gracias a ella, fui capaz de aguantar.

Rememoré los momentos con Jeongseon, quien tomaba el mismo camino de vuelta a casa que yo después de las clases. Una vez que me contó aquello, se puso a llorar. Se secaba las lágrimas con firmeza. Aunque ya no era más que una amiga lejana de la que no sabía nada, las memorias de ese tiempo fueron lo que me trajo hasta aquí. Y de la misma manera que Jeongseon me dio fuerzas, yo quería dar ese mismo impulso a otros.

—¿Qué clase de vida crees que su madre habría querido para ella?

—Bueno, que viviese bien, supongo. Diría lo mismo que escucha la gente que viene a esta cabina.

—Entonces, ¿qué crees que querría tu padre?

No fui capaz de contestar, así como así. Había querido preguntárselo tantas veces, pero nunca obtenía respuesta. No obstante, sin saber nada, Sangwoo me repitió lo que yo acababa de decir.

—Querría que llevases una buena vida. Mejor que la de ahora. Con aquellos que te rodean y que siguen contigo. Al menos hoy, me gustaría que te sintieras en calma. Creo que ya es tarde ahí. Voy a colgar.

Eran poco más de las once de la noche cuando cortó la llamada. Me pareció que me estaba dando la oportunidad de elegir, dejándome sola en casa. ¿Iría a escuchar otra vez la voz de mi padre? ¿O me iría a dormir? Con naturalidad, calculé el tiempo que tardaría en ir al centro. Llegaría antes de las doce, pero tampoco podía salir de casa de cualquier manera. Cuanto más dudaba, más pasaba el tiempo.

La noche siguió su curso. Aun sabiendo que no podría conciliar el sueño, hice el intento de dormir. Ahora que era casi medianoche, me entraron ganas de ir hasta la cabina, pero sabía bien lo que iba a escuchar. Que ese número no existía. Desvelada, no podía dejar de pensar en lo que me había dicho Sangwoo.

Que viviera bien. Esas palabras también estaban entre las últimas de mi padre. Analicé parte por parte su última voluntad, que ya me sabía de memoria. «Deja que vivan bien». Supuse que se referiría a estar con quienes seguían vivos. ¿Incluiría eso también a aquella mujer? Sentía que no podía perdonarla, pero ¿acaso era eso lo que deseaba mi padre? Aunque lo supiera con seguridad, no podía cambiar mis sentimientos de la noche a la mañana. A pesar de trabajar por el bienestar de los demás, yo era la única persona a la que no podía ayudar a cambiar cómo se sentía.

Estaba siendo un día agotador. Había pasado toda la noche pensando en esto y aquello, sin poder dormir. Conforme se acercaba el amanecer, la luz se empezó a colar por la rendija de las cortinas. Estaba saliendo el sol. La claridad se fue haciendo más y más intensa, iluminando cada rincón. Mientras observaba esa luz entrar, la alarma sonó y me levanté. Abandoné por completo la idea de descansar un poco.

—¿Te pasa algo?

Notando que había algo raro, Jihoon me preguntó eso en la oficina. Incluso él, que normalmente no tenía interés por nadie, se había fijado en lo cansada que estaba. Aliviada de que hoy no viniese ningún cliente, se me escapó un largo suspiro. Tras esto, caí en la cuenta de que estaba en el trabajo. Reuniendo fuerzas, cambié de tema.

—¿Has terminado con la última entrevista?

—Sí. Pero ya en serio, ¿qué te pasa? —insistió.

Al girarme, vi cómo me observaba profundamente. No solía mantener contacto visual con nadie, pero no despegaba sus ojos de los míos. Desvié la vista hacia la pantalla del ordenador.

Traté de concentrarme en las tareas, pero notaba cómo su mirada me taladraba. Entonces, lo escuché girarse también, como si no tuviera pensado seguir preguntando. Pero, aunque evitase mirarlo, no podía salir corriendo de allí.

—Pronto es el aniversario de su muerte. ¿Vas a ir?

—Estamos trabajando.

—Madre dice que quiere que vayamos juntos a verlo.

¿Solo se preocupó por cómo me sentía para luego soltarme eso? Cada año íbamos allí por separado, según el horario que mejor conviniese a cada uno. Y de repente, ¿proponía ir juntos? ¿Mencionando a nuestra «madre»? Al escuchar esa palabra, noté cómo todo mi interior se endurecía. El corazón se me encogió de golpe. No quería dejarme llevar por mis emociones, pero una respuesta salió volando de mi boca como una flecha encendida.

—¿Todavía hablas con esa persona? ¡Qué ir juntos ni qué nada!

—Le dije que ahora trabajábamos en el mismo sitio, así que dijo que podríamos ir todos.

—Deja de decir estupideces.

—Jian, ya han pasado más de diez años.

—Por mucho tiempo que pase…

Me quedé trabada. ¿Qué era lo que quería decir? ¿Que por mucho tiempo que pasara, no podría olvidarlo? ¿Que por mucho que pasara, mi padre no volvería? ¿Que jamás podría perdonarla? No pude decidirme. A mi espalda, escuché cómo él seguía hablando.

—Ella también quiere disculparse. Dice que quiere verte.
—Ahora vuelvo.

Me levanté de golpe del sitio y me dirigí hacia la puerta. Podía notar su mirada en mi nuca, pero no me giré. Bajé uno a uno los escalones y, al salir del edificio, sentí una fuerte punzada en el pecho. Me llevé las manos a él, respirando con dificultad. Sin que me diese cuenta, se me enrojecieron las palmas de las manos y poco a poco mi cuerpo empezó a arder.

Uno, dos, tres…

Empecé a contar despacio mientras tomaba aire. *Uno, dos, tres. Uno, dos, tres.* Las esencias del verano y del otoño se mezclaban en la brisa que golpeaba mi cara. Un olor húmedo y pesado a hojas secas. Tan solo era el paso de las estaciones, pero para mí era como si la vida acabase. Con la salida del verano, empezaba el otoño, pero al llegar este, el verano se marchaba. Me dirigí a paso lento hacia la cabina. Seguía en el mismo lugar, en medio de aquella cuesta que atravesaba las casas y la colina. Entré y agarré el auricular. Pesaba lo mismo de siempre. Como por resorte, me encontré marcando el número de mi padre.

110…

Lo único que me llegó de vuelta fue el aviso de que ese número no existía.

❧

—Papá… te echo de menos. Por favor, dime algo, lo que sea. Ya no sé qué hacer.

Que no se quede sola. Mi hija, ella me está esperando. Por favor, si me dejas vivir, creeré por siempre. Jian, mi pequeña Jian.

Esa noche no pude evitar ir hasta la cabina. Y mientras lo escuchaba, lloriqueé en voz alta. Quería hablar con él, estuviera donde estuviera. Pero, después de terminar lo que tenía que decir, su voz se cortó. Aunque tratase de llamar una y otra vez, solo sonaba el aviso de siempre. Todo lo que no podía decirle se me clavaba en el corazón. ¿Cómo podría soportarlo más? Desbloqueé mi móvil, me metí al historial de llamadas y vi el contacto de Sangwoo. Mis sentimientos luchaban entre ellos;

los que me decían que aguantase, y los que me empujaban a aferrarme a alguien. Con las manos temblando, pulsé el botón verde. Sin querer realmente hacerlo hasta el último segundo.

Tuuu. Tuuu.

Tenía pensado cortar al llegar al tercer tono. No quería enfrentarme a la realidad de no poder escucharlo a él tampoco. Sin embargo, respondió al segundo tono.

—¡Jian! ¿Qué pasa?

Al oírlo me quedé atascada, sin saber qué hacer. Sentía que él estaba en otro mundo, en el que no sabía nada.

—¿Hola? ¿Jian? —insistió.

Sonaba preocupado ante la falta de respuesta. Tenía algo que decirle antes de llamar, pero, al escucharlo al otro lado, me había quedado en blanco. Debía hablar, de cualquier cosa. Pero ¿por dónde debía empezar? ¿Por cómo me sentía? ¿Por lo que estaba pasando? Al final, terminé desvelando el objetivo de mi llamada, demasiado patético como para ser siquiera un objetivo.

—Ayúdame, Sangwoo.

—Jian…

El tono de su voz se hizo mucho más bajo. No siguió hablando, como si estuviese escogiendo sus palabras. Contuve el llanto. Ni siquiera yo sabía lo que quería oír. Hubo un silencio tan grande como la distancia entre nosotros, sin que ninguno de los dos pudiera reducirla. Entonces, él intervino.

—La primera vez que me contaste todo aquello, yo no tenía ni idea de qué hacer. Pero tú solo te quedaste a mi lado, contándome cosas sobre ti sin parar. Al principio solo me limité a escuchar, pero ahora creo que lo entiendo. Nadie sabe qué es lo que debe hacer. —Hizo una pausa—. Aunque yo no pueda ir para allá ahora, podemos hablar. Escucharé todo lo que tengas que decirme, y, si eso es demasiado duro, podemos charlar de cualquier otra cosa. ¿Tienes algo de lo que quieras hablar?

—No puedo dejarlo pasar. Simplemente no puedo perdonar. Ni a esa persona, ni a Jihoon… Sé que debería, pero siento algo en mi corazón que tira de mí y no me deja avanzar. Había podido soportarlo hasta ahora, pensaba que podría vivir así, pero…

Mis sollozos se entremezclaban con mis palabras. Jamás imaginé que llegaría el día en que lloraría mientras hablaba con él. Siempre me había visto como una persona equilibrada, en la que cualquiera podría apoyarse. No obstante, me sentía igual que hacía diez años al morir mi padre. En el mismo lugar. Con las mismas emociones.

—¿Es sobre tu madre?

—Sí.

—¿Y qué es lo que quieres hacer?

Deja que mis hijos lleven una buena vida, aunque yo no esté.

Recordé esa frase, la última frase de mi padre.

—No lo sé.

Sangwoo no me dijo que la perdonase. Ni yo estaba segura de si quería perdonarla. Había conocido a tantos que eligieron ese camino, había tantos a quienes yo misma se lo había propuesto. Pues cargaban con heridas incurables. Y aquella mujer era mi propia herida.

—Elijas lo que elijas, solo espero que te sientas en calma contigo misma. No solo por un momento, sino durante el resto de tu vida —continuó él.

Nuestra llamada ese día fue larga. Las cuestiones se mezclaban con monólogos, pero de todas formas era una conversación en la que podía preguntar, y comprender. En medio de esto, recordé el lugar donde debía estar. Mis lágrimas se fueron secando, y cuando me recuperé un poco, alcé la vista hacia el centro con las luces apagadas. El lugar donde debía estar. Donde debía seguir adelante. Al final de la llamada, soltó en tono de broma:

—No vayas a ignorar ahora mis llamadas porque te dé vergüenza haber llorado hoy, ¿eh? Con lo que sea, llámame. Responderé sin falta.

—Lo mismo digo…

La timidez y el alivio se confundían en mi interior. Sentí que podía comprender un poco mejor a dónde tenía que regresar.

Jamás se me habría ocurrido que aquella mujer pudiera presentarse en el centro. En aquel lugar donde solo entraban desconocidos, su cara me resultó familiar nada más verla. Como si estuviese en mis memorias, aunque fueran borrosas. De repente, la reconocí. A pesar de que tenía un aspecto mayor que en mis recuerdos, encorvada y con algo más de peso.

Se sentó con incomodidad en el sofá y me coloqué frente a ella, observando su expresión. Sus ojos me evitaban, y apretaba con fuerza las manos. Eran movimientos marcados por la culpa. Fue Jihoon quien había hecho esto. Aunque dijo que quería que nos viéramos, no me esperaba que fuera a ser así. Bueno, tampoco podría esperarme que me lanzara una pregunta antes de hacer nada. Al día siguiente de nuestra conversación, llamó a mi madre para que acudiese al centro. Como si fuera una clienta más que viene a su cita. Ella ocupó el sitio donde se solían sentar los clientes, conteniendo todo tipo de emociones, y yo me coloqué en el mío, desde donde debía analizar los sentimientos del otro. Y, sin embargo, tenerla enfrente era sin duda un *jamais vu*. Ni siquiera saludé. Esto nunca antes había pasado en el centro.

—¿Puedo ofrecerle algo de té?

Jihoon le preguntó con cortesía. Viéndolo de perfil, no parecía sentirse incómodo para nada. Me invadió una especie de repulsión, pero no me levanté. Estaba decidida a enfrentarme a ella, en el momento en que tuviera que hacerlo. Y quizás, ese momento fuera hoy.

Él colocó tres tazas sobre la mesita que había entre ella y yo. Después, sirvió el té y se sentó a mi lado. Fue un alivio que no se pusiera junto a ella, que seguía en silencio. Tal vez no tuviera nada que decir, o quizá no fuera capaz de hacerlo salir. Solo toqueteaba el asa de la taza. Así que fui yo quien se dirigió a ella.

—¿Por qué dijo que quería vernos?

—Porque sois mis hijos.

—Ah, entonces supongo que antes no lo éramos.

—Jian.

El tono frío de mi hermano me aplastó. No dijo que parase, solo le bastó con mi nombre. Quería dejar salir toda mi rabia. Preguntarle por qué nos dejó tirados. Por qué se marchó. Por qué no vino al funeral. Yo también sabía que, al echarle esas cosas en cara, no podría haber una conversación. Sin embargo, no podía tragarme ese resentimiento que tenía en la boca.

—También fue muy duro para ella.

—Que hable ella.

Contesté con un resoplido. Lo máximo que podía hacer para mantener a raya mis emociones era eso, soltar aire. A través de sus labios arrugados, empezó a hablar. Su voz sonaba igual que en el pasado, y el corazón se me encogió aún más.

—Cuando me separé de vuestro padre… En primer lugar, admito que os dejé. Pero eso no significa que me olvidase de vosotros. Os he llevado siempre en el corazón… Viví aguantando el dolor, pensando que ese era el precio por haber abandonado a mis hijos. Y aunque quise salir a buscaros, no pude por él…

—¿Quién es ese «él»?

—La persona con la que se casó. Nuestro padrastro.

Jihoon contestó por ella. Esa palabra me hizo perder los nervios. «Padrastro». No quería llamar así a un tipo que no había visto en mi vida, yo solo tenía un padre. Empecé a hablar cada vez más alto.

—Déjate de padrastros… Ahora que estás aquí, ¿a qué has venido?

—Él falleció el mes pasado… Siempre había tenido mucha energía, pero fue algo repentino. Por eso pude volver a ponerme en contacto con vosotros y…

—Ah, así que vienes a buscarnos porque te has quedado sola.

—Jian Kang.

Mi cuerpo se estremeció. Dejé de sentir las puntas de los pies. Quería salir corriendo de allí, pero la voz de Jihoon me retuvo. Aunque tratase de levantarme, no tenía fuerzas. Como si llevase un demonio dentro, grité cada vez más fuerte. Dando voces, con los ojos llenos de lágrimas y sin ver nada.

—¿También se debió a él que no vinieras al funeral? ¿Porque el nuevo tipo con el que te casaste no quería? Nuestro padre… él…

—Lo siento… Lo siento mucho.

—¡¿Sabes lo que es perder a la única familia que tienes?! ¿Ver cómo todos se van…?

Incluso mi hermano se quedó sin palabras. El recuerdo de él dejándome sola en la casa familiar titilaba en mi cabeza. Dijo que tenía que volver a trabajar. ¿No era a casa adonde uno debía volver? ¿Acaso aquel ya no era su hogar? En el instante en que la puerta se cerró, no quedó nada más que yo en aquel lugar vacío de donde todos se habían ido. Donde no quedaba ni rastro de calor humano. ¿Sabía él lo que era eso? Traté de calmarme lo máximo que pude, y anuncié con firmeza:

—Me voy.

Me impulsé hacia arriba con las piernas, que al fin sí me respondieron. Sentí el ambiente pesado, cargado de tensión. Me apresuré a secarme las lágrimas antes de que cayeran. No quería ni que me viesen llorar. Como si nada ocurriera, me dirigí con naturalidad a la puerta del centro, la abrí y salí, dejando atrás el sonido de la campanita. Pensé en los clientes que entraban con ese tintineo. Aquellos llenos de culpabilidad tras haber perdido a un ser querido. Con cada escalón que bajaba, fui pensando en las cosas que me decían. Que querían retroceder en el tiempo, que les gustaría que aquella persona regresara, o que, de haberlo sabido, no habrían actuado de aquella manera. Pero, aun así, tras haber escuchado eso tantas veces, no podía perdonar a mi madre, aunque dijera lo mismo. A pesar de haber visto el arrepentimiento en todas aquellas personas y de haber comprendido cómo se sentían. A lo mejor nunca entendí nada realmente.

Por aquella época estaba terminando mi formación clínica. Yo era una joven aún en su posgrado, mientras que frente a mí tenía a una clienta, una mujer casi de la tercera edad. A pesar de haberme graduado y de contar ya con experiencia, era complicado que alguien que me doblaba la edad me escuchase. Temiendo perder su confianza si se me notaba lo más mínimo que todavía era una cría, ponía todo mi empeño en aparentar más madurez. Para ello, me vestía con ropas apagadas y zapatos de tacón bajo, me peinaba de manera sencilla y mi maquillaje no era vistoso. Además, hablaba con un tono sereno y uniforme.

Al ser la primera sesión, le pregunté por qué motivo había solicitado la consulta. En aquella sala insonorizada, mi voz sonaba nítida. Su interior bien preparado daba una sensación de tranquilidad, como si uno estuviera en su casa. Estaba en una oficina abierta que los terapeutas compartían. Para evitar que se sintiera incómoda, le hablaba y le respondía con calma. Cuando ya había pasado algo más de la mitad de la sesión, le pregunté:

—¿Cómo fue su infancia?

Los años de desarrollo y la relación que tuviera con sus padres podían afectar a la hora de desarrollar ciertas relaciones de apego, suponían información que nos podía ayudar a entender la esencia de su forma de pensar. Cada uno tenía una infancia diferente, pero la tenía, así que era una pregunta que no podía faltar.

—Tengo un hermano pequeño, y mis padres se llevaban bien. Fue duro cuando mi padre nos dejó primero, pero…

No sacó a la luz su infancia de manera directa. Más bien, me dio una respuesta evasiva, cambiando un poco de tema. Al no tener en ese momento tanta experiencia clínica, pensé que quizá no se acordara bien de aquella época, al ser ya una mujer adulta. *No debo apresurarme.* Tenía la manía de impacientarme, también por mi falta de práctica. Por eso, más que centrarme en aquello, traté de ahondar en cómo se sentía.

—¿Cuándo falleció su padre?

Esta vez estudié con atención su rostro, buscando algún cambio en su gesto. En lugar de escuchar muchas anécdotas en una primera sesión, lo que trataba de hacer era comprobar las reacciones a cada pregunta. Sin embargo, ella bajó de golpe la mirada. Pude notar cómo su cuerpo temblaba un poco. Al ver cómo se arrancaba las uñas o cómo desviaba los ojos de un punto a otro, me dio la sensación de que había roto con esa rigidez típica de la madurez, convirtiéndose en una niña asustada. Entonces, me contestó sin fuerzas:

—Fue antes de que me graduase de secundaria. Siendo joven, y encima en la pubertad, odiaba estar en casa. Quedaba con mis amigos, salía por el centro, y una vez incluso me escapé de casa. Bueno, más bien pasé unos días durmiendo en casa de una amiga, pero… Como mis padres estaban extremadamente preocupados, terminé regresando, y a los pocos días mi padre tuvo que ser ingresado. No recuerdo la enfermedad, pero, aun estando ya de vuelta en casa, sentía que había sido culpa mía. Que le había hecho preocuparse tanto que enfermó. Que era por mi culpa… Un mes después, falleció. Mi madre lloraba… y mi hermano pequeño no se enteraba bien de lo que ocurría… Yo estaba tan arrepentida por dentro que ni siquiera pude desahogarme llorando. Incluso a día de hoy…

Lo recordaba todo con mucho detalle, como si hubiera sido el año pasado o hacía unos meses. Parecía estar viendo su pasado en vez de a mí, a pesar de tenerme enfrente. Se dio unos golpes en el pecho, como si se estuviese ahogando. Los sollozos se mezclaban con su voz, haciendo que sonase un poco como un gemido.

—Incluso ahora, me entra el pánico cuando mis hijos se van de viaje o adonde sea… Me da miedo de que, de repente, se marchen. Sé que no está bien aferrarse a ellos, siendo ya tan mayores, pero no puedo evitarlo. Al entrarme la preocupación, me termino enfadando… Y sin darme cuenta, se lo estoy reprochando.

Trauma. Un trastorno de estrés postraumático. Al hablar de traumas, la gente solía imaginarse que era por desastres, por guerras y violencia, pero el concepto era mucho más amplio que eso; también podía darse por eventos de la vida cotidiana que causasen un fuerte impacto, dejando heridas psicológicas. Y dentro de ese trauma, la persona revivía una y otra vez con detalle todo ese suceso, volviendo a sentir lo mismo. Como ella, que casi a sus sesenta años, lloraba al recordar la muerte de su padre. Y por culpa de ese recuerdo, no era capaz de dejar ir a sus hijos.

Al escuchar su historia, pensé en todo eso; en que el trauma eran las heridas del corazón que perduraban en el tiempo. Mientras ella se enfrentaba de nuevo a ese momento conmigo, fui anotando qué cosas debía de hacer cuando le asaltaran esos recuerdos. Para que pudiera seguir adelante con su vida, reconociendo aquel incidente como una herida y aceptando que no había sido un suceso común. A pesar de ello, la mujer lloraba desconsolada. Y cada vez que lo hacía, yo le decía: «Ahora, es aquí donde debe estar. Debe vivir en el ahora, no en el pasado».

Y ahora yo, la misma que había pronunciado aquellas palabras, estaba de nuevo en la cabina sosteniendo el auricular. A medida que se acercaba la fecha del aniversario de la muerte de mi padre, el viento propio de esta época comenzaba a soplar más y más. Esa noche, corría una fresca brisa. De nuevo, lo llamé.

Las mismas palabras, el mismo tono. Nada cambiaba en su discurso. Y, al volver a marcar, otra vez el mismo aviso. ¿Y si realmente era yo quien seguía viviendo en el pasado?

Bzz.

Escuché una corta vibración y comprobé con rapidez el móvil. Esperaba que fuera Sangwoo, pero era Jihoon.

Pronto es el aniversario. Trata de hablar con ella. Toma su número.

Era un mensaje corto, acompañado de un contacto. Ni quería aprendérmelo ni quería guardarlo en la agenda. Me quedé mirando aquel número desconocido. Uno que sí existía en este mundo. Con cuidado, lo pulsé. Tras el tono de llamada, alguien respondió.

—¿Diga?

Al oír la voz de mi madre, colgué. Mi corazón golpeaba con fuerza contra mi pecho. Después de todo, cuando llamaba a mi padre no recibía de vuelta más que ese aviso de que su contacto ya no existía.

Era algo más tarde de la hora de cerrar. Jihoon, tal vez teniendo todavía cosas por terminar, seguía en su sitio. El caso del último cliente había terminado bien, pero desde algunas instituciones se cuestionaba mi forma de llevar el centro. Lo comparaban con el proceso realizado en la sede central, señalando que podría ser difícil encargarse de todo si aumentaba el número de clientes y los problemas por los que estaban pasando. Aunque nuestro centro no tuviera un papel completamente imprescindible, no pude evitar sentirme molesta con todo eso. Incluso mi hermano parecía haberlo notado, ya que ni siquiera trató de sacar conversación conmigo. En cuanto acabé de recoger mis cosas, me dirigí a él.

—¿No te vas?

—Me queda terminar algo de contabilidad.

—¿Cuánto se tarda en eso?

—¿Una media hora?

—¿Quieres que cenemos? —pregunté, comprobando el reloj.

Quería recuperar algo de vitalidad en el centro, además de cumplir con mi rol de jefa que cuida de su empleado. Él me contestó sin despegar la vista del monitor.

—Bueno, vale.

—¿Qué te apetece?

—*Jajangmyeon*. Y, ya que es tarde, con *tangsuyuk*[7].

—¿Has hablado con Sangwoo?

—Solo por mensaje.

---

7. Plato chino-coreano de carne frita acompañada de una salsa agridulce.

Cuando había tensión en el aire, Sangwoo se pedía esos fideos. Lo hacía como una especie de broma cada vez que daba la sensación de que estábamos en una agencia privada de detectives. En la lista de información que le había traspasado durante la orientación, estaba apuntado el número del restaurante de *jajangmyeon*.

Jihoon seguía centrado en la pantalla. Ahora que lo pensaba, desde pequeño se la pasaba delante del ordenador. No entendía por qué le gustaba tanto. Llamé al restaurante donde Sangwoo solía pedir. Al otro lado, el amistoso dueño incluso dijo: «Uy, ¡pero si no eres el mismo que llama siempre!».

Mientras esperábamos el pedido, solo se escuchaba el sonido del teclado y los coches que pasaban por la calle. No tenía nada que hacer, así que estaba sentada en el sofá. Me pregunté si, desde que empecé a trabajar en el centro, alguna vez me había quedado mirando a la nada como hoy. Cuando Sangwoo estaba, hablábamos sin descanso, y después de la incorporación de mi hermano, el trabajo se me fue acumulando y no tenía tiempo.

Escuché unos pasos subir las escaleras, aún algo lejos. No eran los de un cliente, sino los del repartidor. La mayoría de los clientes andaban con pasos ligeros, con una cautela mezclada con vacilación a pesar de la carga en sus corazones. Pero sin duda era el repartidor, dirigiéndose con decisión hacia su destino. Tras el tintineo de la campanilla, se oyó su voz apática.

—Su pedido.

—Gracias.

La bolsa pesaba bastante. Al ser un restaurante antiguo, todavía realizaba los repartos utilizando una caja de metal. Recordé la vez que le pregunté a Sangwoo, con lo sociable que él era, cómo había encontrado ese sitio, a lo que me respondió que era un negocio que estaba en el barrio donde aún se valían de ese tipo de cajas. Normalmente no pensaba tanto en estas cosas, pero con Jihoon todavía trabajando y yo no, mi mente desvariaba.

Puse unos papeles sobre la mesa baja de la oficina y coloqué la comida. Aunque fui yo quien le propuso cenar, ahora que la tenía delante no tenía apetito. Era por culpa de ese ambiente incómodo, y porque recordé la complicada situación del centro. Al notar el olor a comida, fui a abrir una ventana y volví a sentarme. Miré a mi hermano, que comía rápido a pesar de no tener prisa.

—Come despacio. Y ten cuidado de no manchar el sofá.

—Ya me lo dijiste la otra vez.

Daba igual que intentase aliviar la tensión, la conversación no iba a ningún lado. Me daba respuestas cortas, lo que me ponía difícil seguir hablando. No obstante, ya que debíamos trabajar juntos, sentí que era mi responsabilidad intentar que nos llevásemos mejor. No estaba segura de si él lo habría notado. En silencio, tomó un trozo de *tangsuyuk*.

—El otro día… ¿mamá volvió bien a casa?

—¿Eh? Ah, sí.

Sin llegar a llevarse el pedazo a la boca, bajó el brazo. Parecía que quería sacar el tema, pero se contuvo. Sin embargo, mi necesidad por solucionar toda esta situación me obligó a enfrentarme a ello, incluso diciendo cosas que no quería decir. A diferencia de la última vez, le pregunté con calma.

—¿Desde cuándo has estado en contacto con ella?

—Desde que me fui de casa. No sé cómo encontraría mi número, pero me llamó. Es como si supiera que ya me había independizado. Al no estar ya viviendo con papá.

—Y ¿por qué… por qué respondiste?

—Después de escucharla, pude entenderlo. Cómo decirlo… A pesar de todo, para mí no era una mala madre.

No entendía qué se consideraba ser «mala madre», como decía Jihoon, y qué «buena madre». ¿Acaso abandonar a tus hijos e irte de casa no entraba en la categoría de mala madre? Pero supuse que él, tres años mayor que yo, tendría más recuerdos con ella. Más memorias de ella de las que yo podía tener.

Se metió el trozo de fritura en la boca. Esta vez, masticó despacio. Tenía muchas cosas que preguntar, por lo que organicé uno a uno mis pensamientos. Por otro lado, como si se hubiera dado cuenta, tragó y siguió hablando.

—Me dijo que había tratado de ponerse en contacto varias veces, pero que su nuevo marido estaba tan obsesionado que no le dejaba llamar ni a sus propios hijos. Aunque no me lo dijo de forma directa, creo que sufría violencia doméstica. Al independizarme, fue preguntando por ahí hasta dar conmigo. En esa primera conversación, me dijo que no podía responder desde ese número. Luego, me preguntó si podía llamarme cada cierto tiempo. Le dije que sí, y así fue como empezamos a hablar.

—¿Y lo del funeral?

—Solo le mandé un mensaje, y ella me envió el dinero para organizarlo. Supuse que le sería difícil venir. De todos modos… estaba viviendo con aquel tipo.

—¿Por qué no me lo dijiste?

—Pensé que necesitabas algo de tiempo.

Quise preguntarle a qué se refería con eso. ¿Era que él, quien se encargó del funeral al completo, también había necesitado tiempo? ¿Cómo se sentiría por dentro mi hermano, al que siempre parecía que no le pasaba nada? Me quedé inmersa en mis pensamientos, y Jihoon siguió con esa calma tan suya.

—Yo también estaba ocupado con mi vida, y era inmaduro. Pues claro que lo pasé mal cuando papá murió. —Hizo una pausa—. Siento haberte dejado. Pensaba que estaba ganando dinero por nosotros, por nuestra familia. Bueno, aunque ahora estamos trabajando juntos.

Mientras se disculpaba conmigo por primera vez, clavó la vista en el plato de *tangsuyuk*. Sin poder mirarme a los ojos. Comparándolo con los clientes que acudían allí, podía comprenderlo, pero, al ser yo la protagonista en esta historia, no podía pedirle así como así que me mirase. Tampoco sabía qué decir, y me metí un trozo de fritura en la boca. En ese instante, me sentí más tranquila, ya que no podía hablar con la boca llena.

Mastiqué muy despacio hasta no poder más, y tragué. Pude notar cómo el montón de comida me bajaba por el esófago. Sin embargo, comencé a sentirlo más como algo atascado en mi pecho.

—¿Por qué pensabas que era una buena madre?

—Yo tampoco estoy seguro. Pero el día que se fue de casa, me pidió perdón mientras me abrazaba. Creo que ese momento se me quedó grabado en la memoria, y desde entonces no me pareció una mala madre. Además, luego me enteré de que siempre había querido volver a vernos.

Esta vez se comió un trozo de rábano. Tanto sus disculpas como sus palabras sobre mi madre no sonaban falsas. De todos modos, no sacaba nada adornando esa historia, y tampoco era el tipo de persona que mentiría para salir de una situación.

No quería volver a gritarle. Sabía bien que se estaba esforzando al máximo. Así que solo comí en silencio y después me puse a recoger la mesa. Enjuagué un poco los cuencos vacíos y los dejé fuera delante de la puerta, para cuando volviera el repartidor. Durante ese tiempo, ninguno de los dos dijimos gran cosa. Igual que antaño, cada uno limpió lo suyo y, como si tuviéramos algún acuerdo, yo me encargué de limpiar la mesa y él de sacar la basura. Como si viviéramos en la misma casa.

—Yo me voy ya —dije.

Jihoon se sentó de nuevo delante del monitor, teniendo aún muchas tareas por hacer. Me recordó a cuando era más joven y se sentaba a jugar con el ordenador nada más terminar de cenar. Tras mi breve despedida, recogí mis cosas. Y entre que me cambiaba de zapatos y me colgaba el bolso, él soltó de repente:

—Desde que estoy aquí, alguna vez me he preguntado por cómo has acabado trabajando en un sitio como este. Y también si todo eso que les dices a tus clientes no sería, en realidad, lo que tú misma quieres escuchar. Así que me gustaría que volvieras a darle una vuelta al asunto. A lo de mamá.

Apreté mi bolso mientras lo observaba fijamente. Seguía con la vista clavada en la pantalla, pero sus ojos temblaban de una manera sutil. Más que por su comportamiento, podía notar en el aire su culpabilidad.

—Vale.

Con esa respuesta corta como disculpa, salí del centro. El año se acercaba poco a poco a su fin, por lo que fuera ya había oscurecido. Tomé aire con fuerza y, sosteniéndome en pie como pude, empecé a caminar. Hubo muchos días en los que solo quise hacerme un ovillo, pero pude superarlos. Y como Sangwoo había dicho, yo había cambiado. Ya no era la Jian de dieciséis años, sino la de treinta y tres.

Una edad en la que quienes me habían acompañado desde que nací parecían más lejanos que nadie. Cuanto más lo pensaba, tanto aquella mujer que era mi madre como Jihoon se me antojaban unos desconocidos. Personas de las que no sabía lo que pensaban, con quienes no tenía conversaciones de esto y aquello. Personas sobre las que me quedaba un mundo por conocer. Con las que debía hablar, pero antes de cosas más pequeñas y sencillas.

Jeongseon y yo íbamos a la misma clase. No éramos uña y carne, pero tomábamos el mismo camino de vuelta. En el instituto, no nos buscábamos ni nos hablábamos. La mayoría de las veces solo teníamos conversaciones simples mientras regresábamos a casa.

Cuando vino al funeral, lo cierto es que me sorprendió un poco. Algunos amigos cercanos habían ido, pero no me esperaba que ella lo hiciera también. Me sorprendió más aún la manera tan natural en la que nos dio el pésame, como si ya hubiese pasado por varios funerales. Tras realizar las dos reverencias y rezar en silencio por el difunto, nos hizo una reverencia a mi hermano y a mí y, sin tratar de estrecharnos la mano, solo saludó con un gesto de asentimiento. Su expresión era tranquila, más que desconcertada. Todavía sin decir palabra, comió y se marchó. Después, cuando volví a verla en clase, por algún motivo me sentía incómoda con ella.

Cuando terminó todo el proceso del funeral, empecé a evitarla. Me sentía igual respecto al resto de mis amigos, aunque no con la misma intensidad. Seguí con mi vida escolar, esquivando a Jeongseon. Salía más tarde de clase, o también salía corriendo para irme sola. Supuse que se había dado cuenta, ya que un día me propuso volver juntas. Me costaba mucho decir que no, así que solo asentí. Sin decir nada, me esperó en el aula a que yo terminase de hacer tiempo.

Y, de nuevo, recorrimos el mismo camino de tantas veces. No sabía qué decirle. ¿Debía darle las gracias por haber ido a la funeraria? ¿Era correcto decir «gracias» por eso? No quería parecer una cría delante de ella, que siempre parecía más madura. Sin embargo, por más vueltas que le daba, no era capaz de escoger mis palabras.

—Mi madre falleció el año pasado. Se suicidó.

Aquella frase fue como un golpe directo a mi cabeza. Yo aún no había podido asimilar la muerte de mi padre, pero ella dijo aquello como si nada, con facilidad. Todo era confusión; no sabía si debía consolarla, animarla, o sacar el tema del funeral.

No obstante, ella siguió explicando, como si nada de eso le importara.

—No sabía que tenía depresión. Aquel día, todo parecía normal. Se fue a trabajar por la mañana y luego volvió. Después, dijo que saldría un momento, pero se hizo tarde y aún no regresaba. Lo hizo fuera de casa. Supongo que no quería que yo la viese.

Me quedé en silencio.

—Era extraño. No sabía que se sentía tan triste, y tampoco que no volvería. No nos llevábamos genial, pero, cuando pasó aquello, sentí que mi mundo se acababa. Me quedé atascada, sin saber qué hacer con mi vida. Una vida sin mi madre era algo que nunca se me había pasado por la cabeza.

Mientras se desahogaba, no podía hacer más que escuchar con atención. Por su boca salían una a una todas las palabras que yo nunca había dicho. Me causó una fuerte impresión que mencionase lo del suicidio. Con una causa así, me parecía aún más trágico tener que recordar la pérdida.

—¿Por qué lo hizo?

—Es una pregunta un poco rara. Tú no sabías que tu padre iba a morir. Y en mi caso, yo tampoco sabía nada. Todos me preguntaban eso mismo en el funeral. Que por qué lo había hecho. Pero fuese por suicidio o no, estaba claro que mi madre nos había dejado. Sabía que no volvería a mí. No estaba triste porque se hubiese suicidado, lo estaba porque había muerto. Igual que tú... Lo que sentimos es pena.

Dieciséis años. Era joven, pero, al escuchar su respuesta tan madura, entendí que mi pregunta estaba fuera de lugar. Si alguien viniera a mí y me preguntase por qué había fallecido mi padre, creo que también contestaría algo así, diciendo que eso no era lo importante. Solo entonces comprendí el dolor de Jeongseon; era el mismo que el mío.

Una lágrima asomó por su ojo izquierdo. Andando con pasos firmes como si no fuese a derrumbarse jamás, poco a poco se le humedeció la mirada. Se limpió las lágrimas, sin llegar a expresar pena alguna en su rostro, y continuó:

—Aún me siento triste. La echo de menos. Incluso me imagino a mí misma tratando de detenerla aquel día. Sin embargo, creo que habría salido de todos modos. Sin importar cuánto me interpusiera en su camino. Cuando pienso esto, me siento un poco más tranquila. Todo el mundo muere, es algo que no se puede evitar. En algún momento nos toca enfrentarnos a ese dolor. Es solo que, en mi caso, sucedió más temprano. —Se detuvo—. No hay muerte que no sea dolorosa. Y tampoco podemos esquivarla. Así que me gusta pensar que siento este dolor en su lugar. Si hubiese sido yo la que hubiese dejado antes este mundo, ella sería la que tendría que cargar con esto.

Si me encontrase ahora a la Jeongseon de aquella época, creo que sentiría mucha lástima por ella. Verla soltar esos sentimientos que llevaba dentro para comprender así el significado de la muerte y de la pérdida de su madre, a una edad tan temprana. Aferrándose a ellos para protegerse a sí misma. Sin embargo, mi yo de aquel entonces no alcanzó a comprender todo aquello. Todavía me resultaba difícil aceptar siquiera que mi padre se había ido.

Fuese por suicidio o no, el dolor que sentíamos era el mismo. Más tarde, pude comprobar a través de las autopsias psicológicas que todos los que perdían a un ser querido cargaban con emociones similares. Se guardaban el dolor, se enfadaban, se culpaban a sí mismos, querían evitar la realidad. Y Jihoon no era una excepción. Al igual que yo, él también era un hijo que había perdido a su padre.

A pesar de que Jeongseon y yo solo hablábamos de vez en cuando, nunca llegamos a ser grandes amigas. Lo justo como para volver juntas a casa. Lo justo como para sacarme una foto en la graduación junto a mi hermano. Ella empezó a trabajar directamente, mientras que yo entré en la universidad. Nuestras vidas tomaron caminos muy diferentes. Y ahora, con más de treinta años, a pesar de no saber cómo le estaría yendo, al fin pude comprender a la perfección lo que quiso decirme tanto tiempo atrás. Que el dolor de una muerte no podía compararse, ni tampoco evitarse.

Lo cierto era que, a pesar de haber compartido algo así con una amiga que ni siquiera era cercana, nunca lo había hablado con Jihoon. Y tanto él como aquella mujer que era mi madre terminarían muriendo también. ¿Qué haría Jeongseon en mi situación? Con aquella voz tan acompasada que tenía, quizá diría algo parecido a lo de mi hermano: «En un mundo donde todo muere, no existe el después. Nunca sabes cuándo puede llegar tu final. Así que piénsalo bien. El momento de estar juntos no es después, es ahora».

—¿Entonces habéis decidido ir juntos?

Noté cierta alegría en la voz de Sangwoo. Me pareció que hablaba con más energía para ocultar su preocupación. Me limité a contestar con normalidad.

—Cuando cerremos el centro mañana por la noche, iremos a visitarlo y a presentar nuestros respetos.

—Hmm, no creo que fueras tú quien se pusiera en contacto… Así que le dijiste a tu hermano que lo hiciera, ¿eh?

—Pues igual que tú…

Con esa habilidad para captar situaciones, Sangwoo estaba al tanto de todo lo que ocurría en el centro. Tenía razón. Después de pensar las cosas, le dije que iría al panteón unos días más tarde, también con aquella mujer. Dejé caer un «si ella aún quiere…», pero Jihoon solo me contestó con un «vale», como si fuese algo obvio. No mucho después, me dijo que ella quería que fuéramos todos juntos. Que, el día del aniversario, quedaríamos en el centro y saldríamos desde allí.

—¿Y qué vas a decirle cuando la veas?

—No estoy segura.

—Entonces, ¿qué te parece esto? Pregúntale igual que haces con las familias afectadas. Eres una experta.

—Pero eso es trabajo.

—Ya, ¡pero llevas mucho haciéndolo! Tú inténtalo. ¿Quién sabe? Quizás eso mismo es lo que te ha traído hasta este momento.

—Lo intentaré.

Al final, Sangwoo insistió tanto que se lo prometí. Me repitió que tratase de comprender a mi madre de la misma forma que hacía con los clientes. Entonces, tras escuchar todo lo que tenía que decir, empezó a contarme con orgullo las cosas que le habían pasado esta vez en su viaje. Como si me estuviese cobrando por la consulta y ese fuera el precio. Me habló de que no se entendía con nadie y tenía que usar el lenguaje corporal, por lo que parecía que estaba bailando. Que tuvo que esperar con sus cosas en el aeropuerto durante trece horas. Que, cuando llegó y quiso preguntar por la dirección del alojamiento, le robaron la cartera. Mientras escuchaba sus historias, sentía que el mundo era un lugar en constante movimiento, donde siempre pasaba algo. Si a una sola persona le pasaban tantas cosas estando de viaje, ¿cuántas podrían ocurrirnos en toda nuestra vida? Me quedé en esa idea, y él habló con satisfacción:

—Aunque, bueno, con todo esto que me ha pasado, siento que puedo hacer cualquier cosa. Creo que, si me dejasen tirado en cualquier país, podría vivir sin problemas. ¿No es así como siente uno que puede salir adelante con su vida?

Sonreí al escucharlo, dándole vueltas a lo que acababa de decir. ¿Qué contaba como vivir bien, sin problemas? ¿Tener la sensación de poder con todo, sin importar lo malo que pasase? Al igual que mis clientes, yo también quería seguir adelante.

Nos dirigíamos con el coche hacia las afueras de Seúl. A mi lado estaba Jihoon, y en los asientos de detrás, aquella mujer. Los días empezaban a refrescar, y me fijé a través de la ventanilla en las hojas rojas que aparecían dispersas en los árboles. Se acercaba el otoño.

La voz que salía de la radio aplacaba el ambiente. Aunque nadie decía nada, escuchar a aquella persona hablar sin parar me permitía fingir que estaba concentrada en algo. Y lo mismo pasaba con aquella mujer. Sin siquiera observar el exterior del coche, mantenía la vista al frente. A mi lado, en lugar de mi padre, había un ramo de flores.

Entramos en la carretera que llevaba fuera de Seúl, pudiendo avanzar con más fluidez y sin atascos. No estaba muy acostumbrada al camino que conducía al panteón donde realmente se encontraban las cenizas de mi padre. Para mí, él estaba en la cabina a la que acudía para escuchar su voz. No había vuelto a ir desde que lo prometí. Me estaba esforzando en vivir el ahora. Me sentía mal por él, pero me tranquilizaba al decirme a mí misma que lo vería pronto, en el panteón.

En la radio empezaron a sonar relatos, sobre las pequeñas y las grandes historias de la vida cotidiana. Desde la motivación de uno para estudiar música, hasta el sufrimiento de otro por la enfermedad de su hijo, todos decían que escuchar la radio les había dado fuerzas. Pensando en mandar también al programa lo que estaba pasando, me fui imaginando cómo lo contaría.

¿Desde el principio, diciendo que iba con mi madre a visitar las cenizas de mi padre? ¿O debería decir más bien que fuimos en familia? No me decidía por las palabras adecuadas. Me resultaba muy incómodo incluir a aquella mujer como parte de la familia.

Hora y media más tarde, llegamos al amplio parking del panteón. Tanto espacio significaba no solo que acudían muchas personas allí, sino que la muerte era algo constante. Tras aparcar y apagar el motor, Jihoon fue el primero en salir. En cuanto a ella, empujó con cuidado la puerta. Haciendo fuerza con las piernas, parecía que le costaba sostener su cuerpo.

Él fue a ayudarla. La mujer murmuró como para sí misma que no tenía ninguna molestia en concreto, pero que no tenía muy bien las rodillas. Yo no dije nada. Una vez en pie, tenía la espalda encorvada hacia delante, y con cada paso que daba iba arrastrando los talones como si hubiese perdido las fuerzas. No era un andar raro, sino más bien característico de toda persona mayor. Reduje el ritmo poco a poco, queriendo ir delante de ella, pero sin dejar demasiada distancia.

—Ya estamos aquí, papá.

Sus cenizas estaban colocadas en un sitio donde había que agacharse un poco para poder verlas. Junto a la urna había una fotografía. La del día de la graduación de Jihoon. La misma que yo tenía como fondo de pantalla. Mi hermano le tendió las flores a la mujer, quien las recibió y se acercó poco a poco al nicho. De pie frente a él, rezó en silencio. Después, dejando delante el ramo, dijo:

—Lo siento… Lo siento.

No sentí que se estuviera disculpando con él, sino más bien con nosotros dos, ubicados detrás de ella. Toda aquella escena me resultaba demasiado extraña. Jamás habría imaginado que vería a aquella mujer, que ni siquiera había ido al funeral, presentarse delante de las cenizas con un ramo de flores.

Por algún motivo, se puso a llorar. Siguió repitiendo que lo sentía y sollozaba, mientras que tanto Jihoon como yo permanecíamos inmóviles. Aquello me pareció patético, como si tratase de demostrarnos toda la tristeza que no había podido soltar durante el funeral. Esos llantos habrían sido más pertinentes en la ceremonia, no ahora.

Una vez que sus lamentos cesaron, se secó las lágrimas. A pesar de ver su expresión apenada, no estaba segura de si sentiría esa pena de verdad. Mi hermano le dio unas ligeras palmaditas en la espalda. Era como si ambos supieran bien lo que tenían que hacer. Por mi parte, sin saber si yo también debería consolarla o qué debía decirle a Jihoon, me dirigí a mi padre desde mis adentros.

Estoy aquí. Papá…

Pasó un rato largo sin que ninguno de los tres dijese nada, cada uno absorto en sus pensamientos. Aquí y allá, nos llegaba el leve sonido de la tristeza. Alguien más estaba lamentando la pérdida de otro. Era un lugar para el dolor, para el luto más sincero. Me hice a mí misma la misma pregunta que hacía a los clientes.

¿Qué significaba salir adelante?

Pero pronto tuve la respuesta. Tras una terrible tragedia, la vida en sí es un duelo. Se pasa de la tristeza a la ira, y se pierden las fuerzas. Pero esto no seguía un orden lineal. Iba y venía. Se tardase más o menos, había que aceptar la pérdida para poder seguir adelante. Aceptar que el fallecido no iba a volver, que había que vivir abrazando esa pena. Eso era el duelo, el deber de aquellos que se quedaban en este mundo. Y yo no era la excepción. Yo también debía pasar por todo ese proceso. Empezando por entender que mi padre no regresaría.

Los miles de días en los que lo llamaba no eran más que un intento de escape, una inútil esperanza de que volvería. Ese deseo infantil al que quería aferrarme, pensando que aún no se había ido. Pero el lugar donde yo debía estar era el ahora. Vivir

en este momento, pasar por la pena. Llorar sin consuelo, como
todos los que había conocido hasta ahora. En aquel instante, las
lágrimas empezaron a rodar por mis mejillas, brotando a medida que el resentimiento en mi interior se deshacía.

No era un llanto como el del día en que nos dejó. Las lágrimas eran calientes y la cara me ardía. Un sonido se escapó de
mí, como si algo lo empujase desde dentro. Sentía que aquella
mole de horribles sentimientos salía a través de mis ojos.

—Jian…

Escuché la voz temblorosa de Jihoon. Ya había venido antes
aquí con él, pero jamás había llorado de esta manera. Por aquel
entonces, pensaba que solo tenía que volver a la cabina y oír a
mi padre otra vez. Sin embargo, debía dejarlo ir. Debía dejar ir
a ese padre que ya no estaba con nosotros. También a todos
esos días vacíos que no pude aceptar. Debía seguir adelante no
con su voz, sino con las voces de quienes me rodeaban. Debía
creer que ese había sido el último deseo de mi padre. Y al fin
podría creer también en mí misma, en que estaba haciendo las
cosas bien. Pese a no poder oírlo de nuevo, podría aguantar
esta pena por él. Así, lloré y lloré sin parar. Hasta obtener las
fuerzas suficientes para seguir adelante.

—Lo siento… perdóname, Jian… Lo siento, hija, de verdad…

Aquella mujer me rodeó con sus brazos, mientras que mi
llanto no cesaba. Era más pequeña que yo. Sus hombros eran
estrechos y su piel se había arrugado, pero podía notar en ella
ese olor tan familiar. Alcé mis débiles brazos e hice lo mismo.
No quería dejarla ir. En mi corazón, lo que sentía por ella no
era solo resentimiento, sino que se mezclaba con una sensación
de añoranza. En ese momento, dejé salir todo lo que ocultaba
en mi interior.

—¿Sabes cuánto tiempo te esperé…? ¿Lo mucho que te
echaba de menos…?

—Yo también te echaba de menos... Siempre quise volver a tu lado...

—Ese día, también estuve esperando a papá... pero él...

—Lo siento, Jian. Siento haber tardado tanto...

A todo mi dolor, ella respondía que lo sentía. A pesar de haber dejado a sus hijos y haberse casado de nuevo, sin poder siquiera salir de casa. A pesar de todo ese tiempo que pasó llena de heridas y moratones. A pesar de haber soportado todo aquello y haber pasado por la muerte de otro marido. A pesar de haber reencontrado a su hija y estar recibiendo de ella nada más que odio. A pesar de todo por lo que había pasado, lo único que hacía era disculparse. Incluso si ella hubiese muerto, ¿sería yo capaz de disculparme con ella?

En ese mismo instante, en el ahora, decidí que debía construir una nueva vida, desde cero.

La actividad en el centro no se detuvo. A la misma hora de siempre, se encendían las luces y se consolaban los corazones de aquellos que habían perdido a un ser querido. A veces, sus mundos se sumergían en la tristeza, y otras veces veían el fondo del abismo y seguían adelante. En cuanto a mi labor, nada había cambiado. Me mantenía en el medio, como un pilar.

Riiing. Riiing.

Mi móvil, que solía estar silenciado, sonó ruidosamente. Había quitado el modo silencio porque había estado esperando una llamada importante, pero luego me olvidé de activarlo. Al oír el tono, incluso Jihoon alzó la cabeza y me miró. Era Sangwoo. Me apresuré a responder.

—¿Hola?

Mi hermano me preguntó con la mirada quién era. Sin decir nada, gesticulé ese nombre como respuesta y volví a prestar atención a la llamada.

—Sí, dime, Sangwoo. ¿Estás bien?

—Claro. ¿Qué hora es ahí?

—Ya es más tarde del mediodía. Llamas justo a la hora de comer. ¿Dónde estás ahora?

—Me cansé de sufrir tanto estando de viaje, ¡así que me he venido a Tailandia!

—Madre mía… Sí que viajas sin tener ningún plan.

Habían pasado tres meses del aniversario del fallecimiento de mi padre. El año se acercaba a su fin. Durante ese tiempo seguí manteniendo el contacto con Sangwoo, y le conté también todo lo que ocurrió aquel día. Incluyendo cuando llevamos a mi madre de vuelta a su casa y lo que Jihoon me preguntó.

Su pregunta había sido sencilla: cómo era la madre que yo recordaba. Le conté acerca de mi primer recuerdo cuando estábamos los cuatro juntos, cuando la llamaba «mamá». De esa primera vez que fuimos todos de viaje. De cómo nos ponía crema a él y a mí, mientras ella tenía la cara quemada por el sol. De su sonrisa radiante.

—Me acuerdo de estar riéndome con ella, sin soltarle la mano. Después de eso, todo se vuelve borroso. Lo único que pensé fue que ojalá todos los días pudieran ser así. Aunque al final ese fuera el último.

Jihoon, con una leve sonrisa, contestó:

—Es verdad, yo también me acuerdo.

Su corta respuesta me hizo ver que evocábamos a la misma madre. Aunque yo no tuviera esa memoria de ella abrazándome y disculpándose por haberse marchado. Después de haberla visto así por última vez, en un día tan feliz como aquel, ¿cómo podía simplemente odiarla? Como si yo misma fuese un cliente que había perdido a un familiar, debía de entender al completo mi relación con mi hermano, así como la que ambos teníamos con nuestra madre. Aunque en mi caso lo hiciese estando todos aún con vida.

Ahora, sintiendo ese día como algo muy lejano, Sangwoo me preguntó muy alto cómo me encontraba. Lo hizo a posta para que Jihoon también pudiese oírlo. También dijo que, después de estar deambulando por ahí, quería quedarse por un tiempo en un sitio fijo, y que había alquilado un cuarto. Por el tema de la visa solo podría estar allí un par de meses, pero se lo notaba entusiasmado, diciendo que podría ser divertido quedarse en un mismo lugar.

—Por cierto, aprovechando esta oportunidad, ¿por qué no venís aquí de viaje en familia? Yo me encargo del alojamiento.

—¿Un viaje, de repente?

—Solo para descansar unos días. No hay otro paraíso en la Tierra como este.

—¿Que estás todos los días en el paraíso, dices?

Cuando le pregunté de broma, él se rio a carcajadas al otro lado de la línea. Con todas las historias que me había contado, pasaba por más problemas que maravillas. Sin dejar correr la broma, me respondió insistiendo en su propuesta.

—En serio, ven con tu familia. Con la idea de que es un paraíso, por favor.

—Me lo pensaré.

—Vale, ¡piénsalo y me dices! Como siempre cumples tu palabra, sé que me darás una respuesta esta semana. ¡Es una promesa!

—De acuerdo.

Tras colgar, suspiré. Se me escapó una risa al pensar en su nerviosismo. Al notar unos ojos clavados en mí, me giré y me topé con la mirada de Jihoon. Él se apresuró a apartarla y fingió

estar trabajando. ¿Habría oído lo que habíamos hablado? Me
quedé pensando por un rato. Cerca del año nuevo. No era una
mala idea descansar un poco.

—Sangwoo me ha dicho que vayamos todos juntos de viaje.

Lo dejé caer como si nada. Encendí el móvil y miré mi fondo
de pantalla. Jihoon y yo. Y también nuestro padre. Me quedé
observando la foto. Él, quien tal vez había escuchado el contenido de la conversación, hizo como que no sabía nada de lo que
estaba hablando.

—Me gusta la idea.

Cuando por fin despegué los ojos de aquella foto, me excusé con un ligero «ahora vengo» y salí en silencio del centro.
Avancé con naturalidad, un pie tras otro. Giré en el cruce, llegando al callejón trasero. Al fondo, una colina baja y un muro
de ladrillos marrón grisáceo. Algunos hierbajos sobrevivían al
invierno, creciendo entre las grietas. Un estrecho callejón con
un cartel de dirección única, por donde apenas cabía un coche.
Y en medio de la cuesta, la cabina de teléfono. Metí varias monedas y marqué el número que aparecía en el mensaje de mi
hermano.

—¿Diga?

—Mamá.

En voz baja, pronuncié esa palabra tan extraña para mí.